도둑 일기

김용성

청소년
현대문학선 034

도둑
일기

이정선 그림

문이당

청소년 판을 내면서

원래 『도둑 일기』는 4부작으로 기획되어 1983년 집필을 시작하여 1994년 3부까지 발표되었으나 4부가 씌어지지 않은 미완의 작품입니다. 이번에 간행된 청소년 현대문학선 『도둑 일기』는 제1부에 해당하는 것으로, 6·25전쟁으로 졸지에 부모를 잃고 고아가 된 3형제가 도둑질까지 저지르고 생존을 위해 몸부림치며 고난과 역경을 극복하고 4·19혁명 직전 자립하기까지의 청소년기를 다루고 있습니다.

나는 전쟁으로 황폐화한 땅에서 어기차게 솟아오르는 냉이주 풀포기처럼 가난과 추위와 외로움 속에서도 삶을 개척해 가는 소년들을 위한 성장 소설을 쓰고자 했던 것입니다. 어렸을 때에는 『데미안』을 통해서 감동을, 좀 나이 들어서는 찰스 디킨스의 소설들을 읽으면서 실제를, 그리고 장년에 들어서는 솔 벨로우의 소설들로부터 충동을 받았다고 말할 수 있을 것입니다.

사실상 1950년대 전반기에는 생존을 위한 수단으로 도둑질도 마다하지 않던 사람들이 많았습니다. 그 시대 인간에게 내린 형벌이 너무나 가혹했으므로 신 자신도 도둑질을 눈감아 주었으리라 생각합니

다. 그래서 나는 제1부에서 그들의 도둑질은 죄악시되어서는 안 된다
는 신념을 은근히 표출하기도 했습니다. 이들 3형제는 끈끈한 우애를
발휘하기도 하지만, 첫째는 기업가가, 둘째는 소설가가, 셋째는 신부
가 되기를 꿈꾸며 저마다 제 갈 길로 매진합니다. 겨우 어른의 문턱을
넘었거나 막 넘으려고 하는 순간에 따로따로 헤어지게 되었어도 미
래는 활짝 열려 있습니다. 내가 이들 형제에게 각각 다른 성격을 부여
하고 다른 목표를 지향하도록 설정한 것은 장차 서로 대비되는 사회
세력들의 행로와 가치관 및 현실 반응의 양태를 전체적으로 검증한
다는 계획이 있었기 때문입니다.

　이번에 청소년을 위한 소설을 내면서 많은 부분을 손질했습니다.
원본에 있던 비인간적인 사건, 성적으로 자극적인 장면, 원색적인 비
속어 같은 것들은 과감히 삭제하여 순화하였습니다. 이 소설이 청소
년 여러분의 미래에 긍정적인 기능을 하기를 기대해봅니다.

2007년 여름

1

아버지를 마지막으로 본 것은 영천 전차 종점 형무관 학교의 담을 낀 골목길 어귀에서였다. 안개 같은 실비가 엉겨 붙던 우중충한 아침 녘이었다. 간밤에 집에 들르지 않은 아버지 때문에 마음을 끓였던 어머니는 그날 아침 내가 잠에서 깨어나자마자 어서 파출소로 나가 보라고 일렀다. 나는 파출소로 가는 길목인 그곳에서 아버지를 발견했던 것이다. 아버지는 석 줄로 열을 지어 쭈그리고 앉은 스무 명 남짓한 경관들 사이에 어설프게 끼여 있었다. 무리 안에서 가장 나이가 들어 보였던 아버지는 다른 동료들과 마찬가지로 두 개의 수류탄을 양쪽 가슴에 하나씩 훈장처럼 달고 있었으나 몹시 불안한 듯 양 오금을 번갈아 가며 폈다 구부렸다 하기를 계속했다. 엉거주춤 쭈그리고 앉은 경관들 가운데 총을 지닌 사람은 아무도 없었다.

"국군이 틀림없이 적을 저지할 수 있으리라 믿는다. 그렇게 되면 우리는 전선으로 가다가 되돌아올 수도 있다. 두려워할 것은 없어."

유일하게 권총을 허리에 차고 있던 무궁화 하나짜리 상관이 앞에 서서 부하들을 향해 사기를 돋우었다. 그러나 그들을 에워싸고 있는 것은 침통하고 비장한 기운뿐이었다. 나는 무궁화 하나짜리 상관이 가까이 오지 말라고 호통을 치지나 않을까 슬금슬금 그의 눈치를 보며 아버지 곁으로 다가갔다.

"아버지."

나는 나지막이 아버지를 불렀다. 아버지가 나를 보았다. 아버지는 아무 말도 하지 않았다. 대신에 까칠까칠 수염이 난 턱을 들어 집 쪽을 가리키며 돌아가라는 시늉을 해 보였다.

"아버지, 어머니를 불러올까요?"

내가 다시 말했다. 아버지는 고개를 가로저었다.

"일어서! 트럭에 승차!"

상관이 외쳤다. 최후의 결사대와도 같은 경관들이 트럭에 올라탔다. 아버지는 맨 뒤에 앉았다. 곧 트럭이 움직이기 시작했다. 나는 트럭 꽁무니에 바짝 붙어 따라갔다. 트럭이 무악재 고개를 향해 왼쪽으로 머리를 틀었다. 트럭은 전찻길을 비스듬히 건너면서 속력을 내었다. 나는 뛰었다.

"걱정 마라. 돌아올 게다. 어머니 말 잘 듣고 건강히 지내거라!"

아버지가 허공에다 불끈 주먹을 쥐어 올리며 악을 쓰듯 소리쳤다. 아버지는 떠나갔다. 그렇게 영영 이 세상에서 사라졌다.

다음 날 저녁에도 여전히 부슬부슬 비가 내렸다. 파출소에서 낯이 익었던 젊은 경관이 피투성이가 된 다리를 지팡이에 의지하고 우리 집을 찾아왔다.

"이 경사는 파주에서 장렬하게 전사했습니다."

어머니는 너무 기가 막혀서 울지도 못하고 뭐라고 말을 토해 낼 듯 입을 벌린 채 떠듬거리며 대문짝을 움켜잡았다. 형과 나는 어머니의 팔짱을 끼고 어머니를 부축했다.

"피난을 가셔야 합니다. 놈들이 곧 올 겁니다."

젊은 경관은 그 말을 남기고 부상당한 아픈 다리를 질질 끌며 어둑시근한 한길 저쪽으로 가 버렸다. 그러나 우리는 피난을 가지 않았다. 하도 갑작스럽게 닥친 재난이라 어머니에게는 아버지의 죽음 외에는 그 어떤 것도 생각할 여유가 없었다. 이윽고 어머니는 가슴이 미어지는 슬픔을 이겨 내는 한 가지 방법을 찾아내었는데 그것은 아버지가 어딘가에 살아 있다는 것이었다.

"우린 집을 지켜야 해. 그래야만 아버지가 오셨을 때 따뜻한 밥 한 그릇이라도 대접할 수 있으니까."

아버지의 전사 소식을 들은 다음 날 아침나절이었다. 오랜만에 비가 그치고 간간이 구름 사이로 햇빛이 내비치던 무더운 날씨였다. 서대문 쪽에서 네 대의 탱크가 독립문을 지나와서 영천 전차 종점 근처에 멎었다. 네 대의 탱크에서 일제히 뚜껑이 위로 젖혀지더니 한 명씩의 탱크 병들이 불쑥불쑥 모습을 드러내었다. 그들은 커다란 안경이 달린 모자를 쓰고 있었기 때문에 얼굴을 잘 알아볼 수가 없었다. 우리 옆에 서 있던 어른들이 속삭였다.

"저건 소련군인가 보다."

"아냐, 인민군이야."

그때 한 청년이 인도를 벗어나 동그라미 속에 별이 그려진 깃발을 흔들며 탱크 쪽으로 뛰어가서 탱크 병을 향해 '스탈린 만세, 김일성 만세'를 외쳤다. 탱크 병들이 청년의 환영에 응답하여 손을 흔들었다. 한층 용기를 얻은 청년은 이번에는 군중들을 향해 소리쳤다.

"여러분, 자본주의 타도의 선봉장인 인민군 전사들을 위해 만세를 부릅시다! 인민군 만세!"

청년이 깃발을 높이 치켜들었다. 그러자 그때까지 침묵을 지키고 있던 군중들이 두 팔을 치켜올리며 소리쳤다.

"만세!"

"만세!"

그것은 참으로 이상한 광경이었다. 사흘 전부터 어제 아침까지만 하더라도 무악재 고개를 향해 가는 국군 트럭만 눈에 띄어도 '대한민국 만세! 국군 만세!'를 외치며 박수를 치던 그들이었기 때문이었다.

탱크들이 지축을 울리며 형무소 언덕길을 향해 움직이기 시작했다. 그리고 채 20분도 되지 않아서였다. 형무소로부터 푸른 수의를 입은 까까머리 죄수들이 어깨동무를 하고 밀려 내려왔다. 탱크가 옥문을 부쉈고 죄수들을 해방시켰던 것이다. 공산주의자들뿐만 아니라 잡범들과 강간범들도 하루아침에 영웅이 되었다. 공산주의자들은 노래를 불렀고 잡범들은 만세를 불렀다. 그들은 거리를 휩쓰는 물결처럼 도도하게 독립문을 휘돌아 서대문 쪽으로 밀려갔다.

어머니는 우리 삼 형제의 입을 통해서 세상이 변했다는 것을 알았으나 그래도 아버지가 죽었다는 사실은 믿으려 하지 않았다.

그해 여름은 무덥고 길었다. 어느 날 내무서원에게 끌려갔다가 사흘 만에 풀려나온 어머니는 처녀 적에 앓았다던 폐 앓이가 도져 조금만 힘든 일을 하면 몸져눕고는 했다. 그러나 우리는 살아갔다. 어머니는 영천 시장 개천가에 돗자리를 펴 놓고 집에 있던 옷가지나 그릇들을 내다가 팔았다. 물건을 판 돈을 가지고 시골로 가서 보리쌀을 사 왔다. 형과 나는 목판 장사를 시작했다.

9월이 되면서 어머니는 아픈 몸을 끌고 밤마다 인력 동원을 나갔고 아침에 돌아올 때면 파김치가 되어 마루에 널브러졌다. 어머니는 어디에 가서 무엇을 하고 왔는지 우리에게 이야기하지 않았다. 어머니의 말수가 줄어든 것은 그때부터였다.

우리 집 앞 형무관 학교에 주둔하고 있던 인민군 부대가 어디론가 떠나갔다. 전에도 몇 번 이동한 적이 있었지만 곧 다른 부대가 들어오곤 했었는데 9월 들어 떠나간 뒤로는 다른 부대가 들어오지 않았다. 아침마다 형무관 학교 뒷담 너머로 들려오던 군가 소리가 사라졌고 교사 건물은 텅 비었다.

며칠 뒤 말바위(안산) 너머 새절(봉원사) 쪽에서 대포 소리가 들려오기 시작했다. 총소리도 들려왔다. 또 하루가 지나자 어디서 왔는지 알 수 없는 인민군들이 말바위 쪽으로 뛰어 올라갔다. 오후가 되자 그들은 피투성이가 된 동료를 부축하며 허둥지둥 내려와서 전찻길 건너 인왕산 쪽으로 달아났다. 말바위 쪽에서 포탄이 날아왔다. 인왕산 쪽에서도 포탄이 날아왔다. 어디선가 비명 소리가 들려왔다. 그러나 어머니는 꼼짝도 않고 수돗가에 앉아서 저녁에 먹을 수제비를 만들기 위해서 맷돌에 밀을 갈고 있었다.

"불이야!"

누군가 공포에 질린 목소리로 담 밖에서 외쳤다. 형과 아우와 나는 어머니의 금족령을 어기고 대문을 박차고 밖으로 나갔다. 우리 집 뒤와 옆에서 불길이 솟았다. 독립문 가까이에 있던 양잠소 공장이 불길에 휩싸이고 있었다. 전찻길 건너 고모 댁 동네도 불 타고 있었다. 사방에서 타오르는 불길은 온통 가을 하늘에 충천하기 시작했다. 사람들은 갈 길을 몰라 갈팡질팡 뛰었다. 우리는 다시금 집으로 달려갔다.

"어머니, 떠나야 해요!"

형이 어머니의 팔짱을 끼었다.

"이 밀가루라도 싸 들고 가야지."

어머니가 말했다.

"그럴 새가 없어요."

우리는 아무것도 가진 것 없이 맨몸으로 말바위 산을 향해 뛰기 시작했다. 우리는 뜨거운 화염 속을 뚫고 뛰었다. 그날 밤 우리는 산으로 피난 온 사람들의 무리에 끼여 우리 동네가 깡그리 불타버리는 것을 지켜보며 밤을 새웠다.

다음 날 아침에 우리는 산에서 내려왔다. 하룻밤 사이에 영천 일대는 잿더미로 변했다. 여기저기서 연기가 피어오르고, 통곡 소리가 하늘에 사무치고 있었다. 동네 사람들은 몽유병 환자처럼 아직 열기를 품고 있는 잿더미 위를 서성거렸다.

그해 가을 우리는 동네 사람의 도움을 얻어 불타 버린 집터에다 방 하나에 부엌 하나짜리 판잣집을 지었다. 판자는 미군 군수물자를 포장했던 것들로 곳곳에 US 자가 시꺼멓게 찍혀 있었다. 판자 벽 안쪽에는 레이션 상자를 덧붙였다. 그 상자에서는 비스킷의 향긋한 냄새가 났다. 그래서 우리는 어머니가 광주리장사를 나가고 없는 방을 지키며 벽을 따라다니면서 그 냄새를 열심히 맡았다. 가을이 가고 춥고 배고픈 겨울이 닥쳐왔을 때 그 냄새도 서서히 사라지고 있었다. 이번에는 팔로군이 내려온다는 풍문에 모두들 피난을 떠났다.

텅텅 빈 서울에서 혹시나 아버지가 나타날지도 모른다는 희망을 저버리지 못한 채 고모 댁이 떠난 후에도 마지막까지 버티던 어머니는 드디어 길을 나서자고 했다. 우리의 목적지는 경기도 광주에 살고 있다는 외가 쪽의 먼 친척뻘 되는 집이었다. 어머니는 솥과 식기 따위를 광주리에 담아 이었고 형은 식량 자루를 지게에 졌으며 아우와 나는 이불과 옷 보따리를 등에 졌다. 우리는 왕십리를 거쳐 광나루 근처의 꽝꽝 언 강을 건넜다.

일행 중에 제일 뒤로 처지는 사람은 어머니였다. 어머니는 허연 입김을 뿜어내며 심한 기침을 했다. 이미 어머니는 돌이킬 수 없이 병세가 악화되고 있었던 것이다. 친척 집에 도착한 것은 깜깜한 밤중이었다. 우리는 하루 종일 굶었던 배를 채우자마자 그 집 사랑채로 쓰는 멍석 방에서 잠에 곯아떨어졌다.

"중공군이 왔다" 하고 누군가 어머니에게 말하는 소리를 잠결에 듣고 나는 번쩍 눈을 떴다. 문창호지에 희미한 새벽빛이 찾아

오고 있었다. 형도 깨고 아우도 깨었다.

"쉿, 조용히 하거라."

어머니는 다리를 옹그리고 벽에 기대앉아 있다가 우리가 깨어난 것을 보고 말했다. 우리는 멍석 방에 누운 채 숨을 죽이고 밖의 동정에 귀를 기울였다. 잠시 뒤에 쏼라쏼라, 하는 소리가 가까이 다가오고 쿵쾅거리며 타작마당을 지나가는 발소리가 들렸다. 그들은 우리 방문을 열어젖히지 않고 그대로 지나쳐 갔다.

우리는 중공군을 피해 왔으나 겨우 하루 만에 그들에게 붙들리고 만 꼴이 되었다. 그들은 동네에 주둔하지 않고 그대로 남쪽으로 갔다. 그들은 무서운 풍문을 몰고 왔지만 우리에게 무서운 행동을 하지는 않았다.

더 이상 갈 데도 없었으므로 우리는 그 멍석이 깔린 사랑채에 머물러 살았다. 우리 삼 형제는 집 바깥쪽으로 면한 문창호지에 구멍을 뚫고 세상이 어떻게 바뀌어 가는지 지켜보았다. 마을 뒷산에서 해가 뜨고 벌판 건너 앞산으로 해가 졌다. 벌판 위에는 눈이 내리거나 바람이 불었다. 흰옷 위에 총을 멘 중공군들이 삼삼오오 짝을 지어 벌판과 마을 사이에 난 하얀 길을 따라 경안 쪽으로 내려갔다.

이따금 멀리 남쪽에서 포탄 터지는 소리가 들려왔다. 때때로 비행기 편대가 마을 위를 지나 북쪽으로 날아갔다. 아무리 친척 집이라고는 하지만 공짜로 밥을 얻어먹을 수는 없었다. 우리는 지게를 지고 나무를 하러 산으로 가곤 했다. 더구나 그 집의 할머니는 우리가 곡식을 축내는 것을 못마땅하게 여기고 있었다. 낮에는 팬찮다가도 밤이 되면 어머니의 목에서는 꺽꺽, 가래가 끓었다. 할머니는 그것도 참지 못했다.

그러는 가운데 달포가 지났다. 중공군이 달구지에 부상병을 태우고 북쪽으로 달아나기 시작했다. 포탄 터지는 소리와 총소리가 한층 가까워졌다. 하루는 여러 대의 비행기가 와서 마을 뒷산 너머에다 한나절이 걸리도록 폭탄을 떨어뜨리고 기관총을 쏘아 대었다. 그날 오후에 마을 앞산으로 미군들이 까맣게 넘어왔다.

3월 말께 어머니는 그때까지 소중히 간직하고 있던 결혼반지를 경안으로 나가서 처분하고 돌아오더니 서울로 가자고 우리에게 말했다.

"아버지가 집에 오셔서 기다리고 계실지도 모른다. 어서 떠나자."

어머니는 벌써 그때 이미 사리를 온전하게 판단하지 못하고 있었다. 나중에 안 일이지만 어머니는 우리 몰래 각혈을 하고 있었던 것이다. 우리가 떠난다고 하니까 친척 집에서는 사흘 묵은 체증이 뚫린 것 같이 시원해했다.

우리는 왔을 때와 같은 행장을 하고 광나루로 돌아갔다. 광진교 아래쪽에 군인들이 고무보트를 이어 임시로 만들어 놓은 다리 앞에는 우리와 같은 처지에 있는 서너 가구의 피난민들이 서울로 들어가려고 서성거리고 있었다. 그러나 다리 앞에서 미군 헌병과 유엔 경찰이 피난민들을 제지했다.

"도강증을 소지한 사람만이 건너갈 수 있습니다."

우리는 어머니를 가까운 마을의 빈집에 모셔 놓고 고무다리 앞으로 가서 꼬박 사흘 동안을 졸랐다.

"저희 아버지는 경관이었습니다. 전사하셨어요. 그렇지만 어머니는 그걸 믿지 않고 아버지가 집에 와 계실지도 모른다고 생각하세요."

형이 말했다.

"어머니가 돌아가실 것 같아요. 어떡하든 고모님에게 알려야 해요."

내가 말했다. 우리도 서울 판잣집에 가 봐야 뾰족한 수는 없을 거라고 생각했다. 하지만 어머니가 서울로 가자고 하니까 가려고 할 뿐이었다.

"아저씨, 우리를 살려 주세요."

아우가 유엔 경찰의 바짓가랑이를 붙들고 발을 굴렀다.

강을 건너야겠다는 막연하면서도 절실했던 우리의 소원이 이루어진 것은 광나루에 도착한 지 나흘째 되던 날 아침이었다.

"내가 엠피*들에게 말을 해 놓았다. 너희가 불쌍해서 특별히 봐준 거다. 어서 어머니를 모셔 오너라."

유엔 경찰이 아우의 머리를 쓰다듬으며 말했다.

우리는 그길로 강을 건넜다. 어머니는 걸을 기력이 없었다. 형이 어머니를 업었다. 흔들거리는 고무다리를 건너면서 어머니는 형의 등에서 자꾸만 기침을 해 대었다.

우리는 죽음의 도시같이 정적에 휩싸인 서울 거리를 가로질러 갔다. 지난해 여름 수없이 파 놓았던 방공호 속에서는 누군가 내다 버린 시체들이 흙도 제대로 덮지 못한 채 썩어 가고 있었다. 중

*엠피: 헌병.

공군도 있었고 민간인들도 있었다. 방공호는 무덤으로 쓰였다. 군데군데에서 뿜어 나오는 악취가 코를 찔렀다.

우리의 판잣집은 자물쇠를 채우고 간 그대로 온전하게 남아 있었다. 아버지는 결코 돌아올 수가 없었다. 우리는 어머니를 방에 눕히고 형무관 학교로 가서 문짝을 뜯어다가 아궁이에 불을 때었다. 그동안 아우가 전찻길 건너에 있는 고모 댁의 판잣집에 가 보았지만 고모네 식구들 역시 돌아와 있지 않았다. 우리는 떠날 때 마당 구석에 묻어 두고 갔던 조그만 항아리에서 보리쌀을 퍼다 밥을 지어 먹었다.

어머니는 그날 밤에 한 됫박이나 되는 피를 토하고 다음 날 새벽에 돌아가셨다. 어머니는 떠듬떠듬 우리에게 말했다.

"도, 도둑질을 하지 말고, 저, 정직하게 살거라. 언제나 셋이 같이 다녀야 한다. 그, 그러면 감히, 아, 아무도, 너희를, 고, 고아원으로 데, 데려가지는 못, 못할 게다."

우리 삼 형제는 독립문 근처의 깨끗한 방공호를 하나 골라 어머니를 묻었다. 될 수 있는 대로 흙이 덜 닿도록 어머니의 옷들을 모두 꺼내다가 밑에다 깔고 위에 덮었다. 그리고 저녁까지 깊숙한 그 무덤 속에 흙을 연신 퍼다 부었다. 우리는 어머니 무덤에서 서너 발짝 옆에 서 있던 플라타너스 가로수를 유심히 쳐다보며 머릿속에 새겨 두었다. 가로수에는 파릇파릇 새싹이 돋고 있었다.

그해 가을 고모 댁이 돌아올 때까지 우리는 어머니가 결혼반지를 처분해서 받은 돈을 조금씩 써 가며, 때로는 구걸을 해 가며 끼니를 때웠다. 그러나 우리는 고아원으로 가지 않았다.

2

우리 삼 형제의 방랑과 모험을 통한 인생살이는 인민군이 남침을 개시한 지 이태째로 접어 들어가던 1952년의 음력 설날부터 시작되었다. 그해 나의 형 한수(漢秀)는 열여섯 살이었고 아우 성수(聖秀)는 열두 살이었으며 나(重秀)는 열네 살이었다.

그 무렵 고모는 영천 시장터에서 밥장사를 하면서 우리 삼 형제를 합쳐 모두 일곱 식구를 먹여 살렸다. 원래 여덟 식구라야 맞지만 열아홉 살 난 고모네 큰누나는 시집을 간 것도 아닌데 언제부터인가 집에 있지 않았다.

고모부는 솜씨가 탐탁지 못한 목수였다. 전쟁이 일어나자 처음에는 인민군에게 끌려가서 목수 일을 했고, 또 미군이 왔을 때에는 미군을 따라다니며 목수 일을 했다. 고모의 말을 빌리면 그 무렵 잘만 했더라도 한밑천 잡을 수 있었을 텐데 워낙 손재주가 없고 게을러서 그만 쫓겨나고 말았다고 했다.

집을 나가고 없는 동희(東姬) 누나보다 두 살이 아래인 동숙

(東淑) 누나가 고모의 밥장사를 도왔다. 고모 댁의 막내이자 유일한 아들인 동호(東浩)는 나보다 한 살 아래였는데 봄이 되면 초등학교 5학년이 될 터였다. 원래는 6학년이 되어야 하지만 전쟁 때문에 한 해를 묵었던 것이다. 그러나 형과 성수와 나는 몇 학년이어야 옳았을까. 우리는 그것을 너무나 잘 알고 있었으나 아버지가 전사했던 그 여름 이후 학교에 갈 생각은 감히 꿈도 꿀 수가 없었다. 고모 댁에서 끼니를 이어 가고 있다는 것만으로도 감사하게 여겨야 했다.

고모는 날마다 피곤한 하루를 보냈다. 새벽 4시에 일어나서 밥 수레(참새구이 포장마차처럼 생긴 것인데 우리는 그것을 밥 수레라고 불렀다)를 끌고 나가 밤 열 시에 돌아왔다. 고모는 장차 우리 삼 형제에게 적지 않은 기대를 걸고 있었지만 때로는 죽은 남동생의 세 아들들을 도맡아 길러야 한다는 것에 역정을 부리기도 했다. 우리는 늘 고모의 고마움을 피부로 느꼈다. 그래서 형은 나와 성수에게 언젠가는 우리가 독립해서 살지 않으면 안 된다는 것을 강조하고는 했다. 그러나 그 결단의 날은 뜻밖에도 빨리 왔다.

1952년 구정 날이었다. 우리는 고모가 마련해 준 차례 상 앞에서 절을 하며 어머니와 아버지의 명복을 빌었다. 성수가 눈물을 흘리면서 어깨를 자꾸만 들썩거렸으므로 형과 나는 성수의 손을 양쪽에서 꼭 잡아 주었다. 용케도 성수는 울음을 터뜨리지 않았다. 문제는 고모부와 고모에게 세배를 드렸을 때 일어났다. 고모는 동호와 우리에게 똑같이 2천 원씩을 주었다.

"엄마, 나는 좀 더 많이 줘야 하지 않아요?"

동호는 돈을 방바닥에 내팽개치면서 소리쳤다.

"얘가 무슨 짓이야?"

고모가 놀라서 말했다.

"불공평하단 말이에요."

"불공평하다니? 똑같이 2천 원씩 주지 않았어?"

"쟤들 합치면 6천 원이니까 나도 6천 원을 받아야 해요."

동호는 못마땅한 듯이 두 눈을 희번덕거리고 노려보면서 퉁명스럽게 소리쳤다.

"동호 말도 틀리진 않고만 그래."

고모부가 동호 말에 맞장구를 쳤다. 아버지의 후원을 받은 동호는 의기양양해졌다.

"나는 쟤들이 싫단 말이에요. 밥벌레들이에요. 고아원에나 보내세요!"

나는 그 말을 듣고 등골이 오싹했다. 아무리 우리가 싫다고 해도 어떻게 그렇게도 매정한 말을 함부로 할 수 있을까. 순간 울분을 느낀 나보다 더 크게 분노한 것은 형이었다. 형은 우리의 세뱃돈을 거두어 동호의 무릎 앞에 놓고, 나와 성수의 손을 양손에 하나씩 잡고 벌떡 자리에서 일어섰다. 형은 아무 말도 없이 우리를 데리고 밖으로 나갔다. 그때 내 손을 잡았던 형의 손아귀 힘이 얼마나 세었던지 지금까지도 나는 그 아픔을 잊을 수가 없다.

"애, 한수야. 어디로 가는 거야?" 하고 소리치면서 동숙 누나가 쫓아 나왔다.

"바람 좀 쐴 거야."

형이 말했다.

"바람을 쐬겠다고? 방 안에 앉아 있어도 옷깃으로 술술 바람이 파고드는 이 추운 날씨에 무슨 바람이니? 그러지 말고 들어가. 어머니가 걱정하셔."

동숙 누나는 불에 타 녹이 슬고 물도 나오지 않는 수돗가에서 형의 손을 잡고 애걸했다. 형이 말했다.

"미안해. 이 좋은 명절날에 어른들 속을 썩여 드려서. 하지만 우린 의논을 할 일도 있고 좀 쏘다니고 싶기도 하고. 누나, 염려하지 마. 저녁 안으로 돌아올 테니까."

"정 그렇다면 하는 수 없지. 하지만 어린 성수까지 끌고 다닐 필요는 없잖니? 벌써부터 추워서 입술이 새파래졌어."

형과 나는 성수를 바라다보았다. 성수는 검정 물을 들인 낡은 군용 점퍼를 걸치고 있었는데 그것은 너무나 커서 무릎까지 내려왔다. 성수는 점퍼 윗주머니에 손을 꼬부려 끼고 발이 시려 동동 굴렀다. 그러나 새파란 입술을 꼭 깨물며 말했다.

"난, 형들을 따라갈 거야."

"좋아, 함께 가자."

동숙 누나는 기분이 상했지만 형의 고집을 꺾을 수는 없었다. 우리는 불타 없어진 대문간의 계단을 내려섰다. 대문 앞에는 한길을 향해 곧장 내려갈 수 있는 돌계단이 있었다. 전쟁 전에는 계단 위에서 한길을 내려다볼 수 없었으나 일대가 깡그리 잿더미로 변한 뒤로는 한길이 한눈에 내려다보였다.

봄이 오려면 아직 멀었다. 우리는 그 누구보다도 간절하게 봄을 기다렸다. 우리에겐 겨울이 너무 추웠다. 얼어붙은 하늘에 폭격기 편대가 날아가고 있었다. 우리는 흘끗 비행기를 올려다보고 나서 계단을 내려갔다. 형이 앞서 걸었다.

"형, 어디로 가는 거야?"

나는 불안해서 물었다.

"따라만 와. 할 일은 거기 가서 가르쳐 줄 테니까."

"거기가 어딘데?"

이번에는 성수가 물었다.

"따라만 오라니까."

서대문 사거리까지 오자 형은 우리에게 턱짓으로 가리켰다. 거기에는 용케 본래의 모습을 간직하고 있던 적십자병원 건물을 배경으로 한 널따란 폐허의 공터가 있었다. 공터에는 삥 둘러 철조망이 쳐져 있었고 그 안에는 불길에 녹아 버린 유리 조각들과 파쇠 조각들과 군용 궤짝을 분해한 널빤지들이 산처럼 쌓여 있었다. 어떤 사람이 그런 못 쓰게 된 물건들을 사들였고 이문을 붙여 그것을 필요로 하는 사람들에게 되넘겨 팔고 있었던 것이다. 우리는 방을 덥히기 위한 땔나무를 주우러 다닐 때 거기에 남루한 옷을 입은 사람들이 파쇠나 유리 조각을 담은 자루를 들고 돈을 받기 위해 줄을 서 있는 광경을 가끔 보아 왔었다. 때로는 쌓아 놓은 물건들을 실어 나르려고 미군의 폐품 트럭을 다시 조립해서 만든 민간인 트럭이 서 있는 것을 보기도 했었다.

그러나 그날은 설날이어선지 철조망 근처에는 사람들이나 트럭이 보이지 않았다.

"중수야, 내 말을 잘 들어 둬."

형은 우리를 무너지다 만 벽돌담 밑으로 데리고 갔다. 담장은 훌륭한 바람막이가 되었으며 그곳에서는 햇볕마저 더 따뜻하게 느껴졌다. 성수와 나는 형이 무슨 말을 할지 기다리며 두 눈을 말똥거리면서 형의 얼굴을 바라보았다. 형의 얼굴은 하얗게 굳어 있었고 목소리에는 비장기마저 서려 있었다.

"우린 이제까지 고모님에게 의지만 하고 살아왔어. 하지만 항상 의지만 할 수는 없어. 우린 공부를 더 해야 하고 그러자면 돈이 필요하지. 우리 힘으로 돈을 벌어야 해. 우린 이걸 알아야 해. 목적이 좋다면 도둑질을 해도 괜찮다는 것을."

"노둑질을 해도 괜찮다고?"

성수가 놀라서 소리쳤다. 형이 성수의 입을 틀어막았다.

"쉿, 조용히 해. 그래, 도둑질을 해도 괜찮아. 우리에게 필요한 만큼 조금만 하면……."

"뭘, 말이야?" 하고 내가 물었다.

"저기 쌓여 있는 판자때기야. 우린 그걸로 구두닦이 통을 만들 수 있어. 구두닦이처럼 좋은 벌이는 없다고. 미군들 구두를 닦는 거야. 미군 부대는 여기저기 많이 있지. 신촌 연희대학에도 있고 용산에도 있고 무악재 너머 홍제동 개울가에도 있어. 우리 삼 형제가 구두를 닦으면 금세 돈을 모을 수 있을 거야."

"그래도 도둑질을 하는 건 좋은 일이 아니잖아?"

"그래, 도둑질이란 좋은 일이 아니지. 그렇지만 더 나쁜 건 비굴하게 구걸하며 얻어먹고 사는 거라고. 작년에 겪었잖아? 중수야,

24

이걸 알아 둬. 우린 도둑질을 하지 않으면 구두닦이 통을 만들 수가 없다는 거야. 그러면 돈을 벌 수도 없고 학교에 갈 수도 없어. 너는 책보를 끼고 다니는 애들이 부럽지도 않니? 우리는 2년씩이나 학교에 가지 못했어. 잘못 하다간 깡통을 차든지 고아원으로 들어가야 해."

"큰형, 나는 도둑질을 하는 것이 무서워. 엄마도 돌아가실 때 도둑질은 하지 말라고 그랬는데……."

성수가 울먹이는 목소리로 말했다.

"그래. 어머니는 그렇게 말씀하셨어. 그렇지만 어쩔 수 없다는 건 너도 알 거 아냐? 동호가 지껄인 소리를 기억한다면 말이야. 너는 망만 보면 돼. 중수와 내가 물건을 빼낼 테니까."

성수나 내게 있어서 형은 아버지와 같은 존재였다. 형은 우리를 거느릴 책임을 느꼈고, 무엇이든지 결단을 내려야만 하는 처지였다.

우리는 형에게 복종했다. 우리는 조심스럽게 철조망 가로 다가갔다.

"수상쩍게 굴면 안 돼. 아주 태연하게 행동해야 해."

형이 단단히 다짐을 두었다. 그러나 내 가슴은 두려움으로 쿵당쿵당 뛰었다. 우리는 난생처음으로 도둑질을 하려는 것이었다. 성수는 너무나 겁을 집어먹은 나머지 혼쭐이 빠져서 넘어질 듯 비틀거렸다. 바로 눈앞에 판자때기가 산처럼 높이 쌓여 있었음에도 불구하고 나는 그것이 우리에게 조금도 필요치 않은 그 어떤 물건으로 둔갑해 주기를 바랐다.

"사무실은 파쇠 더미 저 너머에 있으니까 그 안에 사람이 있더라도 이쪽을 잘 볼 수는 없을 거야."

형이 우리를 안심시켰다. 우리는 바로 철조망 앞까지 다가갔다. 가시철조망은 녹이 잔뜩 슬어 있었으나 얼기설기 매우 촘촘하게 쳐져 있어서 나의 작은 몸뚱어리조차 비집고 들어갈 수가 없었다. 그러나 형은 용기를 잃지 않았다.

"성수야. 너는 저쪽 모퉁이에 가서 망을 봐. 사무실에서 사람이 나오면 곧장 신호를 보내야 해. 그리고 중수야. 너는 내가 판자때기를 여기 철망까지 들고 나오면 철조망 너머로 받아 내야 해."

우리는 형의 말에 고개를 끄덕거렸다. 형은 어른 키 한 배 반쯤 되는 철조망을 기어오르기 시작했다. 형의 태도는 도둑질을 하면서도 느긋하고 당당했다. 나는 형의 뒤꿈치가 달아난 군화 창이 겨울 하늘에 원을 그리는 것을 보았다. 그런가 싶자 형은 문제없다는 듯 내게 주먹을 쥐어흔들어 보이고는 발소리를 죽이며 판자때기 집적 장을 향해 다가갔다.

형은 넓이가 한 자쯤 되는 우리 키만 한 미송 널빤지를 다섯 장이나 뽑아냈다. 형은 두 번에 나누어 그 널빤지들을 철조망까지 잽싸게 날라 왔다.

"이만하면 구두닦이 통 세 개는 만들 수 있을 거야."

형이 속삭이듯 말했으나 내 눈에는 널빤지밖에 보이지 않았다. 세상은 온통 까맣게 보였다. 내 머릿속에서는 쿵쿵, 하고 대포 소리가 울리고 있었다. 누군가 소리라도 치며 달려온다면 달아나기는커녕 그 자리에 폭삭 주저앉고 말 것 같았다.

"꾸물거리지 말고 어서 받아."

형이 철조망 위로 널빤지를 밀어 올렸다. 그러나 철조망이 높아서 생각보다는 쉽사리 넘어오지 않았다. 이제는 이러나저러나 마찬가지였다. 우리는 이미 도둑질을 하고 있었으니까. 나는 용기를 쥐어짜 철조망 위로 기어 올라갔다. 철조망이 흔들렸고 내 낡은 군용 작업복은 쇠가시에 걸렸다. 그러나 나는 옷이 찢어진다는 것에 신경을 쓸 겨를이 없었다. 나는 허둥거리며 형이 올려 준 널빤지 끝을 잡아 끌어올렸다. 널빤지의 무게도 손이 시린 것도 느낄수가 없었다. 추위 따위는 어디론가 멀리 달아나 버렸다. 나는 형이 올려 주는 대로 널빤지를 하나하나 당겨 소리가 나지 않도록 조심해서 철조망 이쪽에 기대어 놓았다. 마지막 널빤지를 잡아당길 때였다.

"빨리 해. 누군가 오는 모양이야" 하고 형이 서둘러 말했다. 나는 성수가 망을 보고 있는 철조망 모퉁이를 바라보았다. 성수는 손가락으로 저쪽에서 누가 오고 있다는 시늉을 해 보이며 우리 쪽으로 뛰어오고 있었다. 나는 서두르며 마지막 널빤지를 잡아당겨 올리다가 그만 땅바닥에 내동댕이치고 말았다. 널빤지 튀는 소리가 언 땅 위에 탕탕 울렸다. 거의 때를 같이 하여 파쇠 더미 집적장을 돌아 우리에게로 뛰어오는 사람을 볼 수 있었다. 몇 살쯤 됐는지 얼른 알아볼 수는 없었으나 자줏빛 물감을 들인 군용 파카에 털벙거지를 쓰고 있었다.

"요 도둑놈의 새끼들, 거기 서 있지 못해?"

그가 벼락같은 소리를 질렀다. 형은 철조망에 달라붙었다.

"야, 중수야, 성수랑 어서 들고튀어."

"형도 빨리 넘어와."

그러나 어쩐 일인지 형은 철조망을 넘어 들어갈 때와는 달리 쉽게 이쪽으로 넘어 나오지를 못했다. 털벙거지를 쓴 사내는 이미 판자때기 집적 장까지 다가와 있었다.

"무슨 일이 있어도 그걸 들고 도망가. 뒤를 돌아봐서는 안 돼."

형이 다급하게 말했다.

"형은?"

"글쎄, 내 걱정은 하지 말고 들고튀라니까."

성수와 나는 널빤지를 양팔에 나누어 끼고 뛰기 시작했다. 우리가 아까 모의를 하던, 폐허의 담장까지 달려왔을 때 나는 형의 지시를 어기고 뒤를 돌아다보았다. 형은 막 털벙거지의 사내에게 허리춤을 잡혀 땅바닥에 나뒹굴고 있었다.

"형이 잡혔다."

내가 뛰면서 말했다.

"작은형, 이걸 도로 갖다 주고 용서를 빌자."

성수가 뛰기를 멈추고 숨을 헐떡거리며 말했다.

"그건 안 돼. 형은 무슨 일이 있어도 형에게 돌아오지 말라고 했어."

"형은 감옥에 갈 거야."

"형은 바보처럼 감옥에 가지는 않아. 형을 믿어."

"붙잡혔는데도?"

"감옥엔 가지 않아."

나는 두려움을 꿀꺽 삼키며 어서 멀리 도망치자고 말했다.

"만약에 그 사람이 형을 감옥에 보낼 만큼 인정이 없는 사람이라면 우리가 이걸 들고 가도 마찬가지로 감옥에 보내고 말 거야."

"형이 감옥에 가게 된다면 우리 셋이 모두 가는 것이 좋아. 형혼자만 보낼 수는 없어. 엄마는 언제나 우리더러 함께 다니라고 하셨어."

"그렇지만 형은 우리까지 감옥에 가는 것을 원하지 않는단 말이야."

나는 성수의 어깨를 내 어깨로 툭 밀고 다시 빠른 걸음으로 고모 댁을 향해 걸었다. 우리는 누군가 뒤에서 덜미를 잡을 것 같아서 낑낑 소리도 내지 못하고 널빤지를 양팔에 끼기도 하고 어깨에 메어 보기도 하면서 고모 댁으로 가는 돌계단을 올라갔다.

집에는 동숙 누나밖에 없었다. 고모와 고모부, 동호는 동호의 작은할아버지 댁으로 세배를 갔다는 것이다. 그것이 일마나 다행스러운지 몰랐다. 어른들의 추궁을 받는다면 널빤지들이 어디서 났는지 털어놓지 않으면 안 될 것 같았기 때문이었다.

"너희들, 이 널빤지 어디서 났니?"

동숙 누나는 성수와 내가 방 안으로 널빤지를 들여놓는 것을 지켜보며 의심이 가득 찬 목소리로 물었다.

"주웠어."

나는 거짓말을 했다.

"어디서?"

"한길에서. 미군 트럭이 싣고 가다가 흘린 거야."

도둑질을 한 번 하고 나니까 거짓말하는 것 정도는 별로 양심에 거리끼지가 않았다.

"정말이야?"

나는 침을 한 번 꿀떡 삼키고 나서 일부러 태연한 목소리로 말했다.

"정말이야."

"그런데, 성수는 왜 떨고 있니?"

"추워서 그렇겠지" 하고 내가 말하자 성수는 내 말이 맞다는 듯 고개를 두어 번 끄덕거렸다. 나는 성수를 아랫목 쪽에 앉히려고 성수의 어깨를 찍어 눌렀다. 성수가 무너지듯 털퍼덕 앉았다.

"방이 차."

성수가 말했다. 어젯밤 잠자기 전에 아궁이에 불을 땐 이후 죽때지 않았으니 방이 찰 수밖에 없었다.

"추우면 내 방으로 가. 그사이 내가 이 방에 불을 때어 놓을 테니까."

우리는 동숙 누나의 방으로 갔다. 누나의 방은 작고 아늑했다. 판자벽을 신문지로 도배한 것은 여느 방과 같았으나 그 위에 양키 잡지에서 뜯어낸 여러 장의 서양 여자 사진들을 더덕더덕 붙여 놓은 것이 이채로웠다. 나는 이따금 입술에 붉은 칠을 하고 젖가슴이 크고 엉덩이가 넓은 반 벌거숭이의 여자 사진들을 볼 때마다 경이로움을 금할 수 없었다. 나와 형은 그런 사진들이 실린 잡지를 동희 누나가 가지고 온다는 것을 알고 있었다. 그러나 우리는 동희 누나가 어디서 무엇을 하는지는 알지 못했다.

성수와 나는 요 밑에 발을 넣으며 아랫목에 앉았다. 방바닥이 따뜻했다.

형은 점심때가 넘어도 돌아오지 않았다. 우리는 동숙 누나가 끓여 준 떡국을 먹고 나서 우리 방으로 돌아갔다. 누나가 나무를 어찌나 많이 때었던지 방은 따끈따끈했다. 형이 돌아온 것은 날이 어둑시근해진 저녁 무렵이었다. 형은 경관이나 그 사내를 데리고 오지 않았다. 혼자 싱글벙글 웃으면서 돌아왔다.

"괜찮았어?"

내가 물었다.

"그래, 두어 번 발길에 차이기는 했지만 괜찮았어."

우리는 이불 속에 웅크리고 누워서 형이 겪은 일에 대해서 들었다.

"나는 붙잡히자마자 언 땅 위에 무릎을 꿇고 앉아 싹싹 빌었지. 그 사람은 나를 사무실로 끌고 갔어. 나는 거기서도 또 무릎을 꿇었지. 그 사람이 내 뺨을 후려치더군."

"어떻게 빠져나올 수 있었어?"

나는 그 점이 궁금해서 재우쳐 물었다.

"그 사람이 내 뺨을 후려쳤을 때 눈앞에 별똥이 튀더라. 나는 화가 났지만 참았어. 그 사람은 처음에 너희가 도망간 곳으로 함께 가자고 하더군. 그래서 우리 사정 얘기를 했어. 눈물을 짜면서. 그랬더니 약간 감동하더군. 그 사람 악한은 아니었지만 좀 치사스런 데가 있었지. 나를 용서한다면서 이렇게 말했어. '좋다, 하지만 너를 그냥 보낼 수는 없다. 이 빨랫감들을 빨아라.' 그러고 보니 그 사람,

빨래를 하던 중이었나 봐. 활활 나무가 타고 있는 난로 위에는 물통이 얹혀 있었고 난로 옆에는 양철통이 놓여 있었는데 그 속엔 빨랫감이 그득히 담겨 있었어."

나는 비로소 웃었다.

"형은 빨래하기를 죽기보다도 더 싫어하잖아?"

"그렇기는 하지만, 사람이란 때로는 무엇이든지 하지 않으면 안 될 때가 있는 거야. 오늘 그때가 그랬지. 그 사람이 다 닳아빠진, 양놈 치즈 조각 같은 빨래비누를 내밀더군. 까짓것 할 만했지. 난로는 활활 타겠다, 물은 뜨겁겠다. 점심까지 얻어 잡수시면서 말이야. 헌데 그놈의 오줌에 전 팬티를 빨 땐 아닌 게 아니라 먹은 게 뒤틀리더라."

우리 삼 형제는 그 말에 이불을 뒤집어쓰고 쿡쿡거리며 웃었다. 우리는 우리가 최초로 저지른 나쁜 짓의 죗값이 형이 빨래를 한 것으로 없어졌다고 생각했고, 그만하게 끝난 것을 다행스럽게 여겼다.

우리는 다음 날 아침부터 구두닦이 통을 만들기 시작하여 꼬박 이틀이 걸려 완성했다. 구두닦이 통에 멜빵을 달고 나자 우리는 그것을 제각기 어깨에 메어 보았다.

"정말 근사한데!" 하고 성수가 빈 구두닦이 통을 두드렸다. 그러나 밖에 나가 놀다가 막 돌아와, 우리가 구두닦이 통을 메고 좋아하는 모습을 본 동호는 가만히 있지 않았다.

"꼭 깡통을 하나씩 찬 거지 삼 형제 같구나."

우리는 때려 주고 싶도록 기분이 나빴으나 고모부가 지켜보고 있었으므로 동호의 말을 묵살했다.

"하지만 솔과 우단과 구두약은 어디서 구할 거냐?"

고모부가 말했다. 우리라고 그것을 몰랐던 것은 아니었다.

"구해야죠."

형이 볼멘소리로 대꾸했다.

우리는 저녁을 먹은 뒤 우리 방으로 건너와 이불로 무릎을 덮고 판자벽에 나란히 기대앉았다.

"우선 우단은 쉽게 구할 수 있을 거야."

형이 입을 열었다.

"어떻게?"

내가 물었다.

"훔치는 거지. 서울역 객차 칸에 몰래 들어가서 의자에 붙어 있는 놈을 뜯어내면 된다고."

그러나 형은 역으로 가지 않았다. 우리는 구두닦이 통을 만들어 놓고 사흘을 허송했다. 그렇다고 형이 도둑질을 포기한 것도 아니었다.

나흘째 되던 날 저녁, 밖에 나갔다 돌아온 형은 불쑥 말했다.

"내가 그동안 보아 둔 곳이 있어. 이번엔 너희는 나설 필요가 없어. 여럿이 몰려다니면서 도둑질을 하다간 붙잡히기가 쉬워. 나 혼자 갈 생각이야."

"역으로 갈 거야?"

성수가 다그쳤다.

"아냐."

"그럼?"

내가 물었다.

"성당이야. 빈 성당이라고."

나는 성당이라는 말에 가슴이 뜨끔했다. 장발장의 은촛대가 떠올랐기 때문이었다. 우리가 가지려고 하는 것이 은촛대는 아니었으나 나는 성당에 있는 물건을 훔쳐 냄으로써 내게 덮칠지도 모르는 후회스런 번민을 감당해 낼 수가 없을 것 같았던 것이다. 내 곁에 앉아 있던 성수는 형의 말을 듣고 이불 속으로 손을 뻗어 내 손을 잡았다. 성수의 손은 가늘게 떨고 있었다. 또다시 무엇을 훔친다는 것에 대해 성수는 불안한 마음을 넘어 공포를 느끼고 있었다.

"너희들 왜 그래? 이번에는 나 혼자 갈 작정이라니까."

형은 성수와 내가 달갑지 않은 얼굴을 하고 있는 것을 알고 소리쳤다. 깡통 등잔불이 판자 벽 틈바구니로 새어 들어오는 바람에 조금씩 흔들렸다. 서로의 얼굴이 던지는 그림자들이 서로의 얼굴들과 뒤엉겨 스산하게 어른거렸다.

"형이 간다면 나도 갈 거야."

나는 범죄에 대한 두려움을 떨쳐 버리면서 말했다. 내가 따라가겠다고 하니까 성수도 쫓아가겠다고 나섰다.

"넌, 안 돼."

형이 성수에게 말했다.

"엄마가 말했잖아? 언제나 같이 다니라고. 나만 혼자 남아 있는 것이 싫어. 형들이 없는 동안 별의별 생각을 다 해야 하니까 말이야. 혼자 있는 것이 무서워. 따라갈 거야."

형은 더 이상 성수를 떼어 놓고 가려고 고집을 부리지 않았다. 어쩌면 형 자신도 혼자 간다는 것이 켕겼는지도 몰랐다. 그때 그는 겨우 열여섯 살이었다. 아우들 앞에서는 어른 행세를 했으나 그의 가슴속에는 소년기의 동심이 아직도 응어리진 채 남아 있었다.

형은 잘 갈아 두었던 과도를 허리띠에 꽂았다. 우리는 두 번째 도둑질을 하기 위해 집을 나섰다.

그 성당은 서소문과 서울역 사이에 있는 철로 구름다리를 건너 만리동 산기슭 조그만 언덕 위에 자리 잡고 있었다. 거리에는 세찬 바람이 불면서 함박눈이 흩날리고 있었다. 거리는 어두웠으며 초저녁이었음에도 불구하고 인적은 빨리 끊어졌다. 우리는 거시들이 잠을 자고 있는 커다란 창고 앞을 지나 언덕을 향해 올라갔다. 역 쪽에서 기적 소리가 들려왔다. 언덕 위에서는 잎이 다 떨어진 앙상한 나뭇가지들이 바람에 윙윙 소리를 지르며 미친 듯이 춤을 추고 있었다. 우리는 정문으로 오르는 넓은 길을 버리고 비탈진 샛길을 택했다. 우리는 눈 속에 몇 번이고 미끄러지고 엎어지면서 성당이 눈앞에 보이는 언덕 위까지 올라갔다.

성당 뾰족탑에 걸린 십자가는 전쟁 통에도 망가지지 않았다. 나는 눈발 위에서 그 십자가가 은은하게 위엄을 떨치며 빛나는 것을 볼 수 있었다. 성당 건물은 장엄해 보였으며 도둑질을 하려는 우리를 가까이 오지 못하도록 팔을 뻗어 밀어내려고 하는 것 같았다. 나는 성수의 손을 꼭 잡고 형의 뒤를 따라 건물 가까이 다가갔다. 자세히 보니 성당의 유리창은 반 이상이 깨어져 있었고 더러는 열려 있었으므로 우리가 침입하기에 어렵지 않아 보였다. 우리는 조

심스럽게 성당 주위를 한 바퀴 돌아보았지만 어느 창에서도 불빛
은 새어 나오지 않았다. 형의 말대로 빈 성당임에 틀림없었다.

그러나 형이 막상 들어가려고 하니 어깨가 걸려 몸이 안으로 들
어가지 않았다. 유리창은 깨어져 달아나 있었으나 몸이 들어가기
에는 너무 비좁았다. 이 창문 저 창문으로 옮겨 다니면서 여러 차
례 시도해 보았지만 역시 들어갈 수 없었다. 형과 나는 당황하며
무의식중에 몸이 가장 작은 성수를 돌아다보았다.

성수는 우리가 무엇을 원하는지 알고 있었다. 성수는 묵묵히 형
과 나를 번갈아 바라보더니 마침내 말했다.

"좋아, 내가 해 보겠어. 그 칼을 내게 줘."

형이 허리춤에서 칼을 뽑아 성수에게 주었다. 잘 갈아진 칼날은
눈빛에 반사되어 파란빛을 내며 번뜩거렸다. 성수가 칼을 점퍼 아
랫주머니에 넣었다. 형과 나는 어린 아우를 도둑질의 최전방으로
내보내는 것을 매우 가슴 아프게 생각했다. 그러나 우리는 성수를
창틀 위로 밀어 올렸다. 끈질긴 시도 끝에 성수의 몸은 열려진 창
문 안으로 조금씩 조금씩 들어가기 시작했다.

"조심해. 안쪽은 꽤 깊으니까. 아니, 아니, 잠깐만 기다려."

형이 다급하게 말했다.

"야, 중수야, 허리띠를 끌러라."

나는 형이 시키는 대로 아버지의 넥타이를 허리에서 끌러 냈다.
형도 허리띠를 끌러 냈다. 우리는 두 개의 넥타이를 연결하고 서
로 잡아당겨 보았다. 풀어지거나 끊어질 염려는 없었다. 형이 나
를 무등 태웠다. 나는 넥타이의 한쪽 끝을 깨어진 유리창 창살에

단단히 묶고 나서 창틀 위로 올라가 벽에 찰싹 달라붙었다.

"나도 좀 끌어올려 줘."

형이 창 밑에서 손을 뻗었으므로 나는 한 손으로 형을 끌어올렸다. 형도 나처럼 창틀 위에 찰싹 달라붙었다.

"성수야, 안을 잘 봐. 이 안은 신자들이 미사를 드리는 곳이야. 아래로 뛸 때 의자에 부딪히지 않도록 주의해야 해. 뛰어내린 다음 이 창 밑 벽을 따라 곧바로 안쪽으로 들어가. 그러면 높은 단 옆으로 조그만 문이 하나 나 있어. 전에 그 문이 빠끔히 열려 있는 것을 내가 봤어. 그 안으로 들어가면 조그만 방이야. 우단이 붙어 있는 의자는 거기에 있어. 하나밖에 없지만 찾아낼 수 있을 거야. 눈빛이 하얗게 비치고 있으니까."

백설이 성당 안에 어렴풋한 빛을 던져 주고 있었으나 명확하게 보이는 물건은 아무것도 없었다. 성당 안은 매우 깊어 보였으며 똑똑히 보이는 것이라고는 맞은편의 깨어진 유리창들뿐이었다.

"어서 뛰어내려야 해. 그렇지 않으면 힘이 빠져서 뛰어내리더라도 다치기 쉬워. 자, 자, 성수야, 뛰어내려. 겁낼 것 없어."

형은 타이르듯 속삭이며 뛰어내리기를 재촉했다. 그와 동시에 정적에 묻힌 성당 안을 뒤흔들어 놓듯 콰당 쿵, 하는 큰 소리가 밑에서부터 들려왔다.

"괜찮니?"

나는 어둠 속을 들여다보며 물었다.

"괜찮아."

아픈 것을 참는 듯한 성수의 목소리가 들렸다.

"곧장 저 앞쪽 문을 향해 가."

형이 말했다. 나는 어둠보다 더 짙은 검은빛의 그림자가 고양이처럼 살금살금 기어가는 것을 보았다.

"중수야, 이리 와."

형이 나를 끌어내렸다.

"건물을 돌아가면 성수가 있는 곳을 볼 수 있어."

우리는 성당 뒤뜰 쪽으로 돌아갔다. 눈은 그동안에도 사정없이 내려 쌓여 발목 위까지 푹푹 빠졌다. 뒤뜰 쪽에 두 개의 유리창이 나 있었다. 그러나 그 유리창들은 웬일인지 깨져 있지도 않았고 열려 있지도 않았다. 북풍에 휘몰아치는 눈발은 유리창에 자꾸만 더께로 쌓여 엉겨 붙었다. 우리는 유리창이 깨져 있지 않아서 창살에 달라붙을 수가 없었다. 디딤돌을 찾았으나 돌멩이들은 얼어 붙어서 꼼짝하지 않았다. 우리는 성수가 무엇을 어떻게 하고 있는지 알 수가 없었으므로 몹시 조바심을 내었다.

"무등을 타."

형이 말했다. 나는 형의 어깨 위에 올라앉았다. 겨우 내 얼굴이 창턱에 닿았다. 나는 쌓인 눈을 손으로 밀어내고 안을 들여다볼 수 있도록 팔뚝으로 유리창을 문지르고 나서 얼굴을 창턱 위에 바짝 갖다 대었다.

그러나 안은 깜깜했으며 아무 소리도 들리지 않았고 성수의 조그만 모습은 찾을 수가 없었다. 마치 성수가 성당 안의 어둠에 녹아 없어져 버린 것 같은 생각이 들어서 더럭 겁이 났다. 나는 조심스럽게 손가락으로 창문을 두드렸다.

"성수야!"

그러나 안에서는 기척이 없었다. 성수가 기척을 냈더라도 밖에는 들리지 않은 것인지도 몰랐다. 그 순간이었다. 나는 소스라치게 놀라 뒤로 나자빠질 뻔했다.

"왜 그래?"

형이 밑에서 힘에 겨운 듯 비틀거리면서 말했다.

"불빛이야!"

"뭐라고?"

우리나 성수나 초는커녕 성냥 한 개비도 가지고 있지 않았던 것이다. 불빛은 한쪽 구석 마룻바닥 밑에서부터 올라왔다. 마치 땅이 갈라지고 불기둥이 솟아오르는 것처럼 보였다. 나는 눈을 크게 뜨고 바라보았다. 불빛은 점점 밝아지며 옆으로 퍼져 나갔고 마침내 길게 바닥까지 늘어지는 검은 옷을 입은 키가 큰 사람이 램프를 들고 서 있는 것을 볼 수 있었다.

"어떻게 된 거야?"

"지하실이 있나 봐. 신부처럼 보이는 사람이 램프를 들고 나왔어."

"아, 빌어먹을!"

형이 비틀거리며 뇌까렸다.

"성수는 어떡하고 있어?"

나는 조그만 방 한가운데에 새파랗게 질려서 한 손에는 날이 선 칼을 들고 한 손에는 방금 뜯어낸 듯 보이는 우단 조각을 움켜쥐고 덜덜 떨고 서 있는 우리의 아우를 볼 수 있었다. 그리고 검은 옷을 입은 사람의 앞가슴에 금빛으로 빛나는 것이 십자가라는 것도 알아볼 수 있었다. 신부의 얼굴은 불빛의 음영 때문인지 몹시 여위어 보였으나 그는 입가에 부드러운 웃음을 띠며 성수에게 도망가지 말라는 듯이 손짓을 하고 있었다. 나는 너무나 놀라서 입을 딱 벌린 채 형의 어깨 위에서 못 박힌 듯 꼼짝할 수가 없었다.

"성수가 보이냐니까?"

형이 울음 섞인 목소리로 되물었다.

"보여. 그렇지만 틀렸어. 성수는 도망칠 수가 없나 봐."

"왜? 그걸 어떻게 알아?"

정말 성수가 도망치지 않는 이유를 알 수가 없었다. 성수는 칼을 떨어뜨리고 우단을 두 손에 움켜쥐고는 신부 앞으로 가서 무릎을 꿇고 신부의 얼굴을 올려다보았다. 나는 성수가 뭐라고 애원하는 모습을 볼 수 있었다.

신부가 성수의 머리를 쓰다듬었다. 그는 성수를 일으켜 세웠다. 그러고 나서 그가 나왔던 그곳으로 성수를 데리고 꺼지듯 사라지는 것을 보았다.

"갔어, 땅속으로."

형의 어깨에서 내려오면서 내가 말했다.

"땅속으로? 성수를 데리고 갔단 말이야?"

"음. 하지만 아무 일 없겠지, 그 사람은 신부니까."

"빌어먹을 신부! 난, 성당이 비어 있는 줄 알았어."

"신부를 욕하지 마. 까딱하단 벌 받아."

나는 웬일인지 성수가 잘 풀려 나올 것이라는 생각이 들었다.

아마도 장발장을 연상한 건지도 몰랐다. 우리는 용서를 빌러 성당 안으로 들어갈 용기도 없었으려니와, 성수가 무사하게 나올 것이라는 예감이 들었기에 성당 처마 밑에서 죽치고 기다렸다.

성수가 나온 것은 한 시간가량 지나서였다. 성수는 형이 잘 갈아 준 칼을 성당 안에 떨어뜨렸으나 우리 셋이서 1년 동안은 구두를 닦기에 충분한 양의 우단 조각을 가지고 나왔다.

"햐, 그 신부 제법이야!"

형은 성수의 어깨를 두드리며 좋아했다. 그러나 그 두 번째 도둑질이 성수의 인생 방향을 어떤 길로 결정짓는 데 있어서 크나큰 영향을 끼쳤다는 것을 말해 두지 않을 수 없다.

3

우리는 다음 날 아침부터 우단밖에 들어 있지 않은 구두닦이 통을 하나씩 덜렁 둘러메고 고모가 국밥 장사를 하는 시장터로 나갔다. 아직 이른 시각이라 문을 연 점포들이 많지 않았다. 문을 연 곳은 좌판을 벌인 생선 장수들과 쌀가게와 식료품상뿐이었다. 고모가 이른 새벽부터 국밥 장사를 벌이는 것은 무악재 고개를 넘어오는 시골 나무장수들을 상대하기 위해서였다. 나무장수들은 가까이는 녹번리와 구파발에서, 멀리는 벽제나 일산에서부터 왔다. 그들이 가지고 오는 나무 중에는 말 마차나 낡은 조립 트럭에 실어 오는 굵직한 장작단들도 있었으나, 소달구지와 지게로 날라 오는 소나무 삭정이들과 마른 솔잎들이 대부분이었다.

눈 쌓인 장바닥에는 나무장수들이 날라 온 소나무 삭정이들이 군데군데 쌓여 있고 사람들이 땔나무를 사려고 흥정을 붙이고 있었다. 나뭇단에서 떨어져 나온 자질구레한 삭정이나 흐트러져 있는 마른 솔잎을 긁어모아 작은 화톳불을 지펴, 언 손과 젖은 짚신

발을 쬐는 나무장수들의 모습도 군데군데 보였다.

고모의 밥 수레 주위에는 나무를 팔아 돈을 쥔 나무장수들이 꽤나 붐비었다. 고모는 나무장수들에게 보리밥과 시래깃국을 퍼 주었으며 동숙 누나는 빈 그릇을 설거지하기에 여념이 없었다.

햇살이 시장 바닥에 퍼지면서 점포들이 하나, 둘 문을 열기 시작했다. 고무신 가게·기름 가게·문방구·포목점·옷 가게·재봉틀 집, 도넛과 꽈배기 가게가 열렸고, 노점의 바늘 장수와 점쟁이가 나오면 나무장사는 파장이 되었다. 그러면 고모의 국밥 장사도 손님이 뜸해져 일손이 한가해지기 마련이었다.

"너희들, 아침 일찍부터 웬일이냐?"

그제야 고모는 우리를 알아본 듯 말했다. 우리는 일제히 일어서며 깔고 앉았던 구두 통을 들어 보였다.

"저희도 돈벌이를 하고 싶은데요. 고모님, 돈 좀 빌려 주세요. 벌어서 꼭 갚아 드릴게요" 하고 형이 말했다.

"구두약과 구둣솔을 사야 하거든요."

내가 덧붙였다.

"너희가 구두닦이를 나간다고? 고모부한테 얼핏 듣기는 했다만, 이담에 커서 고모가 너희들 구두닦이 시켰다고 흉잡으려고 그러냐? 내게도 생각이 있으니 한 1년만 참아."

고모는 우리를 더 이상 상대하지 않으려는 듯 몸을 돌려 밥솥의 누룽지를 닥닥 긁었다.

"고모님, 정말이에요. 형들과 제가 이 일을 하기 위해 얼마나 애를 써 왔는지 몰라요."

성수가 고모의 행주치마 자락을 붙잡았다. 성수의 애를 썼다는 말은 두 번씩이나 저지른 도둑질을 두고 한 말 같았다.

"어린 너까지 이러기냐?"

고모는 짜증스럽게 성수의 손을 뿌리치려고 하다가 서글프기라도 한 듯 성수를 끌어안고 말했다.

"나를 원망하지 않는다면 좋다. 돈을 주지. 이 돈은 갚지 않아도 괜찮아. 그러니 너희 소원대로 돈을 벌어 보도록 해 봐라."

당장의 소원은 그렇게 해서 이루어졌다. 우리는 그길로 구두약과 구둣솔을 샀다. 까만 구두약과 자색 구두약, 흙을 터는 솔과 광을 내는 솔과 가루 물감을 탄 물감 병을 각각 하나씩 구두닦이 통 속에 넣었다. 그것들을 통 속에 넣으면서 우리는 금방이라도 떼돈을 벌 것처럼 자못 흥분했다.

"자, 이제부턴 구두 닦는 연습을 하자."

형이 말했다. 그래서 우리는 고모 댁 마당 장독대에 앉아서 구두 닦기 실습에 들어갔다. 뒤축이 달아나고 앞창이 아가리를 벌리고 있는 형의 다 떨어진 군화가 우리의 실습 재료였다. 형의 군화에는 흙이 더께로 앉아서 찌든 흙을 칼로 긁어내는 데에만 두 시간을 소비했다. 형은 나와 성수의 실력이 형편없다고 생각했으므로 그 더러운 구두를 닦는 일을 우리 둘에게만 시켰다. 형을 원망할 수는 없었다. 그런 교육을 시키는 형의 심정은 사랑하는 자식에게 매를 때리는 어버이의 마음과 조금도 다를 바가 없었기 때문이었다. 형은 나무 의자에 앉아 있었고, 성수는 형의 왼쪽 구두를, 나는 오른쪽 구두를 닦았다. 나는 칼로 흙을 긁어낸 다음 솔질을 하고 까만 물감을 칠했다. 성수는 자색 물감을 발랐다. 그리고 그 빛깔에 맞는 구두약을 발랐다. 짝짝이 구두가 될 것이 틀림없었지만 그것은 형의 배려였다.

"약을 아껴서 써야 해. 너무 헤프게 쓰면 곧 동이 나 버릴 테니까."

오른쪽은 까맣고 왼쪽은 자색 빛깔이 되고 만 구두는 아무리 맑은 침을 튀퉤 '뱉어 가며 구둣솔 모서리의 나무 부분으로 문지르고, 빳빳하게 일어선 털을 손으로 쓰다듬고 우단으로 비벼 대도 빛이 나지를 않았다.

"구두 닦는 것도 정말 기술이 필요한 건가, 형?"

성수는 송골송골 땀이 맺힌 콧등을 쳐들고 형에게 물었다.

"물론 기술이 필요해. 하지만 우리에겐 없는 게 너무 많아."

"또 뭣이 필요해?"

"그놈의 쌰다시〔쓰야다시〕*와 왁스와 용수철이 없단 말이야."

한참을 골똘히 생각하더니 형은 "돈을 벌어서 구하는 수밖에 없어" 하고 비장한 목소리로 결론을 내렸다. 그러니까 우리 삼 형제는 이모저모로 하자가 많은 구두닦이였다. 하루 동안의 실습을 거친 뒤 우리는 용기를 내어 거리로 출진했다.

언제나 형이 앞장섰다. 우리는 아현동 마루턱을 넘어 굴레방 다리를 지나 신촌으로 갔다. 신촌에 있는 연희대학교 교정에는 수많은 미군이 주둔해 있었다. 그곳이 최초의 목적지였다. 우리는 용감하게 각박한 생존 경쟁의 결전장에 뛰어들었다.

*쌰다시: 미군 부대에서 나오던 구두약을 일컫던 말.

대학교 정문 근처는 어수선했다. 지프차와 드리쿼터와 트럭과
장갑차가 수시로 드나들었다. 차량들은 더러는 비고 더러는 군인
을 싣고 있었는데 어디를 그다지도 뻔질나게 왔다 갔다 하는지 나
는 알 수가 없었다. 정문 초소에는 미군 보초가 하나 서 있었지만
그 임무는 부대 주둔지 안으로 들어가려는 한국인들을 제지하기
위한 것이지 미군이 주둔지 밖으로 나오는 것을 막기 위한 것은
아닌 것처럼 보였다. 미군들은 삼삼오오 짝을 지어 초소 밖으로
나와 어슬렁어슬렁 배회했다.

"할로, 슈사인?"

구두닦이들이 미군들의 꽁무니를 따라다니며 구두를 닦으라고
졸라 대었다. 먼저 달라붙은 아이들은 뒤따라 붙는 아이들에게 눈
을 부라리며 밀쳐 냈다. 그러나 먼저 붙거나 나중에 붙거나 힘센
자만이 손님을 차지할 수 있었다. 어쩌다가 인정 많은 군인이 나
타나서 고맙게도 아이들 중에 가장 나이 어리고 연약한 아이를 택
해서 구두를 닦으라 하기도 했다. 그러나 힘센 자는 연약한 아이
옆에 끈질기게 붙어 서서 으르렁거리며 겁을 주었다.

우리는 이 이방의 지대에서 언제나 아이들의 꽁무니에 처져 있
었다.

"이러다간 군화 한 짝도 닦지 못하겠다."

형은 조바심을 내었다. 그러나 꽁무니에 처져 있는 한, 조바심
을 낸다고 손님이 찾아오지는 않았다. 어떻게 하든 새로운 군인이
나타나면 그를 향해 앞으로 뛰쳐나가야 했다. 덩치 큰 아이들의
위협을 무릅쓰고. 그와 같은 각오에도 불구하고 우리는 번번이 아

이들에게 제지당하거나 밀려났다. 우리는 꽁무니를 따라다니기에도 지쳤다. 어깨에 구두닦이 통의 무게가 느껴졌고, 셋이서 번갈아 들고 다니는 작은 나무 의자조차도 성가시고 번거로운 물건처럼 여겨졌다.

"형, 엄살을 떠는 것이 아니야. 다리가 아파."

정오의 햇살이 나뭇가지 사이로 따스하게 내리비칠 즈음에 성수는 좀 쉬자고 말했다.

"그래, 좀 쉬자꾸나."

형이 성수의 제의를 받아들였다. 성수를 나무 의자에 앉히고 형과 나는 구두닦이 통 위에 엉덩이를 대고 걸터앉았다. 군용차들은 끊임없이 우리 앞에 흙먼지를 한 아름씩 안겨 주면서 오고 갔다. 저쪽에서는 아이들과 어른들이 미군들을 우우 따라다니고 있었다.

나는 구두닦이 통을 깔고 앉아서 깜빡깜빡 졸았다. 나는 정말 새라도 된 듯이 아스라이 현실에서 떠나가고 있는 참이었다.

형이 내 어깨를 쳤다. 나는 후닥닥 놀라 번쩍 눈을 떴다. 드리쿼터 한 대가 우리 앞에서 멎는 중이었다. 매캐한 흙먼지가 콧속으로 파고 들어왔다. 먼지가 가라앉자 우리는 두 명의 미군이 드리쿼터에서 뛰어 내리는 것을 볼 수 있었다. 그들을 내려놓고 차는 곧 떠났다.

한 사람은 희멀건 얼굴에 키가 훤칠하게 컸고 한 사람은 가무잡잡한 얼굴에 키가 작았다. 그들은 커다란 자루처럼 생긴 군용 백을 하나씩 들고 있었는데 이곳 부대로 전속을 오든가 아니면 다른 부대로 전속 가는 군인들처럼 보였다. 그들은 우리가 다가가기도 전에 먼저 우리 쪽으로 걸어왔다. 저쪽에서 덩치 큰 구두닦이들이 달려오고 있는 것이 보였으나 이 두 군인만은 틀림없는 우리의 손님이니 빼앗길 염려가 없다고 생각했다.

형은 키 큰 군인을 맡아 의자에 앉혔고 나와 성수는 작은 군인을 맡아 군화 한 짝씩을 닦기로 했다. 우리는 이 최초의 손님들의 구두를 잘 닦아야 한다는 의무감에 몹시 긴장하면서 밀가루를 뒤집어 쓴 것처럼 뿌옇게 되어 버린 군화를 우리의 깨끗한 새 구두닦이 통 위에 올려놓았다. 군화 가죽에는 털이 일어서 있었으므로 먼지가 쉽게 털리지 않았다. 나는 열심히 구둣솔을 문질렀다. 성수는 내가 하는 양을 흘끔흘끔 눈여겨보면서 내 흉내를 내었다.

그때였다. 여러 개의 그림자가 미군의 바짓가랑이와 우리의 손 위로 떨어졌다. 그런가 싶었는데 누군가 내 구두닦이 통을 군홧발로 툭 찼다. 나는 한 손으로는 여전히 먼지를 털어 내면서 한 손으로는 통이 움직이지 않도록 꽉 잡았다. 미군들은 그들의 주위에서 어떤 부당한 일이 벌어지고 있는지 알지 못하는 듯이 껄껄 웃어젖히며 이야기꽃을 피우고 있었다. 나는 또 다른 군홧발이 성수의 구두닦이 통을 걸어차는 것을 보았다. 성수가 나를 보았다. 금방이라도 눈물을 흘릴 것 같은 눈빛으로 어떻게 했으면 좋겠느냐는 표정이었다. 나는 아무 말도 할 수가 없었다. 여기에서 손님을 다른 놈들에게 빼앗긴다면 너무나 억울했다. 나는 형 쪽을 보았다. 형의 뒤와 옆에도 서너 명이 서 있었다.

"계속해."

형이 힘주어 말했다.

"계속하자."

내가 성수에게 속삭였다. 그러자 이번에는 구두약이 페인트칠처럼 뒤범벅으로 묻어 있고, 관록을 자랑하는 해골이 그려진 작은 구두닦이 통이 내 통 옆으로 슬그머니 다가왔다. 좀 전의 군홧발이 그 통을 내 통 쪽으로 밀었다. 조금만 더 세게 밀면 내 통은 옆으로 밀려날 것 같았다.

"이 새끼들 벽창호들인데? 철삿줄로 귓구멍을 뚫어 줘야겠어."

누군가 등 뒤에서 내뱉었다. 그와 동시에 나는 우악스런 손아귀에 목덜미를 잡히고 뒤로 벌렁 나자빠졌으며 내 구두닦이 통은 길바닥을 향해 날아갔다. 물감 병이 박살 났다. 길바닥의 흙먼지는 붉고 검은 잉크를 빨아들이는 강력한 압지처럼 내 구두 물감을 순식간에 흡수해 버렸다. 구두약과 구둣솔이 길바닥에 흩어졌다. 성수도 나와 똑같은 꼴을 당하고 말았다.

나는 세 명의 덩치 큰 아이들을 바라보았다. 두 명은 나보다 키가 한 뼘이나 더 커 보였고, 나머지 한 놈은 나와 비슷한 키였으나 코 밑에 가뭇가뭇 수염이 나 있는 것이 꽤 나이가 든 것 같았다. 내 통을 내던진 것은 수염이 나 있는 놈이었다.

우리의 손님이었던 가무잡잡한 얼굴의 미군이 그들의 난폭한 행동에 대해 뭐라고 소리쳤다. 수염이 난 놈은 미군을 향해 비위 좋게 싱글싱글 웃으며 그의 해골이 그려진 작은 구두닦이 통을 미군의 발 앞으로 밀어 놓았다.

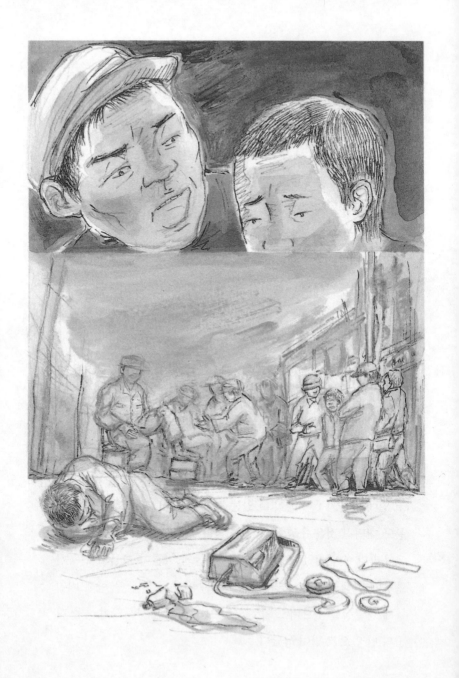

"헬로 싸진, 저 새끼들 슈샤인 남바 텐, 우리들 슈샤인 남바원!"

수염이 난 놈은 '저 새끼'라고 말할 때는 성수와 나를 가리켰고 '우리들'이라고 말할 때는 자기와 동료 두 명의 가슴을 가리켰다.

"헬로 싸진, 남바원 슈샤인 오케이?"

그것은 구두를 닦겠느냐고 의사를 타진한다기보다는 자기들에게 구두를 닦으라는 강요의 몸짓이었다. 가무잡잡한 얼굴의 미군은 우리를 향해 별수 없지 않겠느냐는 듯 어깨를 으쓱거려 보이며 고개를 갸우뚱했다. 하기야 미군은 아무래도 좋았다. 누구에게서든지 구두를 닦으면 그만이었으니까. 게다가 하는 수작들을 보니 먼젓번에 닦은 아이들에 비해 이 아이들이 어쩐지 더 잘 닦아 줄 것 같다고 생각했는지도 몰랐다. 수염이 난 놈이 가무잡잡한 얼굴을 한 미군의 발을 두 손으로 잡아 그놈의 해골이 그려진 구두 통 위에 올려놓았다.

그동안에도 형은 성수와 나에게서 손님을 빼앗아 버린 세 놈 외에도 또 다른 두 명의 위협을 받고 있었음에도 불구하고 우리가 수난을 당하는 것도 못 본 체하고 키 큰 미군의 구두를 닦고 있었다. 성수와 나는 길바닥에 흩어진 구두약과 솔과 우단을 통 속에 주워 담았다. 다행히도 통은 멀쩡했다. 내가 구두닦이 도구들을 주워 담는 사이에 또 한 개의 구두닦이 통이 우리 머리 위를 넘어 날아와 길바닥에 떨어졌다. 물감 병이 깨졌고 구두약의 뚜껑이 열리면서 뚜껑과 약 담긴 깡통이 제각각 길 위를 굴러갔다.

나는 형 쪽을 보았다. 뒤에서 잡아당기는 놈 때문에 엉덩방아를 찧었던 형은 막 일어나고 있었다. 형은 처음에 순순히 물러 나올 것처럼 보였다. 형은 대여섯 발짝 뒤로 물러섰다. 그러더니 앞으로 달리면서 구두닦이 통을 키 큰 병사의 발아래 갖다 놓으려고 하던 어떤 놈의 똥창을 내가 연습 삼아 닦아 주었던 까만 빛깔의 오른쪽 구두로 냅다 걷어찼다.

"아이쿠!"

우리에게 등을 보이고 있던 녀석은 키 큰 병사의 다리를 부둥켜안으며 앞으로 고꾸라졌다.

"성수야, 중수야, 뛰어!"

형이 길바닥에 뒹굴던 자신의 구두닦이 통을 매처럼 날쌔게 낚아채며 소리쳤다. 우리는 정신없이 도망치기 시작했다. 붙잡혀서 얻어터진다면 그보다 더 억울한 일은 이 세상에 없었다.

"저 새끼들 잡아라!"

두 놈이 쫓아오면서 소리쳤다. 그러나 우리를 잡으려는 사람들은 없었다. 우리는 납작한 민가의 골목길을 지나 철롯둑 위로 올라갔다. 우리는 돌을 주워 들었다. 그러나 녀석들은 더 이상 추격해 오지 않았다.

정신없이 뛰느라고 너무나 숨이 차서 우리는 철로를 베개 삼아 다리를 쭉 뻗고 나란히 누워 버렸다. 하늘은 구름 한 점 없이 투명했으나 우리에겐 조금도 깨끗해 보이지 않았다.

"첫날부터 재수가 더럽게 없구나. 물감 병은 여섯 개나 박살이 났고, 의자와 내 구두약과 구둣솔과 우단은 찾을 수 없게 돼 버렸으니……."

형은 땅이 꺼져라 탄식했다. 땀이 식자 나는 다시 추위를 느끼기

54

시작했다. 철로를 베고 있는 머리통에 차가운 기운이 감돌았다.

우리는 철로 한가운데 앉아서 한동안 침묵을 지키면서 먼 곳으로 시선을 던졌다. 변두리 지역이어서인지 공습의 피해를 받은 곳이 눈에 띄지 않았다. 초가지붕과 기와지붕들이 옹기종기 이어져 있는 것이 눈 아래 보였다. 멀리 당인리 쪽으로 겨울의 살벌한 밭이랑이 펼쳐져 있었다. 우리는 배가 고팠으나 수중에는 수수떡 한 덩어리 사 먹을 돈도 없었다.

"가자."

형은 빈 구두닦이 통을 성수에게 물려주고 대신 성수의 통을 어깨에 둘러메었다.

"어디로?"

"이 철로를 따라가자. 그러면 서대문 쪽으로 나갈 수 있어. 가장 빠른 길이지."

형은 막연하게 말했다. 나도 아이들에게 들어서 굴레방 다리의 굴을 통과하면 서대문과 서소문으로 나간다는 것쯤은 알고 있었다. 우리는 천천히 걷기 시작했다. 정말 슬프고 배고프고 다리 아픈 한나절이었다. 그러나 성수를 보아서라도 울 수는 없었다. 그런 기분은 형도 마찬가지였을 것이다. 나와 성수를 보아서 형은 울 수도 없었다.

"어이, 한수야!"

그때 등 뒤에서 누군가 형의 이름을 부르는 소리가 들려왔다. 우리는 귀가 번쩍 뜨이지 않을 수 없었다. 이런 곳에 형을 아는 사람이 있다니! 우리는 걸음을 멈추고 뒤를 돌아다보았다.

형만 한 소년이 구두닦이 통을 메고 뛰어오고 있었다.

"야, 너, 한수가 맞지?"

소년이 소리쳤다. 형이 앞으로 나서며 대답했다.

"그래, 내가 한수야."

"너, 나 모르겠어? 같은 반에서 공부하던 길남이야."

형은 한참이나 그 소년을 가는눈을 뜨고 바라보았다. 형의 눈은 점점 커졌고 놀라움을 참을 수 없다는 듯 입이 딱 벌어졌다. 형은 소년의 손을 움켜잡았다. 형이 감격해서 떠듬거리며 말했다.

"야, 너, 정, 정길남이 아니야?"

"그렇다니까. 야, 정말 오래간만이야. 2년 만이잖아? 이렇게 만 나리라곤 생각 못했어."

"나도 그래. 그런데 어떻게 너까지도 이 서울에서 구두닦이를 하고 있지? 너네 아버진 높은 분이었잖아? 지금쯤 부산에서 공부 나 열심히 하고 있을 줄 알았는데 말이야."

"그렇게 됐어. 아버진 이북으로 끌려갔어. 어머닌, 시골로 다니시며 옷감 장사를 하시지만 신통치가 않아. 그래서 우선 동생들만 학교에 보내는 형편이야. 아까 구두를 닦다가 너를 보았어. 네가 도망치는 걸. 구두를 다 닦은 다음에 걔들에게 가서 물어봤지. 네가 어느 쪽으로 도망쳤는지 말이야. 걔들이 너를 찾으면 꼭 알려 달라고 하면서 철롯둑으로 가 보라고 가르쳐 주더군. 그 자식들 나쁜 놈들이야. 나는 오래전부터 사귀어 와서 괜찮지만 웬만한 아이들은 하루에 양담배 두 갑씩 상납하지 않으면 그냥 두지를 않아. 그건, 그렇고, 넌 어쩌다 구두닦이가 된 거야?"

"아버진 전사하시고 어머닌 병사하시고 우린 고모님 댁에 얹혀
살아."

"정말 안됐다."

길남은 한숨을 내리쉬고 성수와 나를 눈여겨 바라보았다.

"내 아우들이야. 얜 중수고, 쟨 성수라고 해."

"지금, 어디로 가는 거야?"

길남이 물었다.

"시내 쪽으로."

"가 봐야 별수 없다는 걸 몰라?"

"우린 오늘 처음 나왔어."

"환장하겠군."

그는 속이 상하다는 듯 혼잣소리처럼 투덜거렸다.

"점심은 먹었어?"

"아니, 별로 생각이 없어."

형의 말과는 달리 나는 배가 고팠다. 그것은 형도 성수도 마찬
가지였다.

"생각이 없다니 무슨 소리야? 아우들은 몹시 지쳐 보이는데.
잘됐어. 나도 아직 요기를 하지 않았으니까. 요 둑 아래로 내려가
면 내가 잘 아는 꿀꿀이죽 장수가 있어. 우선 요기부터 하자고. 내
너한테 할 얘기도 있고 말이야."

형이 머뭇거리자 길남은 형의 팔을 잡아끌었다.

"이거, 미안해서 말이야. 하나도 아니고 셋씩이나 되니."

"미안해할 것 없어. 나중에 돈벌이가 잘되면 내게 세 끼 사 주면

되니까."

우리는 허술한 널빤지 밥상 앞에 앉았다. 솥에서는 꿀꿀이죽이 끓었으며 나무 뚜껑의 이음매 틈새로 김이 솟아올랐다. 나는 시큼하면서도 기름진 국물 냄새를 맡고 나도 모르게 연신 침을 삼켰다.

"처음 보는 손님들인데?"

주인아주머니가 국자로 꿀꿀이죽을 그릇에 퍼 담으면서 길남에게 말을 건넸다.

"네, 옛날 학교 친구를 만났어요. 이 친구죠. 둘은 이 친구 아우들이고요."

"안녕하세요?"

형이 목례를 하며 아주머니에게 인사를 했다. 아주머니는 당황한 듯 얼른 인사를 받았다.

"어쩜, 심 형제가 저렇게들 똑똑하게 생겼을까."

"아주머니, 듬뿍 퍼 담으세요. 좋은 아이니까요."

길남이 너스레를 떨었다.

"이르다 마단가. 내 꾹꾹 눌러 주지."

아주머니는 웃으며 농담을 했다. 그녀는 뜨거워서 더 붙잡고 있을 수 없을 만큼 가득 가득 죽을 퍼 담은 뒤 죽 그릇을 기름에 전 밥상 위에 올려놓고는 국자로 조금씩 더 얹어 주었다. 나는 맛을 볼 사이도 없이 뜨거운 죽을 입 안에 퍼 넣었다.

우리는 몇 쪽의 단무지를 반찬으로 꿀꿀이죽을 게 눈 감추듯 먹어 치웠다. 배가 두둑하고 뜨뜻해지자 새로운 기운이 솟아나는

58

듯했다.

"잘 먹었어."

형이 말했다.

"맛있게 먹었어요."

"몹시 배가 고팠던 참이었거든요."

나와 성수가 말했다.

"뭘, 이런 걸 가지고……" 하고 길남이 대꾸했다.

"아무튼 맛있게들 먹었다니 고마워."

"그래, 할 얘기가 뭐야?"

형은 그것이 궁금했던 것 같았다.

"너희가 오늘 처음으로 통을 메고 나왔다고 하니 하는 말인데 여기 서울 바닥에서는 신통한 벌이가 안 돼. 시내나 변두리 부대 주변이나 매한가지야. 시내엔 구두 닦을 만한 사람이 없고 또 부대 주변도 이미 한물갔어. 부대 주변은 어디든 아까 그런 놈들이 판을 치고 있지. 신뻬이(신참)들은 발도 들여놓지 못해. 툭하면 두드려 맞고 좀 값나가는 물건은 억울하게 빼앗기고 말지. 그런데다가 서울에 있는 미군들은 닳고 닳아서 아주 짜게 놀아. 어수룩하지 않은 정도가 아니야. 아이들을 골탕 먹이려는 놈들도 있고. 열심히 구두를 닦고 나면 겨우 껌 하나 주는 놈도 있어. 뭐 좀 더 달라고 하면 눈을 부라리고 때리려 드는 양키도 있고 말이야."

"그럼, 우리가 구두닦이로 나선 것이 잘못되었다는 거니?"

형은 불안한 목소리로 물었다.

"꼭 그렇다는 건 아니야."

"어떡했으면 좋겠어?"

"전방으로 가는 거야. 일선으로 말이야."

길남은 말뚱말뚱 그의 얼굴을 바라보는 우리 삼 형제를 번갈아 보며 용기를 불어넣어 주려는 듯 열을 올리며 말했다.

"위험하잖아?"

"위험하지. 그러나 최전방에만 나가지 않으면 괜찮아. 포탄이 터지는 데선 구두 닦을 양키도 없지만 말이야. 싸움터 바로 뒤에 있는 지원 부대를 찾아가는 거야. 난, 한 번 갔었지. 이렇게 벌이가 계속 안 된다면 또 갈 생각이야. 내가 사귀어 둔 아이들도 있고, 가면 꽤 재미있을 거야. 민간인 통제 구역에서 유엔 경찰들이 민간인을 보면 못 들어가게 하지만 일단 그 지역을 통과하면 안전하지. 엠피에게만 잡히지 않으면."

"거기선 벌이가 좋은가?"

형은 궁금한 것 투성이였다.

"좋지 않으면 권하지도 않아. 거기 양키들은 순진해서 즉흥적이야. 솔직히 말해서 언제 죽을지 모르니까. 한 번 닦으면 담배를 다섯 갑 주는 친구도 있어."

형은 한동안 생각에 잠겨 있었다. 그리고 어두운 그늘이 감도는 눈길로 우리를 바라보았다. 그때 나는 형이 우리를 떼어 놓고 혼자서 떠나려고 한다는 것을 눈치 챘다.

"고맙긴 한데 당장은 뭐라고 대답할 수가 없구나. 이 애들과 의논을 해 볼게."

형이 말했다.

"나도 당장 대답을 듣자는 건 아니야. 그러나 이거 하나만큼은 알아 둬. 아우들을 데려가도 좋다는 거 말이야."

그리고 길남은 일주일 안으로 생각이 결정되면 자기 집으로 찾아와 달라고 했다. 길남은 꿀꿀이죽 아주머니의 몽당연필로 수첩 쪽지에 가회동 자기 집 약도를 그려 주었다.

우리는 길남과 헤어진 뒤로는 서울의 미군 부대 주변을 찾아가는 것을 포기했다. 엉성하게 의자 하나를 만들어 들고 서울역과 폐허가 된 시내를 쏘다녔다.

"형, 나는 신부가 될 테야. 그래서 나쁜 마음씨를 가진 사람들에게 좋은 얘기를 들려줄 거야."

그러던 어느 날, 먼 북악산을 바라보던 성수가 단호하게 말했다. 나는 성수의 눈에서 이 더럽고 황폐한 세상을 깨끗하게 순화시키고 싶어 하는 그 어떤 이상이 불타는 것을 보았다.

"신부가 되겠다고? 너 그때 그 성당의 신부를 생각하고 있구나?"

형이 도둑질한 자로서의 두려움을 가지고 물었다.

"형, 내가 신부가 되면 안 되나?"

"안 될 건 없어. 하지만 그것도 돈이 있어야 돼. 공부를 해야 하니까 말이야."

성수는 대답하지 않았다.

그러나 벌써부터 성수가 그 신부에게 마음이 끌리고 있다는 것을 형이나 나나 모두 알고 있었다.

"중수야, 성수가 신부가 되겠다는 거 어떻게 생각해?"

"어차피 우리도 어른이 되면 뭔가 되어야 할 거야. 지금부터 생각해 두는 것이 좋겠지 뭐"

"우리가 도둑질로 죄를 졌다고 해서 설마 너까지 신부가 되려는 건 아니겠지?"

형도 언젠가는 우리가 형의 그늘에서 떨어져 나가리라는 것을 알고 있었다.

"아니, 나는 신부가 될 생각 없어. 삼 형제 중에 두 명씩이나 신부가 될 필요는 없으니까."

"그래? 그럼, 너는 뭐가 될래?"

"소설가가 될 거야."

"미쳤군. 언제 또 난리가 날지 모르는 이 험악한 세상에 누가 소설 따위를 읽어? 굶어 죽기 똑 알맞아. 냉수나 마시고 생각을 고쳐먹는 게 나을 거야."

"재주는 인정하지?"

"글쎄, 작문은 나보다 잘 했으니까. 하지만 책을 많이 읽어야 되는데, 너는 책이라곤 한 권도 없잖아."

우리는 집이 화염에 싸일 때 아무것도 건져 낸 것이 없었다.

"책을 사려고 해도 돈이 필요해."

"너무 걱정하지 마, 형. 아직은 생각뿐이니까."

나는 무엇이 되겠다는 장래에 관한 이야기를 거기서 일단 마무리 짓기로 했다. 형으로서는 우리에 대한 모든 일들이 부담스러울 따름이었다. 그러나 장래에 대한 우리들의 이야기는 그때로 끝이 난 것이 아니라 시작에 불과했다.

"아무튼 좋아. 성수는 신부가 되고 중수는 소설가가 되거라. 나
는 사업가가 될 테니. 그렇지만 지금 당장은 구두를 닦아야 해. 그
런데 아무리 생각해도 서울서는 글렀어. 길남이를 찾아가는 수밖
에 없겠다. 나 혼자서라도 일선으로 가 봐야겠어."

형이 결심을 굳혔다.

형은 역시 우리를 떼어 놓고 갈 생각이었다.

4

우리가 전방 미군 부대를 찾아가기 위해 길을 나선 것은 봄도 지나고 녹음이 한창 우거지던 초여름의 일이었다. 떠나는 것이 늦어진 데에는 그만한 이유가 있었다. 먼저 고모는 형이 집을 떠나는 것에 대해 극구 반대했었다.

"글쎄, 1년만 참아 보라니까 그러는구나. 그러면 내 너희들을 학교에 보내 주마. 너희도 아침저녁으로 신문 배달이라도 해서 학비를 보탤 수도 있을 것이고 말이다" 하고 고모가 말했다.

형이 고모의 말을 못 믿어 하는 것은 아니었다. 형은 다만 폐를 끼치고 싶지 않았고 고모부나 동호의 눈치를 보기는 더더구나 싫었던 것이다. 그것은 형만의 생각은 아니었다. 나도 마찬가지였다. 형이 떠나면 나도 떠날 것이다. 포탄이 바로 앞산 너머에 떨어진다는 전방이 무섭지 않은 것은 아니었으나 고모 댁에 남아 있는 것보다는 훨씬 마음이 편할 것이다.

형이 거의 보름 동안을 조르던 끝에 고모의 허락이 떨어졌으나 이미 길남은 전방 부대로 떠나고 난 뒤였다. 형과 함께 가기로 약속했던 길남은 고모가 형이 떠나는 것을 좀처럼 허락하지 않자 혼자서 떠나 버렸다.

"어쨌든 내가 서울로 돌아올 때까지 고모님 허락을 받아 두도록 해. 그땐 같이 떠날 수 있도록. 알겠지?"

그러나 한 달이면 돌아올 것이라던 길남은 봄이 다 지나도록 돌아오지 않았다. 형은 길남이 돌아왔는지 알아보려고 뻔질나게 가회동 언덕배기를 오르내렸다.

그러는 동안에도 우리는 여전히 구두닦이 통을 메고 서울 시내를 쏘다녔다. 약간의 벌이가 생기자 우리는 몽매에도 잊지 못하던 그놈의 키위 구두약 두 통을 남대문 도깨비 시장에서 살 수 있었다. 자색과 검은색. 우리는 그것을 똑같이 세 몫으로 나누어 가졌다.

봄이 다 갈 무렵 우리 수중에는 3만 원이라는 돈이 모였다. 형은 그 돈으로 반 돈짜리 어린애 금반지를 하나 샀다. 형은 어디서 누구에게 샀는지는 말하지 않았으나 그것을 우리에게 보여 주는 데에는 인색하지 않았다.

"이게 우리의 최초 밑천이다."

형은 그것이 몹시 대견한 듯 보고 또 보았다. 이틀 밤이나 그 반지를 들여다보던 형은 그것을 어딘가 깊숙이 감추어 둔 모양으로 꽤 오랫동안 다시 꺼내 보지 않았다.

어느 날 밤이었다. 성수는 조금 전에 잠이 들었고 나는 등잔불 밑에 엎드려 소설책을 읽고 있었다. 시장 끄트머리에 있는 헌책 대본집에서 빌려 온 여섯 권짜리 『전쟁과 평화』의 마지막 권이었다. 나는 피에르 베즈호프와가 러시아를 침공한 나폴레옹을 암살하기 위해 불타는 모스크바의 거리를 헤매는 장면을 읽느라고 거의 현실을 잊고 있었다. 형이 내 어깨를 좀 거칠게 밀었을 때에야 비로소 나는 내 현실로 되돌아왔다.

"굉장히 재미있나 보지?"

"음."

나는 여전히 책에 시선을 꽂은 채 건성으로 대답했다.

"길남이가 돌아왔어."

형이 말했다. 나는 그 소리를 흘려들었다. 그러다가 나는 퍼뜩 그 말의 의미가 우리에게는 굉장히 중요하다는 것을 깨달았다.

"뭐라고 했어, 지금?"

"길남이가 돌아왔다고."

"언제?"

"그저께."

"또 떠난대?"

"그래."

"언제?"

나는 읽던 페이지를 접고 책을 덮었다.

"일주일 안으로."

"형도 갈 거야?"

"갈 거야. 여태까지 기다렸는데 가지 않는다면 말이 안 돼. 길남이는 꽤 많은 돈을 벌어 온 것 같아. 샤다시를 세 통이나 선물로 주었어. 성수와 너에게도 나누어 주라고 하면서."

형이 세 통의 키위를 꺼내 보였다. 한 번도 손을 대지 않은 새것들이었다. 그러나 나는 그것이 그다지 반갑지 않았다.

"고맙군. 하지만 형, 나도 가겠어."

내가 음성을 높여 말했다. 형은 손가락으로 내 입술을 눌렀다.

"조용히 해. 성수가 깨겠어."

"나도 가겠다니까."

나는 형 쪽을 향해 돌아누우면서 속삭이듯 나직이 말했다. 형은 답답하리만큼 길게 침묵을 지켰다. 내가 다시 말했다.

"형을 귀찮게 굴지는 않을게. 아무래도 나도 가는 게, 형 혼자 가는 것보다야 한 푼이라도 더 벌겠지, 그렇잖아?"

"그렇긴 해."

형이 길게 숨을 몰아쉬었다.

"그러나 네가 간다고 하면 성수도 가겠다고 따라나설 거야. 성수는 아직 어리거든."

"우리 모두 가지, 뭐."

"성수를 데려간다고 하면 고모님은 우리 모두 가지 못하도록 하실 게 뻔해."

"그럼, 이렇게 하면 어떨까? 성수가 모르게 형과 나만 떠나면…… 성수에겐 미안하다는 쪽지를 써 두고 말이야."

어쩐지 성수에게 못할 짓을 하는 것 같은 기분이 들긴 했지만 그렇다고 형이 내 제안에 면박을 주진 않았다. 형은 마지못해서 말했다.

"좋아, 너를 데리고 가지. 하지만 성수가 눈치 채지 않도록 입조심을 해야 해. 그리고 쪽지는 네가 쓰는 거다."

우리가 길남과 떠나기로 약속이 되어 있던 전날 밤에 나는 잠들어 있는 성수의 얼굴을 바라보며 쪽지 글을 하나 적었다. 대강 이런 글이었다.

'너를 두고 떠나서 미안하다. 전방은 마음을 놓을 수 없는 곳이므로 어린 너를 데리고 가는 것이 부담스럽다. 돌아올 동안 구두닦이는 나가지 않아도 좋다. 네가 좋아하는 신부에게나 놀러 다녀라. 고모님 말씀 잘 듣고 몸 건강히 지내거라.'

나는 쪽지를 그 신부에게서 얻었다는 작고 낡은 성경책 갈피에 끼워 놓았다.

다음 날 새벽에 형과 나는 길 떠나기를 서둘렀다. 날씨는 점점 더워지고 있었으므로 입은 것 그대로 떠나면 될 것이었다. 형과 나는 성수가 아직 잠들어 있다는 것을 확인하고 우리의 구두닦이 통을 들고 살며시 방을 빠져 밖으로 나왔다. 이미 고모는 시장으로 장사하러 나갔지만 동쪽 하늘에는 하얀 샛별이 떠 있었다. 우리는 집을 나서서 고모가 국밥 장사를 벌이고 있는 시장터로 갔다. 그날 점심과 저녁으로 먹을 주먹밥을 고모가 싸 주겠다고 했기 때문이었다.

우리는 국밥으로 아침을 먹고 고모가 만들어 준 주먹밥이 든 주머니를 하나 손에 들고 고모와 동숙 누나에게 작별 인사를 한 뒤 길을 떠났다. 먼동이 터 오고 온 누리가 희끄무레 밝아 왔다. 우리는 길남과 약속을 해 둔 장소인 영천 전차 종점을 향해 갔다. 길남은 우리가 기다린 지 10분쯤 뒤에 나타났다. 오랜만에 보는 그는 그동안 더 키가 자라고 더 건강해져 있었다.

"자, 가자. 오늘 해질 녘 안으로 금촌까지는 가야 해. 그래야만 내일 낮으로 문산에 들어갈 수 있으니까."

길남이 길을 재촉했다. 그러나 내 발걸음은 그가 재촉하는 것만큼 빠르게 떼어지지가 않았다. 나는 뒤에서 누군가 내 뒷덜미를 잡아채는 것 같은 기분에 사로잡혀 있었다. 그러한 예감은 멀지 않아 적중하고 말았다. 우리가 무수히 넘어야 할 고개 가운데 첫 고개인 무악재를 막 넘어가려고 할 즈음이었다.

"형, 큰형! 작은형!"

형과 나는 성수가 숨이 넘어갈 듯 깔딱거리며 우리를 부르는 소리를 들었다.

"기다려, 기다리라고."

우리는 도망갈 궁리를 했다. 어딘가 우리가 숨어 버리면 성수는 제풀에 지쳐 돌아갈는지도 몰랐다.

"도대체 어떻게 된 거야?"

형이 나한테 신경질을 부렸다.

"나도 모르겠어. 우리가 방을 빠져나오는 기척을 성수가 잠결에 들었는지도 몰라."

나는 마치 내가 잘못해서 성수가 따라오게 된 것처럼 말하는 형이 야속했다. 나는 다급하게 주위를 둘러보며 숨을 곳을 찾았다. 무악재 마루턱에는 일제 시대에 파놓았다는 음습한 굴이 하나 있었다.

"저 굴 속에 숨으면 어떨까?"

형이 길남의 눈치를 살폈다. 길남이 어른스럽게 말했다.

"그럴 것 없어. 데리고 가면 그만이니까."

형은 성수를 데리고 가는 것이 여전히 내키지 않았으나 길남이 흔쾌히 데려 가자는 바람에 마지못해 숨기를 포기하고 고개 위에서 몸을 돌려 성수가 고갯길을 뛰어 올라오는 모습을 지켜보았다. 성수는 러닝셔츠 바람에 한 손에는 구두닦이 통의 끈을 짧게 말아 쥐고 있었고 다른 손에는 까만 무엇을 들고 있었는데, 가까이 다가올수록 그것이 성경책이란 것을 알아볼 수 있었다.

"날 두고 가려고? 그러지 마. 니도 따라갈 거야."

성수는 숨을 헐레벌떡 몰아쉬면서 눈물과 땀으로 뒤범벅이 된 얼굴을 쳐들고 데리고 갈 것을 호소했다.

"그래, 그래, 울 건 없어. 너를 데리고 가기로 했으니까."

형이 속상하다는 듯 이마를 찌푸렸다. 우리는 다시 걷기 시작했다. 등에는 아침 햇살이 쏟아지고 있었다. 구두닦이 통을 멘 네 명의 아이들은 먼지가 풀썩거리는 길을 따라 터벅터벅 걸었다. 길은 한적했다. 이따금 서울 장에다 채소를 팔고 돌아가는 소달구지를 만났다. 군용차가 뽀얀 먼지를 일으키며 질주해 갔다. 형과 길남이 성수와 나보다 앞서 걸었다. 우리는 형들에게 뒤처지지 않으려고 발걸음을 재게 놀렸다.

"어떻게 알고 쫓아온 거야?"

성수가 우리에게서 버림받지 않을 것이라 믿고 안심을 하자 내가 물었다.

"일주일 전부터 알고 있었어."

"너, 그때 잠자고 있지 않았어?"

"응, 다 들었어. 그리고 어젯밤 형이 내 앞으로 쪽지를 쓴다는 것도 알고 있었어."

"그럼, 왜 모른 척하고 있었니?"

나는 좀 화가 나서 다그쳤다.

"망설였기 때문이야. 형들을 따라갈까, 그만둘까……. 오늘 새벽에 쪽지를 읽고 나서도 한참 망설였는데 갑자기 눈물이 핑 돌아서 견딜 수가 없었어. 그래서 나도 모르게 구두닦이 통을 들고 형들 뒤를 밟았지. 고모님 장사하는 데로 가는 걸 보았어. 그리고 먼 발치에서 형들이 어떻게 하는지 지켜보았지. 밥을 먹고 인사를 하고 떠나기에 나도 고모님에게 가서 떠나겠다고 인사를 했어. 고모님이 날 붙들고 놓아주지를 않아서 울며 발버둥 쳤지 뭐. 나중엔 고모님도 화가 나서서 그럼, 갈 테면 가라, 하고 막 호령을 하시잖아? 그래, 옳다구나, 뛰기 시작한 거야. 형무소 앞까지 뛰었는데도 보이질 않아서 놓쳐 버리는 줄 알았어."

"그럼, 너 아침밥도 못 먹은 거잖아!"

"괜찮아. 굶어도……."

성수는 성경책을 구두닦이 통 속에 넣으며 말했다. 나는 형에게 말해서 주먹밥 한 덩어리를 성수에게 주었다. 성수는 걸어가면서 그것을 먹었다.

우리는 홍제동 다리를 건너 녹번리를 지나 구파발까지 나아갔다. 그 길은 아버지가 수류탄 두 개만 가슴에 차고 트럭에 실려 전쟁터로 갔던 길이었다. 야산 능선에는 외국군이 주둔하고 있음을 알리는 빨갛고 노란 빛깔의 거대한 표지기가 누워 있었다. 때때로 하늘에는 폭격기가 흰 꼬리를 끌며 북쪽으로 날아갔다. 우리는 이따금 나무 그늘 밑에 털퍼덕 앉아 손님을 기다리는 참외 장수를 만나기도 했다. 길남이 우리에게 참외를 사 주었다. 갓 나오기 시작한 개구리참외는 꿀맛처럼 달았다. 우리는 시골의 흙냄새를 맡으면서 소풍을 나온 소년들처럼 마음이 들떠 있었다. 단순히 그런 이유 때문만은 아니었다. 머지않아 닥쳐올 미지의 세계가 우리 앞에 어떻게 나타날지를 이모저모로 상상하고 있었던 것도 흥분의 원인이었다.

우리는 삼송리 고개를 넘어 개울가에서 점심을 먹었다. 그리고 또 걸었다. 다리가 아파 오기 시작했다. 나와 성수는 형과 길남으로부터 멀리 처지기가 일쑤였다. 그러면 우리는 기를 쓰고 따라잡았지만 또 얼마 가지 않아 다시금 뒤로 처지고는 했다.

오후부터는 하늘이 흐려지기 시작했다. 해가 구름에 가리어 걷기에는 좋았으나 혹시 비가 내리지 않을까 걱정이 되었다. 먹장 같은 구름이 남쪽에서 몰려오고 있었다. 날은 빨리 저물고 있었다. 우리는 이를 악물고 무거운 다리를 재촉했다. 금촌을 10여 리쯤 앞두었을 때 하늘이 깜깜해지면서 빗방울이 흩뿌리기 시작했다.

"내가 오다가다 묵으면서 사귀어 둔 집은 여기서도 시오 리쯤은 더 가야 하는데 큰일 났다."

길남이 걸음을 재촉하면서 하늘을 쳐다보며 근심스럽게 말했다. 한두 방울씩 떨어지던 비는 삽시간에 폭우로 변했다. 우리는 뛰기 시작했다.

우리가 물에 빠진 생쥐 꼴이 되어 길남이 사귀어 두었다는 아주머니 집에 도착한 것은 밤 아홉 시가 넘어서였다. 우리는 그 집에서 보리밥으로 저녁을 때우고 곤히 잠을 잤다. 다음 날 아침까지 얻어먹은 우리는 밥값을 내려고 했으나 주인아주머니는 무슨 소리냐면서 밥값 받기를 거절했다.

"너희들이 나를 고맙게 생각한다면 밥값을 내는 대신에 돌아오는 길에 물건을 넘기고 갔으면 좋겠다. 공연히 지니고 다니다가 깡패나 엠피에게 걸리면 모두 빼앗기기가 십상이니 말이야. 알겠지?"

아주머니는 양키 물건 장수였다. 금촌 근방의 미군 부대에서 흘러나오는 물건을 헐값에 사서 서울에서 오는 장사꾼에게 비싸게 넘겨 파는 일종의 중간 상인이라고 길남은 우리에게 귀띔해 주었다. 그녀는 양키 물선 상사를 해서 꽤 많은 돈을 벌었으며 금촌 중심가에는 그녀의 남편이 벌여 놓은 울긋불긋 이상한 칠을 한 술집도 있는 모양이라고 길남은 말했다. 그러니까 아주머니의 친절은 어디까지나 꿍꿍이속이 있는 친절이었다.

"그럼요. 아주머니에게 물건을 넘겨 드리지 않으면 누구에게 넘기겠어요? 우린 아주머니에게 넘기기로 이미 결정했어요."

길남은 아주머니의 말을 얼렁뚱땅 엉너리*를 떨며 받아넘겼다.

"그럼, 잘들 다녀와라."

---

* 엉너리: 남의 환심을 사기 위해 말이나 행동을 일부러 슬쩍 어물거리며 서둘러 넘기는 모양.

젊은 여자 하나가 보따리 하나를 들고 마당으로 들어왔으므로 아침을 먹고 우리는 쫓기듯 밖으로 나왔다.

우리는 그날 정오가 가까워 올 무렵 문산천(汶山川)을 지나게 되었다. 밤새 내리던 비는 가랑비로 변하고 하늘이 훤히 벗겨지고 있었다. 우리는 도로를 버리고 철로 길을 걸었다. 검문소를 피하기 위해서였다.

"여기서부터 조심해야 해. 잡히면 도로 서울로 돌아가야 하거든. 트럭에 실려서 말이야. 마침 비가 내리니까 기회가 좋아. 좀 더 세차게 내렸으면 좋겠지만."

길남이 주위를 환기시켰다. 우리는 바짝 긴장했다. 우리는 조심스럽게 철교 앞으로 다가갔다. 철교는 무척 길고 그 아래의 냇물은 깊어 보였다. 가까운 곳에는 모래 하상*이 드러나 있었으나 한가운데에는 간밤에 내린 비로 흙탕물이 흐르고 있었다.

철교 아래 모래밭을 따라 미군 탱크들과 커다란 대포를 꽁무니에 매단 트럭들이 철교를 울리며 지나가고 있었다. 그 양옆으로 총을 멘 미군들이 탱크와 대포 부대와는 거꾸로 걸어오고 있었다. 그 기다란 행렬은 언제 끝이 날는지 짐작할 수가 없었다. 가고 오고, 길이 막히고, 정지하고, 그리고 조금씩 조금씩 움직였다.

"전방에 있던 부대와 후방에 있던 부대가 교대를 하는 거야."

길남이 알은체를 했다. 아무려나 저 아래로 내려갔다가는 물가에 닿기도 전에 엠피에게 잡히고 말 것이었다. 냇물이 불어났으므로 물의 깊이도 알 수 없었다.

*하상 : 하천의 바닥.

"할 수 없어. 철교를 건너가는 도리밖에……."

길남이 선언하듯 말했다. 형과 나는 서로의 얼굴을 바라보고 나서 성수의 얼굴로 눈길을 모았다.

"건널 수 있겠어?"

형이 염려스러워서 성수에게 물었다.

"건널 수 있어."

성수는 자신 있다는 듯 힘주어 말했다.

우리는 떨어지면 죽는다는 것을 모두 다 잘 알고 있었다. 나는 되돌아갈까, 그리하여 서울로 돌아가 버릴까, 하고 나약한 생각을 품기도 했었다. 그러나 뒤에서는 성수가 따라오고 있었다. 되돌아선다는 것은 수치스런 일이었다. 똥줄이 당기고 오금이 저려 왔다. 가슴은 도둑질을 할 때보다 더 떨렸다. 머릿속에서는 여러 개의 북소리가 울렸다. 그러나 나는 한 걸음 한 걸음 침목을 디디며 앞으로 나아갔다. 겨우 철교의 중간쯤에 다다랐을 때 나는 생각을 고쳐먹었다. 되돌아가거나 앞으로 나가거나 거리는 마찬가지가 아닌가. 지금까지 무사했다면 앞으로도 무사할 것이다. 나는 마음을 다스려 잡고 잔뜩 웅크렸던 허리를 쭉 폈다. 그러자 이미 철교를 다 건너가 이쪽을 향해 우리를 기다리는 길남의 모습이 매우 가까이 보였다. 나는 나머지 반을 쉽게 건너갈 수 있었다. 그리고 성수와 형이 건너왔다. 성수의 얼굴에서는 빗물인지 땀인지 눈물인지 알 수 없는 물방울이 턱 밑으로 뚝뚝 떨어지고 있었다.

"야, 이놈들! 거기 서 있어!"

우리가 무사히 철교를 건넌 것을 자축하며 천천히 걸음을 떼어

놓기 시작했을 때 누군가 철교 밑 쪽에서 소리치는 것을 들었다. 군복에 완장을 두른 사내가 우리를 향해 치달아 오르고 있었다.

"유엔 경찰이다! 뛰자!"

길남이 말했다. 길남이가 뛰는 대로 우리는 철로 길을 버리고 산길로 달렸다. 철교까지 건넌 마당에 잡힌다면 정말 억울한 일이 아닐 수 없었다.

"야, 거긴 민간인들이 들어갈 수 없는 곳이야!"

유엔 경찰이 쫓아오며 소리쳤다.

"그걸 누가 모르나요? 우린 돈 벌러 가는 거예요."

길남은 뛰면서 자꾸만 중얼거렸다. 우리는 조그만 야산을 넘었다. 거긴 다복솔밭이었다. 우리는 계곡을 타고 산 아래로 달렸다. 유엔 경찰은 더 이상 쫓아오지 않았다. 야산을 내려가니 그리 넓지 않은 들판이 나왔다. 우리는 모조차 심어져 있지 않은 버려진 논둑길을 걸었다. 논둑길이 끝나면 다시 야트막한 고갯길이 나타났고 고갯길을 넘으면 다시 논둑길이었다. 가도 가도 그 길이 그 길이었다. 이따금 두서너 채의 민가가 눈에 띄었으나 모두 빈집들이었다. 싸리문은 기울고 방문은 떨어지거나 창호지가 찢어져 너덜거렸다. 사람은커녕 그 흔한 군인도 보이지 않았다.

하늘은 더 훤해지지 않았고 비는 그만하게 부슬부슬 내렸다. 북쪽에서 쿵쿵 대포 소리가 울려왔다. 그 소리는 우리가 걷고 있는 땅을 울렸고 우리의 가슴을 울렸다. 우리는 대포 소리를 향해 걸었다.

또 하나의 언덕길을 넘으니 사과밭이 나왔다. 아무도 돌보지 않

는 사과밭이었으나 사과나무에는 푸릇푸릇한 사과들이 매달려
있었다. 우리는 그것을 신이 나서 따 먹었다. 이가 시릴 만큼 시큼
했으나 시큼한 것도 우리에게는 일종의 맛이었다. 얼마나 많이 먹
었던지 입 안이 얼얼하고 배가 불렀다.

"이제 다 왔어. 이 사과밭을 지나 언덕을 하나 넘으면 돼."

길남이 설명했다. 우리는 다시 걸었다. 우리는 사과밭이 끝나는
언덕마루에서 굉장히 큰 미군 부대가 펼쳐져 있는 것을 한눈에 볼
수 있었다. 미군 부대는 작은 구릉으로 이어진 분지 안에 자리 잡
고 있었다. 나는 이쪽 구릉 아래로 마흔 채 가량의 초가집들이 옹
기종기 웅크리고 있는 마을을 보았다. 그 마을 동구 앞으로 널따
란 도로가 나 있었는데 그 도로는 구릉을 넘어 미군 부대 한가운
데를 관통하여 다른 마을을 향해 뻗어 있었다.

"이 길은 어디로 가는 길이지?" 하고 형이 물었다.

"이쪽으로 가면 파주, 저쪽으로 가면 의정부 쪽으로 나갈 수 있
다고 하지만, 가 보지 않았으니 모르지."

길남이 대답했다. 우리는 설레는 가슴을 지그시 누르며 마을을
향해 언덕을 내려갔다.

5

그때까지 살아온 것과는 전혀 딴판인 나날이 시작되었다. 새롭다는 것은 무엇이든지 나를 흥분시켰고 그 흥분 속에서 나는 희열과 공포를 느꼈다. 그러니까 희열과 공포는 새로운 것을 알게 됨으로써 일어나는 감정이었다. 나의 그런 감정은 겨우 걸음마를 배운 아이가 처음으로 문밖으로 나갔을 때 거기에 길이 있음을 보고 느끼는 충격과 같은 것이었다.

햇볕은 뜨거웠고 대기는 메말랐다. 유난히 땀을 많이 흘리는 나는 언제나 땀에 절어 있었다. 어쩌다 솔밭 그늘에 앉아 땀을 들이고 나면 얼굴과 팔뚝에 소금기가 버석버석할 만큼 허옇게 앉았다. 나는 그때마다 내 살갗도 저 거북등 같은 논바닥처럼 쩍쩍 갈라지지나 않을까 겁을 먹었다.

이따금 그다지 멀지 않은 곳에서 포를 발사하는 소리가 들려왔다. 그 소리는 늘 비슷한 거리에서 그만한 음향으로 울려왔다. 처음에는 혹시 전선이 우리 쪽으로 밀려 내려오지 않을까 불안해했

으나 하루 이틀 지날수록 나는 포성과 그 뒤에 찾아오는 긴 정적
에 익숙해져 갔다.

그곳 사람들은 모두 돈을 벌기 위해서 남한 각처에서 모여든 이
들이었다. 윗마을은 구릉을 경계로 하여 미군 부대와 인접해 있었
으며 그곳에는 미군을 상대하는 젊은 여자들이 집단을 이루어 함
께 살고 있었다. 미군 부대 주변으로 구두를 닦으러 가려면 우리
는 윗마을을 지나가지 않으면 안 되었다. 나는 첫날 그곳을 지날
때 집집마다 거의 벌거벗다시피 한 여자들이 마룻바닥에 벌렁벌
렁 자빠져 있는 것을 싸리문 사이로 보고 형에게 물었었다.

"웬 여자들이 이렇게 많지?"

형은 성수가 듣지 못하도록 내 귀에 입을 바짝 갖다 대고 속삭
였다.

"누나들이래. 양갈보 누나들 말이야."

"양갈보 누나?"

젊은 여자들이 있는 윗마을에 비해 아랫마을은 도로에 훨씬 가
까웠고, 구두닦이 소년들과 양키 물건 장사를 하는 아주머니와 아
저씨들이 자기들의 근거지로 삼고 있었다. 양키 물건 장수들은 미
군들과 직접 거래를 트기도 했지만 주로 윗마을 여자들이나 구두
닦이를 상대로 물건을 구입하여 서울에 내다 팔았다. 그들이 어떤
수단을 구사하는지 알 수는 없었으나 길남의 언질에 따르면 요소
요소의 검문망을 빠져나가는 데에는 귀신 같다고 했다. 그 말을
들은 형이 아는 체를 했다.

"귀신이 어딨니? 아주머니들은 밑구멍을 팔고 아저씨들은 돈

을 쓰는 거라고."

아랫마을과 윗마을의 경계를 이루는 곳에 디딜방앗간이 있었고 잇대어 집 한 채가 있었는데, 그 집에는 그곳에서 상당한 영향력을 발휘하는 아주머니 한 사람이 기반을 닦아 놓고 있었다. 밥장수 아주머니였다. 아주머니는 주인이 누군지도 모르는 남의 집 마당에 가마솥을 세 개나 걸어 놓고 두 명의 여자를 부리며 밥장사를 했다. 먹는다는 것은 언제 어디서나 중요했다. 길남과 잘 아는 금촌의 양키 물건 장수 아주머니보다는 덜 뚱뚱했으나 그래도 뚱뚱하다고 표현할 수밖에 없는 그 아주머니는 가끔 이렇게 말했다.

"보리쌀이 많이 섞였다고 투덜거리지 마라. 하늘이 낮다고 물 가는 뛰어오르지 날 알갱이마저 거덜이 났어. 보리쌀 구하기가 어찌나 어렵던지 아저씨가 충주까지 가서 겨우 한 가마니 구해 왔다더라."

정말 식사는 형편없었다. 새까만 보리밥에다 멀건 배춧국이 고작이었다. 이틀에 한 번씩 꿀꿀이죽이 나왔으나 그것도 받아 놓고 보면 기름 한 덩어리가 둥둥 떠 있을 뿐이었다.

닷새에 한 번씩 소달구지에 곡식을 싣고 마을에 나타나는 사람은 인상이 고약한 그녀의 남편이었다. 그녀의 남편은 퉁방울눈에 유난히 튀어나온 광대뼈 밑에 수염을 텁수룩이 기른 남자였다.

우리는 그들 부부에게 일주일치 선불을 내고 밥을 얻어먹었다. 돈이 없으면 양키 물건으로 대신하며 그렇게 먹는 것을 해결하고 있었다.

우리 형제는 길남과 함께 기거할 집을 하나 구했다. 아직도 빈

집이 남아 있었다. 그러나 우리가 차지한 집은 가장 낡은 집이었다. 다른 아이들이 차지한 좀 더 좋은 집에서 그들과 같이 기거할 수도 있었으나 우리가 벌어들인 물건들을 도둑맞지 않으려면 따로 잠을 자는 것이 좋다고 길남은 말했다. 우리가 차지한 집은 방이라고는 안방과 건넌방밖에 없는 단순한 일자 모양의 초가집이었다.

우리가 그 집을 차지하고 사흘 만에 한 일은, 뒤울안 장독대 가에 땅을 파고 독을 묻는 것이었다. 그날 저녁, 밥을 먹고 집으로 돌아오자마자 우리는 그 일에 착수했다. 빈 장독을 묻고 나자 머리 위 높다란 감나무 가지 사이로 둥근 달이 뜬 것을 볼 수 있었다.

"형, 저 달 좀 봐."

나는 삽자루에 몸을 의지하고 달을 가리켰다. 모두들 내가 가리키는 쪽으로 머리를 들고 한동안 말없이 덩그런 달을 쳐다보며 서 있었다. 우리에게는 집다운 집도 없었으나 향수에 젖어 있었다. 아니, 그것은 향수라기보다는 다시는 돌이킬 수 없는 모든 잃은 것들에 대한 상념이라는 것이 옳았다. 풍족하지는 않았으나 단란했던 2년 전의 우리 집과 수류탄 두 개만을 양 가슴에 차고 전선으로 떠났던 아버지와 피를 토하며 눈을 감았던 어머니의 모습이 마치 마술의 거울인 양 하얀 달 표면에 차례로 떠올랐다. 형과 성수도 나와 같은 생각을 하고 있었는지도 몰랐다. 또 길남은 길남대로 슬픈 추억에 잠겨 있었던 것이 틀림없었다.

정적을 깨뜨리고 구성진 노랫가락이 흘러온 것은 바로 그때였다.

앞집이라 연순이는
양반이라 그러한지
열 살부터 오는 중매
오늘까지 오건마는

우리는 노랫소리에 귀를 기울였다. 그것은 도로 건너 사과밭 언덕 쪽에서부터 들려왔다. 노랫소리는 마을 쪽으로 가까이 다가오고 있었다. 노랫가락에는 그 어떤 슬픔 같은 것이 실려 있는 것도 같았고 어떻게 들으면 누군가를 조롱하고 있는 것도 같았다.

"대갈장군이란 별명을 가진 사람이야. 옛날에 이곳에서 머슴살이를 했대."

길남이 말했다.

"기분 나쁘게 왜 밤에 노래를 부르지?"

형이 침을 탁 뱉으며 물었다.

"그 뱃속을 어떻게 알아? 이따금 낮에는 쇠스랑을 하나 질질 끌며 마을을 어슬렁거리기도 하는데 아무래도 머리가 돈 사람인가 봐."

이내 나는
반사십이 다 되어도
중매 할미 전혀 없누

노랫소리는 거기서 뚝 그쳤고 다시금 깊은 정적이 우리를 감쌌다.

84

"자, 자, 누가 우리 하는 일을 눈치 채기 전에 어서 마무리를 짓자."

우리는 그때까지 모아 두었던 담배와 껌과 초콜릿과 레이션 상자 속에서 나온 깡통 따위를 독 속에 넣고 장독 뚜껑을 덮은 다음 판판한 돌을 얹고 다시 그 위에 빈 장독을 올려놓아 위장을 했다. 우리가 그 일을 끝내고 막 뒤 울을 떠나려고 하는데 집 돌담 밖으로 검은 머리가 하나 쑥 올라왔다 사라지는 것이 보였다.

"누구야?"

반사적으로 형이 소리쳤다. 그러자 그 청승맞은 노랫소리가 다시 들려왔다.

이내 나는
반사십이 다 되어도
중매 할미 진혀 없노

노랫소리는 쇠스랑을 끄는 소리와 함께 점점 멀어져 갔다.

"웃기는군. 서른 살도 더 됐을 텐데 스무 살이래?"

형이 했던 것처럼 길남이 침을 탁 뱉으며 말했다.

"영 기분 나쁜 사람이야."

형도 다시금 땅바닥에다 침을 탁 뱉고 침 뱉은 자리를 짝짝이 군홧발로 문질렀다. 정말 호감이 가지 않는 사람이었다. 노랫소리도 기분 나빴으나 어둠 속으로 사라져 가던 그 쇠스랑 끄는 소리는 음산한 기운을 풍겼다. 그는 누군가 지옥으로 데리고 갈 사람을 낚아

채기 위해서 그 쇠스랑을 끌고 다니는 것 같은 생각이 들었다.

우리는 열심히 구두를 닦았다. 그러나 양키 물건들은 좀처럼 불어나지 않았다.

어느 날 아침 형이 말했다.

"이러다간 학교 가기가 하늘의 별따기보다 더 어렵겠다. 오늘부터 나는 따로 다니겠어. 그러니까 중수야, 네가 성수를 책임지고 데리고 다녀. 무엇보다도 엠피를 조심해야 돼."

그 이후 나는 형과 떨어져서 성수와 함께 다니면서 구두를 닦았다.

폭염이 기승을 부리던 어느 날, 성수와 나는 여느 때와 마찬가지로 윗마을 뒤 언덕으로 올라갔다. 더위에 지친 미군들이 아침부터 언덕 위 소나무 그늘로 모여들었다. 미군들은 군복 바지와 러닝셔츠 바람으로 올라와서 껌을 질경질경 씹으면서 잡담을 벌이기도 하고 어슬렁거리기도 하고 또는 트럼프 놀이를 하거나 아이들과 시시덕거리며 꼴사납게 군복 속의 물건을 주무르기도 했다. 한쪽에서는 두 미군이 땀을 뻘뻘 흘리면서 미식축구 공 받기를 하고 있었다. 형과 길남은 보이지 않았다.

"헤이, 슈샤인?"

우리는 미군들 사이를 오락가락 거닐며 구두를 닦으라고 간청했으나 누구 하나 쾌히 응낙해 주지를 않았다. 구릉 위에 죽치고 하루 종일 앉아 있으면 밥벌이는 할 수 있었을 것이었다. 그러나 우리의 절실한 소망은 돈을 모아 학교에 다시 들어가는 것이었다. 그러자면 부지런히 이곳저곳을 쏘다니면서 한 푼이라도 더 벌어야만 했다.

"성수야, 우리도 부대 안으로 들어가 보자."

"위험하지 않을까?"

"다른 아이들이라고 위험하지 않겠어? 요리조리 잘 피해 다니면 괜찮을 거야."

우리가 위험하다고 말하는 것은 못된 미군에게 걸려서 구두닦이 통을 빼앗긴다든지 엠피에게 붙들려 통제 구역 밖으로 쫓겨나는 것을 의미했다. 그 무렵 학교를 가고 싶다는 우리의 열망은 대단했었다. 그래서 우리는 처음으로 부대 안으로 들어가는 모험을 시도하기로 결정했다.

군데군데 커다란 천막도 보였으나 대부분의 미군은 구릉시내에다 2인용 천막을 치고 지냈다. 그들은 식사 시간에 식당으로 가는 것을 제외하고는 하루의 모든 시간을 조그만 천막 속에서 보냈다. 천막 속에는 총과 철모와 모포와 레이션 상자가 있었다. 그들은 그 속에서 편지를 쓰고 여자 사진이 많이 실린 잡지를 뒤적거렸다. 우리는 여기저기 나무 그늘 밑에 산재해 있는 그 조그만 천막들을 찾아다녔다. 성수와 나는, 부대 경계를 구획 짓기 위해 둥글둥글 아무렇게나 풀어 놓은 철조망 사이를 비집고 들어간 지 5분도 되지 않아, 한 미군의 구두를 닦았다. 얼굴빛이 빨간 그 어린 미군은 우리에게 1달러나 주었다. 우리는 기분이 썩 좋았다. 부대 안 미군들의 인심이 이토록 후하기만 하다면 우리는 멀지 않아 학교에 들어갈 돈을 모을 수 있을 것이라고 어깨를 으쓱거렸다.

성수와 나는 그 다음 날 전과는 다른 길을 택해 분지로 내려갔다. 산등성이라고는 하지만 분지 건너편 산에 비하면 그 높이가 반에 반도 못 미쳤다. 낮은 산에 생긴 골짜기는 어느 곳이나 야트막해서 며칠만 가물어도 골짜기가 말라붙었다. 미군들에게 가장 고통스러운 것은 더위와 함께 물이 부족한 점인 것 같았다. 어디를 가나 그들은 웃통을 벗어부치고 그늘 속에서만 지냈다.

골짜기를 따라 한참 내려가니까 지대는 평평해졌고 거대한 미군 부대가 시야에 다가왔다. 우리는 한 커다란 분대 천막을 향해 다가가다 말고 흠칫 멈추어 섰다. 거기에 웅덩이가 하나 있었는데 벌거벗은 두 명의 미군이 그 속에 들어가 앉아 비눗물을 잔뜩 풀어 놓고 연신 철모로 물을 퍼 머리와 잔등과 가슴에 끼얹고 있었다. 웅덩이는 두 사람이 겨우 들어가 앉을 만큼 작았고 흙탕과 비눗물이 뒤섞인 웅덩이 물은 꼭 우유 탄 커피 물빛과 같았다.

나는 그 두 미군의 가슴에 난 털을 보자 어쩐지 겁이 나서 성수에게 피해 가자고 했다. 더욱이 그들이 구두를 닦으리라고는 지금 처해 있는 처지로 보아 전혀 상상을 할 수가 없었다. 우리는 그들을 보지 못한 척 고개를 돌리고 논둑 쪽으로 우회해 가려고 했다. 그러나 이미 우리는 그들에게 발견된 뒤였다.

"헤이!"

그들 가운데 누군가 우리를 불렀다. 우리는 걸음을 멈추어 섰다. 그들이 맨발과 벌거벗은 몸으로 우리를 따라잡을 수는 없을 것이라는 생각이 들자 조금은 안심이 되어서 고개를 돌려 그들을 보았다. 두 미군 중의 하나가 구두를 닦지 않겠느냐면서 나무 그늘 밑에 벗어 둔 군화를 가리켰다.

나는 뜻밖의 주문을 받고 잠시 머뭇거렸다. 우리를 어찌하지나 않을까 잔뜩 겁이 났다. 그러나 나는 사람의 마음을 믿었다.

"형, 그냥 가지 그래?"

"저 군인들은 나쁜 사람 같지가 않아."

그러나 나는 혼자 생각했다. 만약에 도망쳐야만 할 일이 벌어진 다면 어느 방향으로 얼마나 잽싸게 도망쳐야 할 것인가. 우리는 아직 어렸으며 그들은 다리가 길었고 훈련받은 군인들이었다. 나는 용기를 내어 구두를 닦기 시작했다. 잠시 내가 하는 모습을 지켜보고만 있던 성수가 곧 다른 군인의 군화를 맡았다. 우리는 흘끔거리며 그 두 벌거벗은 미군의 눈치를 살펴보았으나 그들은 우리에게 전혀 관심이 없는 듯 물 끼얹는 일만 되풀이했다. 우리는 두 켤레의 군화를 반짝반짝 광채가 나도록 닦아 놓았다. 그러나 그들은 물에서 나올 생각을 하지 않았다. 우리는 흘러가는 시간을 아까워하며 그들이 웅덩이에서 빨리 나오기를 바랐다. 우리는 점점 불안해지기 시작했다. 구두만 닦게 해 놓고서 그 대가를 지불하지 않으려고 하는 것은 아닐까.

"아무래도 이상한 미군들이야. 손해 봤다 치고 그냥 가자."

성수가 그곳을 떠날 것을 재촉했다. 나는 울화가 치밀어서 견딜 수가 없었다.

"그럴 수는 없어. 이 구두 짝들을 웅덩이 속에다 처박아 넣고 가는 한이 있더라도."

나는 용기를 내어 햇빛에 반짝반짝 빛을 반사하는 두 켤레의 군화를 들고 웅덩이 앞으로 다가갔다.

"슈샤인, 오케이!"

나는 그들이 깜짝 놀라 고개를 번쩍 쳐들 만큼 큰소리로 외치면서 두 켤레의 구두를 치켜올려 보였다. 그들은 구두를 바라보면서 뭐라고 저희끼리 말을 주고받았다. 아마도 잘 닦았다고 말하는 것 같았다. 그들 가운데 한 군인이 웅덩이 속에서 벌떡 일어섰다. 완전한 벌거숭이인 줄 알았더니 팬티를 걸치고 있었다. 그는 옷이 있는 곳에다 그들의 구두를 내려놓으라고 하고는 분대 천막이 있는 곳으로 우리를 데리고 갔다. 그는 수건으로 몸의 물기를 대강 훔쳐 내고 나서 천막 안으로 들어갔다. 성수는 저만치 떨어져 서서 여차하면 도망갈 태세를 취하고는 나와 미군의 동태를 유심히 바라보고 있었다.

그 미군이 천막에서 다시 나왔을 때 나는 그의 손에 C 레이션 상자가 들려 있는 것을 보았다. 그는 상자째로 내 팔에 안겨 주고는 뚜껑을 열어 보였다. 이 정도면 마음에 드느냐는 듯 그는 웃고 있었다. 정말 나는 놀라지 않을 수 없었다. 그 안에는 아홉 갑의 담배와 두 개의 쇠고기 통조림 깡통이 들어 있었다. 그는 담배를 피울 줄 몰라 모아 두고 있었던 모양이었다. 체스터필드, 럭키 스트라이크, 카멜 따위의 여러 가지 담배가 섞여 있었다.

"땡큐, 땡큐."

나는 자꾸만 고개를 숙여 보이며 고맙다고 치사를 했다. 나는 너무나 기뻐서 눈물이 핑 돌았다. 내가 눈물을 글썽이는 것을 보자 그는 나를 덥석 안아 올렸다가 내려놓고는 큰 손으로 고슴도치 바늘처럼 빳빳하게 자라난 내 더벅머리를 쓰다듬었다. 그는 마지막으로 내 어깨를 탁 쳐 주고는 아직도 웅덩이 속에 들어앉아 피서를 즐기고 있는 그의 동료가 있는 곳으로 걸어갔다.

"이걸, 다 준 거야?"

성수는 내게로 달려와서 상자 속에 들어 있는 물건들을 보며 눈을 휘둥그렇게 떴다. 나는 고개를 끄덕거렸다.

"오늘은 정말 재수가 좋을란가 보다" 하고 내가 말했다. 우리는 담배와 통조림 깡통을 나누어 구두닦이 통 속에 넣고 빈 상자를 버리고는 분지로 내려갔다.

넓은 벌판에는 대형 천막들이 여기저기 수없이 쳐져 있었고 곳곳에 지프차와 트럭들이 서 있었다. 우리는 너무나 신바람이 나서 나중에는 우리가 어디까지 와 있는지도 알지 못했다. 왜냐하면 그 이후에도 구두를 세 켤레나 더 닦으면서 아무 곳이나 발길 닿는 대로 쏘다녔기 때문이었다.

우리는 나지막한 고개를 넘으면 우리의 마을과 통해 있는 큰 도로 근처까지 나아가 있었다. 그 길은 동서를 잇는 중요한 간선 도로였다. 우리는 일이 안이하고 순조롭게 진행될 때 특히 주의를 게을리 하지 않도록 조심했어야만 옳았다. 왜, 호사다마*라는 말도 있지 않던가.

우리의 등 뒤에 지프차가 뻑 소리를 내면서 멈추어 섰다. 우리는 반사적으로 고개를 돌렸다. 그러나 이미 때는 늦었다. 허리에 권총을 차고 머리에 흰 하이바를 쓴 두 명의 엠피가 차에서 내렸다. 그들은 대뜸 우리의 팔을 잡았다.

* 호사다마(好事多魔): 좋은 일에는 흔히 방해되는 일이 많다.

엠피들은 성수와 나의 주머니와 구두닦이 통을 뒤졌다. 우리는 담배와 통조림 깡통 따위들을 모두 빼앗겼다. 나는 자신도 모르게 두 손을 마주 대고 싹싹 비비며 용서를 빌었다. 그러나 그들은 나의 탄원을 들어주지 않았다. 그들은 성수와 나를 번쩍 안아서 지프차 뒤 좌석에 태웠다. 우리는 발버둥을 치며 울부짖었으나 모든 것은 허사로 끝났다. 지프차는 우리가 기거하고 있던 마을 쪽과는 반대 방향으로 뿌연 먼지를 일으키며 달리기 시작했다. 우리는 어디로 가는 것일까. 나는 울고만 있을 수는 없다고 생각했다. 나는 눈물을 거두고 성수를 달랬다.

"성수야, 울지 마. 우리를 죽이지는 않을 테니까. 최악의 경우 서울로 돌아가면 그만이잖아?"

"큰형이 목 빠지게 우리를 기다릴 거야."

"물론 그럴 거야. 그렇지만 지금 우리에겐 뾰족한 수가 없어."

그때 내 머릿속에 한 줄기 구원의 빛이 스쳐 갔다.

"기도를 드려 봐. 정말 하나님이 있다면 네 기도 소리를 듣고 우리를 구해 줄지도 몰라."

성수는 구두닦이 통 속에서 성경책을 꺼내 두 손에 모아 쥐고 땡볕이 내리쬐는 하늘을 향해 무엇이라고 계속 중얼거렸다.

기도의 효력은 곧 나타났다. 커다란 정자나무가 길가에 서 있는 마을에 이르자 지프차가 멎었다. 두 엠피는 우리를 길가에 내려놓았다. 그들은 아무 말도 없이 차를 돌려 오던 길로 씽 달아나 버렸다.

성수와 나는 한동안 길 위에 멍청히 서 있었다. 우리는 우리가 통과해 온 부대 쪽을 바라보았다. 부대가 자리 잡고 있는 넓은 벌판에는 뜨거운 지열이 이글이글 끓어오르고 있었다. 우리가 기거하는 마을로 되돌아가기 위해 부대 영문을 통과한다는 것은 꿈에도 상상할 수가 없었다. 또 언제 고약한 엠피에게 붙잡힐는지 알수 없었기 때문이었다. 주위는 고요했고 길을 물어볼 그 어떤 사람도 보이지 않았다.

"자, 기운을 내자. 철조망 가를 따라가면 마을로 되돌아갈 수 있을 거야."

내가 말했다. 성수도 내 의견에 찬성한다는 듯이 고개를 끄덕거렸다. 부대 철조망 가를 우회한다는 것은 꽤 먼 길이었다. 무사히 마을에 도착한다 해도 이미 날은 어스름히 저물 것이었다. 벌써부터 허기와 피로가 엄습해 왔다.

우리가 걷고 있던 지대는 우리가 늘 있던 언덕 쪽보다 훨씬 숲이 울창하고 후미졌다. 우리는 철조망 가를 따라 조그만 개울을 거슬러 올라갔다. 물이 많은 곳에서 아낙네들이 군복을 빨고 있었다. 아낙네들은 개울가에다 천막을 치고 거기서 잠을 자며 빨래를 했다. 내의를 삶기 위해 가마솥 화덕에 장작불을 활활 때기도 했다.

철조망은 한없이 위로 위로 뻗어 있었다. 어쩌면 산꼭대기까지 뻗어 있는지도 모를 일이었다. 빨래하는 아낙네들이 있던 곳을 지나 얼마 가지 않았을 때였다. 우리는 개울에서 좀 떨어진 곳에 쳐져있는 두 개의 천막 앞을 지나지 않으면 안 되었다. 나는 순간적으로 불길한 예감을 맛보았다. 아니나 다를까, 우리가 천막 앞을 막 지나려고 하는데 천막 안에서 어떤 아이가 우리를 불렀다.

"야, 야, 거기 가는 새끼들, 이리 좀 와!"

나는 뒤가 켕기면서도 돌아보지 않을 수 없었다. 나보다 서너 살이나 위로 보이는 한 아이가 천막 밖으로 얼굴만 내밀고 가까이 오라고 손짓을 했다. 우리는 본능적으로 도망칠 생각을 했다. 그러자 우리의 낌새를 알아차리고 다른 천막에서 근육이 울퉁불퉁한 또 한 아이가 밖으로 뛰어나오더니 성큼 우리가 도망칠 길을 막아섰다.

"야, 인마, 토낄 생각은 하지 마. 자, 자, 착하지. 우리 형님께서 부르시니까 저쪽으로 가 봐. 그 뒤에 있는 쇼리도 말이야."

이 아이도 나보다 나이가 위인 것은 물론이었고, 키는 나보다 작다고는 하지만 체격이 당당했다. 녀석은 아랫도리에 군복을 댕 강 자른 반바지를 꿰고 있었으며 위에는 소매 없는 러닝셔츠를 입고 있었다. 그는 은근히 그의 왼쪽 팔뚝을 과시해 보였다. 거기에는 그럴 만한 이유가 있었다. 그의 팔뚝에는 벌거벗은 여자의 몸을 칭칭 감고 있는 뱀의 문신이 새겨져 있었다.

나는 도망칠 수 없다는 것을 깨달았다. 나 혼자라면 어떻게 도 망칠 수 있을는지도 몰랐다. 그러나 그놈은 어린 성수를 노릴 것이고, 성수가 잡힌다면 도망치지 않으니만 못했기 때문이었다.

우리는 비실거리며 아직도 목만 내밀고 흉측한 웃음을 띠고 있는 녀석의 형님이란 작자의 천막으로 다가갔다.

"무릎 꿇어" 하고 땅딸보가 명령했다. 우리는 무릎을 꿇었다.

"야, 새끼들아, 여기가 어딘 줄 알고 함부로 넘나드는 거야?"

천막 속의 아이가 말했다. 나는 '너희 같은 아이들이 진을 치고 있는 곳이라면 들어오지도 않았을 거야' 하고 생각했다.

"미안해. 다시는 이리로 오지 않을 거야."

내가 말했다.

"미안하면 다야? 요즘 아이들이 벌이가 신통치 않다고 해서 왜 그런가 했더니 너희 같은 쇼털꾼들이 얌생이 짓을 하니 그럴 수밖에. 단단히 혼을 내줘야겠어. 야. 순갑아, 저 새끼들 거 모두 압수해."

그는 순갑이란 땅딸보에게 지시했다. 땅딸보는 우리에게 다시 명령했다.

"통 속에 있는 것 다 토해 놔."

"아무것도 없어."

"이 새끼가 말끝마다 반말지거리야?" 하더니 땅딸보는 구둣발 뒤죽으로 내 어깨를 한 번 비틀어 짓눌렀다.

"아무것도 없어요. 오늘 번 것은 엠피에게 모두 빼앗겼어요."

이번에는 성수가 대답했다.

"새끼야, 좆으로 밤송이를 까라면 깠지 무슨 구찌빤지야? 주머니에 있는 것도 모두 뱉어 내."

아무리 발버둥 쳐야 소용이 없는 노릇이었다. 정말 재수가 옴붙은 날이었다. 우리는 구두닦이 도구를 죄다 꺼내 놓았다. 주머니에서는 먼지밖에 나오지 않았다. 땅딸보는 통 속을 요리조리 들여다보고 우리의 주머니를 더듬어 무엇이 남아 있지 않나 조사했다.

"형님, 이것뿐인데?"

땅딸보가 천막 안에서 고개를 내밀고 있는 아이의 눈치를 살폈다.

"그건 뭐야?"

"책인데요."

땅딸보가 성경책을 들어 아무 데나 펼쳐 보였다. 안의 아이가 떠듬거리며 소리 내어 읽었다.

"'너희는 있는 것을 팔아 가난한 사람들에게 주어라. 해지지 않는 돈지갑을 만들고 축나지 않는 재물 창고를 하늘에 마련하여라' 이거 예수 책이잖아? 무슨 말라비틀어진 소린지 모르겠군. 부정 타겠어. 던져 버려."

땅딸보가 성경책을 도로 받아 멀리 팽개쳤다. 성수에게는 너무나 소중한 책이었다. 성수는 자기의 소중한 것이 박대를 받은 것이 분해서 눈물을 글썽거리면서 그것을 주우러 뛰어갔다.

"형님, 이것들을 어떻게 처분할까?"

땅딸보가 다시금 천막 안 아이의 눈치를 살폈다.

"다시는 슈샤인을 못하게 모두 걷어 들여."

천막 안의 아이는 껌을 쩝쩝 소리 나게 씹으면서 차갑게 말했다.

"한 번만 용서해 줘요. 다시는 이곳에 오지 않을 거예요. 우린 엠피에게 잡혔다가 풀려나 저쪽 언덕 너머 마을로 가던 참에 길을 잘못 들었을 뿐이라고요."

이 먼 전방까지 와서 이런 치욕을 당하다니 가슴이 쓰라렸다. 땅딸보가 구두닦이 도구들을 통 속에 쓸어 넣고는 껌을 질겅질겅 씹고 있는 아이의 천막 안으로 통째로 밀어 넣었다.

"우린, 오늘 처음으로 길가 쪽으로 나왔어요."

내가 말했다.

"새끼, 거짓말하지 마."

땅딸보가 내 어깨를 다시 짓이겼다.

"좋아, 너희는 오늘 처음 이쪽으로 넘어왔다고 쳐 두자. 그렇지만 너희 말고 다른 놈들이 언제 또 넘어왔었는지 우린 모른단 말이야. 이건 협정 위반이야. 우린 너희가 가진 것을 모두 압수해 본때를 보여 주자는 거야. 너희에겐 미안한 일이지만."

천막 안의 아이가 말했다.

"너희들, 후회하게 될 거야."

나는 용기를 쥐어짜 엄포를 놓았다.

"이 새끼, 어디다 대고 협박이야? 식구통을 지질러 줄까 보다."

땅딸보가 주먹을 들어 보이며 으르렁거렸다.

"가사."

나는 성수의 손을 잡아끌었다.

"우리 형들이 너희들을 가만두지 않을 거야!"

우리가 그들의 천막으로부터 조금 거리를 두고 떨어지게 되자 성수도 참을 수가 없었던지 목청을 돋우어 소리쳤다. 그러나 길남이나 형이나 또는 길남의 친구들이 구두닦이 통을 찾으러 이곳으로 올는지는 의문이었다. 우리는 걱정이 태산 같았다. 당장 내일부터 구두닦이를 나갈 수가 없으니 어떻게 하면 좋을까.

성수와 난 철조망 가를 따라 다시 걷기 시작했다. 위로 올라갈수록 개울물은 얕아지고 있었다. 철조망에서 100미터가량 안쪽에 두 동의 커다란 천막이 쳐져 있는 것이 보였다. 천막은 바람이 잘 통하도록 옆이 모두 터져 있었다. 그래서 러닝셔츠 바람으로 앉아 있기도 하고 더러는 엎드려 있기도 한 미군들의 모습이 멀리서도 잘 보였다.

그때 나는 철조망 위에 러닝셔츠와 팬티와 군복을 널어놓은 것을 보았다.

"저걸 봐라."

나는 빨래가 널려 있는 곳을 가리켰다. 성수는 이미 그것들을 보았던 모양으로 구두닦이 통을 빼앗겨 우울해진 눈으로 시큰둥이 나를 바라보았다.

"뭘?"

아직 나쁜 짓을 하지는 않았으나 이미 나쁜 짓을 저지르고 만 것처럼 내 가슴은 쿵쾅거리며 요동을 쳤다. 대수롭지 않게 여겼던 성수는 내 얼굴빛이 이상하게 달아오르는 것을 보고 다시 한 번 주의 깊게 철조망 쪽으로 시선을 던졌다. 성수는 서녘으로 기울기 시작한 햇빛을 받아 반짝반짝 빛을 내고 있는 그 물건을 찾아내었다.

"시계 아냐?"

그래, 그것은 손목시계였다. 시계는 러닝셔츠와 팬티 사이의 철조망 가시에 걸려 있었다. 철조망을 자세히 살펴보니 좀 더 위쪽에 사람이 드나들 수 있도록 철조망이 납작하게 짜부러져 있는 것을 알 수 있었다. 그것은 세탁부가 빨아 널어놓은 것이 아니었다. 세탁부는 높은 곳까지 올라오지 않았다. 어느 미군이 빨래를 하느라고 시계를 벗어 놓고 빨래를 마친 뒤 돌아갈 때 챙겨 가는 것을 깜빡 잊은 것임에 틀림없었다.

나는 몸을 숨기기 위해 개울가 참나무 밑에 쭈그리고 앉았다.

"야, 너도 앉아."

성수는 얼떨결에 내 곁에 쭈그리고 앉았다.

"왜 그래, 형?"

성수는 의아스런 표정을 지으며 물었다.

"우린, 지금 아무것도 가진 게 없어. 저 시계만 있으면 구두닦이 통 두 개는 준비하고도 남을 거야. 아무리 싸구려 시계라고 해도 말이야."

"도둑질을 하잔 말이야?"

성수가 놀라서 눈을 휘둥그렇게 떴다.

"쉿, 조용히 해. 목소리가 너무 커."

"나는 그럴 수 없어. 신부님에게 약속했어. 다시는 도둑질 같은 거 하지 않겠다고. 신부님은 그때 말씀하셨어. 네 눈물은 진심에서 우러나오는 눈물이므로 우리 주님께서 너를 용서하실 것이다, 하시고 나에게 다짐을 두었단 말야. 다시는 도둑질하지 말라고."

"성수야, 잘 생각해 봐. 저 시계는 의외로 꽤 값이 나갈지도 몰라. 구두닦이고 뭐고 다 집어치우고 너는 가을부터 학교에 다닐 수 있게 될지도 모른다고."

"형, 나는 도둑질한 물건을 판 돈으로 학교를 다니고 싶지는 않아. 나는 차라리 성당에 나갈 거야. 신부님은 이번 가을에 성당을 연다고 했어. 그리고 내가 그동안 나쁜 일을 하지 않고 잘만 지내

준다면 복사*를 시켜 주겠다고 말씀하셨어. 복사를 하면서 신부님 잔일을 도우며 성당에서 지낼 거야."

"복사가 뭔지는 모르지만 그게 학교에 가는 것보다 중요하다고 생각되지는 않아."

나는 무엇이 귀중한 것인가를 판단하는 점에서 눈뜬장님이나 다름없었다. 나는 드디어 결심했다.

"좋아, 너더러 도둑질하라는 것은 아니니까. 너는 얼굴을 돌리고 있어. 내가 걷어 가지고 올 테니까."

나는 철조망 앞으로 다가가기 위해 허리를 숙인 채 일어섰다.

"안 돼, 형!"

성수가 내 소매를 잡아당겼다. 나는 팔을 뿌리치고 철조망 쪽으로 살금살금 기어갔다. 나는 성수가 내 행동을 보고 있는지 어쩐지를 알아보려고 뒤로 고개를 돌렸다. 그러나 나무 덤불에 가리어 성수의 모습은 보이지 않았다. 내 가슴속에서는 기관차가 질주하는 것 같은 소리가 났다. 내 심장은 너무나 뛰어서 곧 터져 버릴 것 같았다. 그러나 햇빛에 반짝거리고 있는 손목시계를 그냥 두고 가야겠다는 생각은 눈곱만큼도 일어나지 않았다. 산새 우는 소리도 미군들의 떠들고 웃는 소리도 내 귀에는 들리지 않았다. 지는 해가 바로 내 앞에 있었으므로 몹시 눈이 부셨다. 나는 몸을 일으키면서 손을 뻗었다. 그때 나는 어떻게 그 손목시계를 날쌔게 낚아채었는지 어떻게 개울가로 굴러 내려왔는지 기억을 할 수가 없다.

*복사(服事): 선교사나 신부의 시중을 들거나, 미사와 다른 전례 중에 주례자를 도와 예식을 원활하게 거행할 수 있도록 보조하는 사람.

"형, 너무 겁내지 마. 쫓아오는 사람은 아무도 없어."

성수가 뒤쫓아 오며 숨을 헐레벌떡거렸다. 나는 그 소리를 듣고서야 비로소 걸음을 멈추었다. 얼굴과 몸에서는 땀이 비 오듯 흘러내렸다. 나는 잡풀 위에 털썩 주저앉았다. 나는 손 안에 쥐고 있던 시계를 들여다보았다. 시계와 시곗줄은 노란 금빛으로 도금이 되어 있었다. 시계판 위에 12·3·6·9의 숫자가 보였다. 그 사이의 표시는 숫자가 아니라 삼각형의 점으로 되어 있었다. 시계의 바늘은 5시 58분을 가리키고 있었다.

"성수야, 이것 좀 봐. 얼마나 근사하니? 꽤 값이 나갈 거야."

"진짜 근사하군. 형, 하지만 도로 그 자리에 갖다 놓는 게 좋겠어."

"무슨 소리야? 우린 들키지 않았어. 이걸로 너는 학교에 갈 수 있을 거야. 아마 나도 갈 수 있을지 몰라. 그런데 도로 갖다 놓으라고? 말도 안 돼."

"우린 도둑질을 두 번이나 했어. 처음엔 큰형이 하고 그다음엔 내가 하고……. 두 번으로 충분해. 그런데 작은형까지 해 버리면 우린 정말 용서받지 못할 거야. 나는 형이 이 시계를 훔치기 위해서 얼마나 겁을 먹고 떠는지 자세히 보았어. 형은 너무나 무서워서 손등이 철조망 가시에 긁혀 피가 나는 줄도 모르잖아."

나는 내 오른쪽 손등을 내려다보았다. 성수의 말대로 피가 흐르고 있었으나 그다지 깊은 상처는 아니었다. 나는 손등의 피를 입으로 빨고 나서 어린 떡갈나무 잎을 따서 붙였다.

"이까짓 것 괜찮아."

나는 약간 쓰린 듯한 아픔을 느꼈으나 아무렇지 않은 듯 말했다.

"나는 시계를 도로 갖다 놓자고 말했어. 우리가 여기까지 온 것은 도둑질을 하려고 온 것은 아니라고."

성수의 말은 백번 옳았다. 그러나 이미 엎질러진 물인 것이다. 나는 시계를 도로 갖다 놓기는 싫었다.

게다가 나는, 내가 한 도둑질에 대해서 정당성을 부여하려고 노력하고 있었다. 정녕코 시계를 훔친 것은 내 욕심만을 채우기 위해서는 아니라고 생각했다. 나를 합리화시키려는 생각은 아주 고약하게 발전했다. 급기야 시계의 임자가 반드시 전투에서 죽지 않으면 안 될 운명임에 틀림없다고까지 단정을 지었다.

"성수야, 너무 걱정하지 마. 내가 도로 갖다 놓도록 하지. 하지만 오늘은 안 되겠어. 그곳에 다녀오면 시간이 너무 늦어질 거야. 나중에 기회를 보아서 도로 갖다 놓도록 할게."

나는 우선 성수를 달래기 위해서 그렇게 말했다.

"형, 약속하지?"

성수는 다짐을 두려고 했다. 나는 난처했으나 성수를 안심시키기 위해서는 별수가 없었다.

"약속해."

"그럼, 여기 성경책 위에 시계와 손을 올려놓고 나를 따라 말해."

나는 성경책 위에 시계를 쥔 손을 올려놓았다. 떡갈나무 잎은 떨어지고 손등에는 마른 핏자국이 남아 있었다.

"천주님."

"천주님."

"시계를 있던 자리에 틀림없이 갖다 놓겠습니다."

"시계를 있던 자리에 틀림없이 갖다 놓겠습니다."

나는 그때 성수와 했던 의식(儀式)의 약속을 지키지 않았다. 우리는 날이 완전히 어두워서야 마을에 도착했고, 우리를 목이 빠져라 기다리던 형과 길남에게 하루 동안 겪었던 일을 낱낱이 말했으나 시계에 대한 이야기에 대해서만은 입을 다물었다.

"그 자식들 가만 내버려 두지 않을 거야."

우리가 구두닦이 통을 빼앗겼다는 말을 듣고 형은 울분을 참지 못했다.

"안 돼. 이건 별 뾰족한 수가 없는 일이야. 협정을 위반한 잘못은 이쪽에 있으니까."

길남은 현실을 인정하려고 들었다.

"그렇다고 구두닦이 통을 빼앗아? 나는 통을 찾아오고 말 테야. 어떻게 해서 만든 통인데."

"글쎄 안 된다니까. 놈들은 우리보다 힘과 깡다구가 세다고. 더구나 놈들은 겁 없이 잭나이프를 휘두르고 권총까지 쏘아 댄단 말이야."

"권총?"

형도 총이라는 말에는 겁이 나는 것 같았다.

하루가 지나면서 구두닦이 통을 찾아야겠다는 형의 열망은 벌써 식어 가고 있었다. 아마도 형은 그들과 상대하지 않는 것이 더 현명한 일이라고 생각하게 된 모양이었다. 성수와 나는 벌이를 나가지 못하고 빈집에서 하루를 덧없이 보냈다.

나는 훔친 손목시계를 내 바지 주머니에 간직하고 있었다. 뒤울에 있는 우리가 묻어 놓은 독 속에 넣는다면 형이나 길남의 눈에 띨 염려가 있었다. 나는 이따금 성수 몰래 그 시계를 들여다보기도 하고 초침의 재깍거리는 명쾌한 소리를 듣기 위해서 귀에 대어 보기도 했다. 그것은 멋지고 훌륭한 우리의 재산이었다. 언제쯤일는지는 알 수 없었으나 그것은 성수나 형이나 또는 나를 위해서 요긴하게 사용될 것이다. 나는 내 바지 주머니에 그것을 간직하고 있었으나 솔직히 말하건대 내 것이라고 생각해 본 적은 없었다. 때때로 성수와의 약속이 불현듯 떠올랐으나 그럴 때마다 애써 그 생각을 머릿속에서 몰아내려고 안간힘을 썼다.

"중수야, 너는 성수를 데리고 먼저 서울로 돌아가야겠어. 내가 너희 구두닦이 통을 마련해 주지 못해서가 아니야. 하려고 들면 할 수는 있지. 그렇지만 왠지 이곳이나 구두닦이라는 일이 너희 둘에게는 성격상 맞지가 않는 것 같아."

내가 구두닦이 통을 빼앗기고 시계를 훔치던 그날 이후 사흘이 지난 저녁에 벌이에서 돌아온 형이 내게 말했다.

"한수 말이 맞다. 너희가 없다면 한수는 마음 놓고 여기서 구두를 닦을 수 있을 거야."

길남이 거들었다. 그 말을 듣고도 성수는 잠자코 있었다. 성수는 진작부터 전방에 대해 싫증을 내고 있었다. 그의 눈에는 이곳에서 일어나는 일들이 더럽고 치사하고 부정직하게만 비쳤던 것

108

같았다. 윗마을 여자들도, 그곳을 찾아가는 미군들도, 불쌍한 구두닦이들도, 돈밖에 모르는 밥 아주머니도, 밀수꾼처럼 암거래를 하며 서울을 오락가락하는 양키 물건 장수들도 모두가 성수 마음에 들지 않았다.

"나는 좀 더 있고 싶어. 할 수만 있다면 형이 구두닦이 통을 마련해 주었으면 좋겠어."

내가 말했다. 형이 퉁명스럽게 내쏘았다.

"어째서 넌, 내 말을 알아듣지 못하는 거야? 너희가 나를 따라온다는 것이 나는 애초부터 마음에 들지 않았어. 너희가 거추장스러워. 너희는 내게 애물 덩어리야. 너희는 돈도 벌지 못해. 고모님 신세를 지고 있는 것이 오히려 나아. 나 혼자 여기 있는다면 훨씬 편안하게 돈을 벌 수 있을 거라고. 우선 밥값부터 축을 내지 않을 테니까."

웬일일까. 형은 전에 없이 우리에게 짜증을 부렸다. 형은 우리를 귀찮게 여기고 있었다. 나는 왜 오래전부터 성수나 내가 형에게는 번거로운 존재라는 것을 깨닫지 못했던 것일까. 형은 늘 우리 때문에 부담감을 느끼고 있었다. 아직 나이가 어린 형으로서는 결코 어머니나 아버지가 될 수 없었던 것이다. 나는 형에게 너무나 많이 의지해 왔다는 것을 알았다. 우리는 각자 독립을 해야 할 필요가 있었다. 그런 점에서 복사가 되어 신부님에게 의지하겠다고 벼르던 성수가 나보다는 훨씬 현명했다. 결과적으로 그것은 형을 자유스럽게 만들어 줄 것이다.

"알았어. 언제 떠날까?"

나는 침울한 표정을 짓지 않으려고 애를 썼다.

"모레 아침에 일찍 떠나도록 해. 다만 몇 푼이라도 쥐어 보내야지. 여기까지 오자고 한 내 체면도 있으니. 내일 저녁에는 신나는 파티를 열어 줄게."

형 대신 길남이 말했다. 나는 형의 말대로 성수와 함께 이틀 뒤 아침에 떠날 것이라고 대답했다.

성수와 나를 위한 파티가 열리게 되어 있는 그날 아침에 형과 길남이 벌이를 나가자 나는 파티에 쓸 사과를 따기 위해 도로 건너 사과밭으로 갈 준비를 했다. 파티는 저녁에 열리게 되어 있었기 때문에 하루 종일 무료하게 기다릴 것이 아니라 나도 무엇인가 보답하고 싶은 생각이 들어서였다.

"너는 가지 않을래?"

나는 성수에게 물었다.

"머리가 아파 집에서 좀 쉴래."

성수는 바람벽에 기대어 눈을 감고 있었다. 어젯밤까지만 해도 별다르지 않던 성수의 표정이 어딘지 불안해 보였다. 나는 성수의 이마를 짚어 보았다. 열이 약간 있는 것 같았다.

"아침 먹은 것이 탈이 났나 보다. 그놈의 꿀꿀이가 상했나 봐."

"아냐, 조금 지나면 괜찮을 거야."

"불편하면 누워 있어."

나는 낡은 군용 담요를 방바닥에 깔아 주었다. 성수는 마다하지 않고 피곤한 듯 누웠다. 나는 사과를 담아 오기 위한 소쿠리를 가지고 오려고 뒤울안으로 갔다. 소쿠리는 뒤 울 추녀 밑 토담 벽에

110

걸려 있었다. 나는 소쿠리를 떼어 내리려고 손을 뻗쳐 올리려다가 우연히 우리가 물건을 감춰 둔 장독대 밑을 보았고, 그러자 문득 손목시계가 생각났다. 손목시계는 언제나 내 오른쪽 바지 주머니에 넣어 가지고 다녔기 때문에 묵직한 무게를 허벅다리께에 느꼈었는데 웬일인가 아무런 무게도 느낄 수 없는 것을 알았다. 나는 불현듯 바지 주머니 속에다 손을 넣어 보았다. 손목시계가 없었다. 바지를 홀랑 벗고 털어 보아도 없었다.

내가 누구를 의심했겠는가. 그때까지도 내가 손목시계를 가지고 있다는 것을 알고 있던 사람은 성수뿐이었다. 나는 성수에게 달려갔다.

"성수야, 그거 내놔."

나는 눈에 쌍심지를 돋우며 눈을 감고 누운 성수를 노려보았다.

"뭘?"

성수의 얼굴은 창백하다 못해 새파래지더니 다시 붉게 달아올랐다. 그러나 눈은 뜨지 않았다.

"시치미 떼지 마. 시계 말이야."

"형, 나는 시계를 가지고 있지 않아."

"그럼, 어디다 뒀어?"

"글쎄, 난, 시계 따위는 모른다니까. 훔쳐 온 물건이니까 누군가 또 훔쳐 갔겠지."

성수는 남의 일처럼 무감각하게 말했다. 나는 흥분하여 성수의 몸을 샅샅이 뒤졌다. 나는 시계가 있을 만한 곳은 모두 뒤졌다. 심지어 구멍 뚫린 천장 속에도 손을 넣어 보았다. 장독대 가에 묻어 둔 독 속도 뒤졌다. 그러나 시계는 흔적 없이 사라지고 말았다.

나는 길남과 형을 의심해 보았다. 어젯밤 잠들기 전까지만 해도 나는 내 머리맡에 놓아 둔 바지에 시계가 들어 있던 것을 확인했었다. 밤사이에 없어졌다니 이것은 내부의 소행이다, 하고 나는 단정 지었다.

예정대로 그날 저녁에 파티는 우리가 기거하는 집 마루와 마당에서 열렸다. 아이들은 귀중한 통조림 깡통을 가지고 왔다. 어떤 아이들은 사과밭에서 푸른 사과를 따 왔다. 또 어떤 아이들은 어디선가 고추와 호박을 따 왔다. 식사는 밥 아주머니에게서 날라 왔다. 아이들은 찌개를 따로 끓였다. 식사가 끝나자 아이들은 각자 가지고 온 주전부리들을 내놓았다. 길남이 그것들을 한데 거두어 모았다. 초콜릿, 껌, 사탕, 비스킷 따위들이 소쿠리에 담겨졌고 그것들은 사과와 함께 공평하게 각자에게 다시 나뉘어졌다.

여남은 명의 아이들이 신발을 신은 채로 마루 위로 뛰어 올라왔다. 달이 휘영청 밝았다. 그곳에서 지낸 지 한 달이 지난 것이다. 아이들은 원을 그리며 서더니 마룻바닥을 구르면서 두 손으로 제양 볼기짝을 소리 나게 두드리며 빙글빙글 돌아가기 시작했다. 장단을 맞추어 발이 마루를 구르고 손바닥이 볼기짝을 때리며 아이들은 노래를 부르기 시작했다.

앞집의 처녀
뒷집의 총각
달 밝은 밤에

마음이 맞아
냇가에 갔네
쿵자작 작짝

발에 꿰어 찬 신발은 가지각색이었다. 앞쪽이 쭉 찢어져 엄지발가락이 내보이는 검정 고무신이 있는가 하면, 슬리퍼처럼 뒤가 찌부러진 운동화, 그리고 갈색과 검정색의 커다란 군화들이 있었다. 그들은 반바지와 긴 군복들을 꿰고, 위에는 아예 벗어 버렸거나 러닝셔츠 바람이었다. 삐죽삐죽 구둣솔처럼 빳빳하게 자라난 머리칼. 매일 앞부분만 물을 찍어 바른 얼굴들이 달빛에 반들거렸다.

처녀와 총각
두리번 해도
아무도 없어
더듬는 가슴
껴안고 댕굴
쿵자작 작짝

참으로 즐거워야 할 그날 저녁에 나는 몹시 우울했다. 나는 그 손목시계의 환영을 내 머릿속에서 결코 지워 낼 수가 없었던 것이다.

다음 날 아침에 성수와 나는 길을 떠났다. 떠나기에 앞서 나는 형과 길남에게 말했다.

"혹시 시계 같은 것 보지 못했어?"

"시계 같은 거라니 무슨 소리야?"

형이 놀라서 되물었다. 길남이도 처음 듣는 소리라는 듯이 말했다.

"언제 너한테 시계가 있었니?"

"아냐, 아무것도 아니야."

나는 오히려 얼버무리고 말았다. 나는 의아한 표정으로 나를 바라보는 그들에게서 얼굴을 돌리고 나서 길을 재촉했다. 내 몸에는 겨우 돈 1만 원이 들어 있었다. 그것은 그날 새벽에 형과 길남이 마련해 준 돈으로, 팬티에 헝겊을 대고 어설프게 숭숭 꿰매어 단 주머니 속에 들어 있었다. 나는 길을 걸으면서 내내 그까짓 돈보다는 금빛이 번쩍거리는 손목시계만을 머리에 그리고 있었다. 이상한 열병을 앓은 뒤끝인 성수는 묵묵히 걷기만 했다.

우리가 큰길을 버리고 사과밭으로 가는 오솔길로 접어들었을 때였다. 눈앞에 대갈장군이 불쑥 모습을 드러내었다. 그는 갑자기 쇠스랑을 하늘 높이 치켜올리며 우리를 내려치려고 들었다. 우리는 질겁을 하여 뒤로 물러섰다. 우리가 놀라는 모습을 보고 그는 재미있다는 듯이 껄껄 웃어 젖히면서 쇠스랑을 아래로 내렸다. 그러고는 말했다.

"도련님들, 한양으로 돌아가시나?"

내가 머리를 끄덕거렸다.

"잘 가게."

그는 쇠스랑을 끌며 우리 앞을 지나 마을 쪽으로 걸어 내려갔다. 우리는 그의 모습이 나무 사이로 사라질 때까지 그 자리에 서 있었다.

"저 대갈장군이 내 시계를 훔쳐 간 게 아닐까?"

나는 혼잣소리처럼 중얼거렸다. 그와 그 금빛 시계 사이에서 그
어떤 관련성도 찾아볼 수 없었지만, 내게는 웬일인지 꼭 그가 시
계를 훔쳐 간 범인인 것만 같은 느낌이 들었다. 그것은 그가 우리
에게 불행을 안겨다 주는 악마의 사신인 것 같다는 내 선입감이
작용했었기 때문인지도 몰랐다.

6

그해 여름은 몹시 지루하고 길었으며 성수가 고대하던 가을은 그만큼 더디게 오는 것 같았다. 나도 역시 그해 여름을 진저리 칠 만큼 싫어했는데 그 까닭은 전방 구두닦이에서 돌아온 이후 죽 학질을 앓았기 때문이었다. 가을만 되면 학질이 물러갈 것 같은 기분이 들었다. 그것이 내가 가을을 기다렸던 이유였다. 그러나 성수는 다른 이유 때문에 가을을 기다렸다. 가을이 되면 피난을 다녀온 신자들을 위해 신부가 성당 문을 열 것이고, 그렇게 되면 성수는 복사가 되어 신부를 모시게 될 것이다.

성수는 여름 내내 성당에 가서 신부의 잔심부름을 도우면서 천주교에 대한 교리를 배웠다. 고모님 댁에는 화요일과 금요일에만 왔다. 형은 아직 전방에서 돌아오지 않고 있었다. 그 무렵 나는 학질 때문에 육체적으로 시달렸으며 또 그 금빛 손목시계의 사건 때문에 정신적으로도 고통을 받고 있었다. 내게는 고정관념이 자리 잡고 있었는데 그것은 몹쓸 학질에 걸린 것이 학질모기에 물렸기

때문이 아니라 시계를 훔쳐서 벌을 받았기 때문이라는 것이었다.

나는 잠에서 깨면서부터 오후 서너 시까지 혹시 내가 미친 것이 아닐까 하는 환각에 사로잡히고는 했다. 한여름이었음에도 불구하고 어찌나 춥던지 이빨이 맞닥뜨려져 딱딱 소리가 날 만큼 떨렸다. 머리는 혼몽했고 눈앞은 가물거렸다. 옷을 아무리 껴입어도 추위를 느끼는 감각의 정도에는 별다른 차이가 없었다. 무엇보다도 그리운 것은 햇빛이었다. 나는 남들이 지겨워하는 염천의 날씨가 좋았다.

나는 아침 햇빛이 누리에 퍼지기가 무섭게 방에서 엉금엉금 기어 나와 명아주가 무더기로 자라나는 가까운 폐허의 공터로 갔다. 나는 무너진 담벼락에 해를 향해 기대앉아서는 눈을 감고 내 몸에 쏟아지는 햇빛을 감사하게 여겼다. 좀 더 많은 햇빛을 받기 원했으나 나로서는 어쩔 수가 없었다. 해님의 자비심에 맡길 수밖에는.

"형, 약을 가지고 왔어."

그것은 해가 구름에 가렸다가 다시 나타나기를 반복하던 어느 금요일의 일이었다. 나는 무너진 담벼락에 기대앉아 감당하기 어려운 고통 속에서 성수를 기다리고 있었다. 나는 그 소리를 꿈결 속에서처럼 들었다. 나는 무쇠에 눌리는 듯한 무거운 눈을 억지로 떴다. 내 눈에는 갖가지 색깔로 채색된 빛들밖에 보이지 않았다. 하늘은 노란빛으로 가라앉고 있었으며 햇빛은 무지개 색깔로 분해되면서 마치 폭죽처럼 선을 그으며 떠내려 오고 있었다. 몸에 퍼져 있는 독기 때문에 귀는 멍멍했다. 나는 성수가 내게 아주 가까이 다가왔을 때에야 비로소 발소리를 정확히 들을 수 있었고,

그 여러 가지 빛들 사이로 동생의 모습이 드러나는 것을 알아볼
수 있었다.

"약을 가지고 왔다고? 무슨 약이니?"

나는 내 입에서 나는 단내를 맡으면서 입술을 달싹거렸다.

"키니네야. 형이 목 타게 바라던 미제 키니네라구. 자 봐."

성수는 주머니에서 조그만 병을 꺼내 내 손에 쥐어 주었다. 나
는 마개를 비틀어 열고 알약들을 손바닥에 받아 보았다. 알약들에
는 진노란 당의가 입혀 있었다.

"이거 어디서 났어?"

"신부님이 구해 주신 거야. 이 약만 다 먹으면 학질이 틀림없이
떨어질 것이라고 말씀하셨어."

"정말 고맙구나."

나는 눈물이 핑 돌아서 더 말을 할 수가 없었다. 약을 구해 주신
신부의 마음씨에도 고마움을 느꼈지만 내가 무엇을 바라는지 눈치
채고 그것을 직접 가지고 온 성수에게 더 큰 고마움을 느꼈다.

"형, 점심 먹었어?"

"음, 먹었어."

나는 거짓말을 했다.

"신부님이 형을 위해 손수 찐빵을 만들어 주셨는데 그럼 나중
에 먹어야겠네."

나는 오랜만에 식욕을 느끼며 나도 모르게 소리가 나도록 침을
꿀꺽 삼켰다.

"그 빵, 먹고 싶은데?"

"그럴 줄 알았어."

성수는 땅바닥 위에다 종이에 싼 것을 펼쳐 놓았다. 빵은 모두 열 개였다. 흰 밀가루로 만든 빵은, 만든 지가 오래지 않은 듯 아직 말랑말랑했다. 전쟁이 터진 이래 나는 흰 밀가루로 만든 찐빵을 처음 구경했다.

"우선 이걸 먹어, 그런 다음에 약을 먹자고. 내가 물을 떠가지고 올 테니까."

성수는 자기가 내 형이나 되는 듯이 부드러운 목소리로 타일렀다. 그러고는 고모님 댁으로 가 불에 검게 타 버린 놋쇠 대접에 물을 가득히 담아 왔다. 나는 네 개째의 빵을 먹고 물을 마셨다.

"성수야, 너도 먹지 그래?"

"아냐, 나는 먹고 왔어."

"한 개만이라도 먹어."

"그럼, 한 개만 먹을래."

나는 나머지 다섯 개를 게 눈 감추듯 순식간에 다 먹어 치웠다. 그러니까 모두 아홉 개의 빵을 먹은 것이다. 나는 참으로 오랜만에 포식을 했다. 많이 먹기는 했으나 배탈이 날 것이라는 걱정은 들지 않았다.

나는 약병에서 노란 알약을 두 개 꺼내 복용했다. 나는 이윽고 나른해져서 담벼락에 기대어 눈을 감았다. 성수도 내 곁에 나와 같은 자세로 담벼락에 기대어 앉았다. 아마도 그것은 동생에게는 견딜 수 없는 고통이었을 것이다. 염천에 지글지글 타는 태양 밑에서 성수는 땀을 뻘뻘 흘렸을 테지만 짜증스런 말이라고는 단 한

마디도 하지 않았다.

"형, 밤에 혼자 자려면 괴롭지?"

"밤이 낮보다는 나은 것 같아. 밤이 되면 열이 가라앉으니까. 좀 쓸쓸해지기는 하지만. 그렇지만 어떡하겠니? 참아야지."

"형, 성당으로 가서 나와 함께 지낼 생각은 없어? 신부님은 형을 데리고 왔으면 하셔. 그러면 병도 빨리 나을 것이라시면서."

나는 성수의 말에 흠칫 놀랐다.

"약도 빵도 죄다 고맙지만 너처럼 신부가 될 생각은 없어."

"꼭 신부가 되라는 뜻에서가 아니야. 성당에 있는 것이 병이 낫는 데 더 좋지 않을까 해서지. 신부님은 신학교에 들어가시기 전에는 의학 공부를 하셨대."

"내 병은 이 키니네만 있으면 나을 거야."

나는 왜 그다지도 성당에 가는 것을 두려워했던 것일까. 아마도 내가 신부 앞에 나타나기를 주저한 것은 막연하게나마 또 도둑질을 할 것이라는 예감 때문인지도 몰랐다.

내 병은 키니네 덕분에 일주일 만에 가뿐히 나았다. 그러나 나는 신부에게 인사를 드리러 가지 않았다.

형은 더위가 막바지 고개를 넘어설 무렵에야 돌아왔다. 형은 성수와 나를 보내 놓고 착실히 물건들을 모았다. 그러나 돌아올 날을 사흘 앞두고 독 속에 감추어 두었던 양키 물건들을 깡그리 도둑맞은 것을 알았다. 누가 훔쳐 갔는지 알 수가 없었다. 형과 길남은 사흘 동안 그 도둑놈을 찾아내려고 혈안이 되어 헤매었다. 도둑놈은 형과 길남의 사정을 잘 알던 놈일 것이 분명했다. 마침내 사흘째 되던 날 유력한 용의자를 알아냈으나 그 사람은 이미 어디론가 자취를 감춘 뒤였다. 형은 보름 동안 더 구두를 닦아서 겨우 1만 원을 손에 쥐고 돌아왔다.

형의 몰골은 말이 아니었다. 거의 석 달 동안이나 깎지 않은 머리는 상투를 틀어 올릴 만큼 길게 자랐고, 얼굴은 광대뼈가 튀어나올 만큼 여위었고, 점퍼의 목덜미는 새까만 땟국으로 절었고, 바지 무릎께는 구두를 닦을 때마다 무릎을 꿇고 앉은 탓으로 구멍이 뻥 뚫렸다. 나는 어스름한 저녁때 방문 앞에 나타난 형의 모습을 보고 형이 몹시 지쳐 있다는 것을 대번에 느낄 수 있었다. 형은 손에 축 늘어뜨려 들고 있던 구두닦이 통을 내동댕이치듯 방구석으로 밀어 놓았다.

"형!"

내가 반가운 목소리로 불렀으나 형은 대꾸조차 하기 귀찮은 듯 말없이 문지방에 다리를 걸친 채 방바닥에 벌러덩 드러누워 눈을 감았다. 나는 구두닦이 연습을 하느라고 자색과 검은색으로 칠한 적 있던 형의 군화를 벗겨 주었다. 그러나 이때 군화는 너무나 낡고 바래서 결코 짝짝이로 칠해진 적이 없었던 것처럼 보였다. 그 것은 단순히 흙먼지가 켜켜이 앉은 낡은 가죽신에 지나지 않았다.

형은 저녁상 앞에 앉아서도 묵묵히 밥만 입 안으로 떠 넣고 있었다. 동숙 누나와 고모부가 무슨 일이 일어났는지 무척 궁금해 했으나 형은 다만 피곤할 뿐이라는 말을 남기고 우리 방으로 건너왔다.

우리 형제는 일찌감치 자리를 펴고 누웠다. 형은 눈을 뜨고 있기는 했으나 여전히 입을 다물고 있었다. 나는 이따금 형의 푹푹 내쉬는 한숨 소리를 들으며 그간에 일어났던 일들을 들려주었다. 내가 학질을 앓았으며 성수는 성당에서 먹고 자고 건강히 지내고 있다는 이야기를 늘어놓았다.

"형은 참으로 이상해졌어. 내가 말하기 전까지 성수의 안부를 한마디도 묻지 않았어."

무슨 일이 일어났는지는 모르지만 형이 입을 다물고 있는 것에 나는 분통이 터져 격하게 언성을 높였다.

"지금 들었잖아?"

형이 침통하게 대꾸했다.

"성수가 집에 없다면 당연히 궁금했을 텐데도 묻지 않았단 말이야. 이건 형답지가 않아."

"제기랄!"

형은 상스런 욕지거리를 입에 담았다. 나는 자리에서 벌떡 일어났다. 그리고 나를 빤히 올려다보는 형의 얼굴을 주먹으로 지질러 주고 싶은 충동을 가까스로 억제했다.

"그게 무슨 소리야?"

"제기랄이라고."

"누구한테 하는 소리냔 말이야?"

"너한테 하는 소리는 아니니까 안심해. 너무 흥분하지 말고……."

형은 그제야 모든 물건을 도둑맞고 말았다는 이야기를 털어놓기 시작했다.

"그 용의자란 게 누구였어?"

내가 궁금해서 물었다.

"대갈장군."

"대갈장군?"

"얼빠진 놈처럼 어슬렁거리며 다녔지만 그게 아니었어. 알고 보니까 도둑맞은 건 우리들만이 아니었어. 어슬렁거리며 다니면서 아이들이 구두 닦으러 나간 사이에 아이들이 어디에다 물건을 감추어 두었는지 죄다 조사를 해 놨었던 거야. 우리는 대갈장군을 지목하고 그를 찾기 시작했지. 흔적도 없이 종적을 감추었더군. 사과밭에 쇠스랑 하나만 남겨 놓고……."

나는 소름이 오싹 끼쳤다. 내 시계도 대갈장군이 훔쳐 가지 않았을까 느꼈던 그때의 예감이 현실로 나타났기 때문이었다. 나는 입을 열 수가 없었다. 그리고 형은 그 일에 대해 이렇게 결론지었다.

"도둑질로 모은 것은 결국 도둑을 맞아 없어지게 되어 있는 것 같아. 우리가 나무와 우단 따위를 도둑질하지 않았다면 내가 모은 물건들도 도둑맞지 않았을 거야."

"운, 운이 나, 나빠서였지, 뭐."

나는 형의 초췌한 모습을 보고 형이 불쌍하다고 생각하면서 떠듬떠듬 입을 열어 그를 위로하려고 했다. 그러나 형의 말이 옳았다. 왜냐하면 내가 훔친 손목시계도 도둑을 맞아 없어졌으니까 말이다.

"그렇지만 나를 위로하려고 들지는 마. 나는 성수처럼 다시는 도둑질 따위는 하지 않겠다고 그 누구에게도 맹세하지는 않을 거니까."

형은 선언한 대로 다시 도둑질을 하기 시작했다. 사람들이 빤히 두 눈을 뜨고 보는 대낮이거나 깜깜한 밤중이거나 시간을 가리지 않고 날마다 도둑질을 했다. 말하자면 직업이 구두닦이에서 도둑으로 바뀐 것이었다. 그것은 서울역 구내에서 석탄을 훔쳐 내는 일이었다.

나는 처음에 형이, 기관차들이 철길에 흘린 석탄이나 코크스를 줍는 얌생이꾼 노릇을 하겠다는 것으로 알았다. 그러나 보통 얌생이꾼이 아니었다. 형은 줍는 것이 아니라 직업적이고 전문적인 도둑질을 했던 것이다. 형은 삽을 들고 달리는 기관차의 석탄 적재칸으로 뛰어 올라가 삽으로 마구 퍼 내렸다. 그러면 형의 동료들이 그것을 긁어모아 밖으로 빼냈다. 형과 그 동료들의 행동 범위는 남으로는 용산역에서 북으로는 신촌역까지였다.

"잡히면 감방에 가게 될 거야."

고모님 댁에서는 서대문 형무소가 환히 내려다보였다. 나는 형이 그 붉은 벽돌담 안에 갇히는 모습을 상상하고는 몸을 떨었다.

"너는 아직 몰라서 그러는데 도둑질이라는 것을 그렇게 어렵게 생각할 필요는 없어. 요즘은 누구든지 다 도둑질을 하거든. 하늘처럼 높으신 어르신네나 땅처럼 낮은 비렁뱅이나 모두가."

"그렇다고 우리마저 계속 도둑질을 한다는 건 마음에 걸려. 어머니나 아버지도 좋아하시지 않을 거고 말이야."

"어머니와 아버지는 돌아가셨어. 우리가 살아가자면 어쩔 수가 없다고. 어머니와 아버지는 내가 무슨 짓을 하든지 상관하지 않을 거야. 아무것도 알 수가 없을 테니까."

"어디까지나 양심상의 문제야."

"양심? 웃기지 마. 양심이 밥 먹여 준다더냐? 너도 학교에 빨리 다니고 싶거든 나와 같이 일을 해. 나는 곧 한밑천 잡게 될 것이고, 그러면 넌 손을 떼고 학교에나 열심히 다니는 거야."

형은 나에게 형이 하는 일에 가담하라는 뜻을 은근히 비쳤다.

아침저녁으로 스산한 바람이 불기 시작하던 가을 어느 날 저녁에 나는 형을 따라나섰다. 내가 간 곳은 갈월동 철로변의 3층 벽돌 건물이었다. 건물의 아래층에는 사람이 살고 있는 것 같았으나 2층과 3층은 유리창이 깨어진 채로 비어 있었다. 2층에는 형 또래의 아이들이 모두 다섯 명이나 있었다. 그중에 길남이 끼어 있는 것을 보고 나는 놀라지 않을 수가 없었다.

"중수야, 잘 왔어. 사실 손이 모자랐거든. 그렇다고 아무나 끌어들일 수도 없고. 하는 일이 밖으로 새어 나가면 시끄러워지니까."

길남은 거적때기를 깔고 앉아 무릎에 담요를 덮고 있거나 미군이 쓰던 낡은 닭털 침낭 속에 발을 넣고 있던 나머지 네 명의 아이들을 나에게 소개해 주었다. 아이들이 내게 악수를 청했다. 나는 그들의 손을 차례로 잡았다. 복칠이라는 아이는 며칠 전까지만 해도 신문팔이를 했었다고 했다. 길남이 구두닦이를 하다가 알게 된 경진, 얼굴이 전혀 딴판으로 생긴 상민, 상구라는 형제도 있었다. 길남의 말을 따르면 상민이 위라고 했으나 키는 상구가 더 컸다. 나이로 따지면 내가 가장 어렸다.

그들은 석유램프를 들고 3층으로 올라갔다. 거기에는 10평가량 되는 공간이 있었는데 한쪽 구석에 아직 처분하지 못한 석탄

다섯 부대가 쌓여 있는 것을 볼 수 있었다. 빈 부대와 멜빵을 만들어 달아 놓은 세 자루의 삽과 긴 나무 사다리도 놓여 있었다.

"자, 시작해 볼까?"

형이 말했다. 길남이 주머니에서 회중시계를 꺼내 보더니 고개를 끄덕거렸다. 형은 램프 불을 껐다. 사방은 깜깜했다. 깨어진 유리창 밖 멀리 희미한 별빛이 보였다. 아이들은 검은 유령들처럼 말없이 움직이기 시작했다.

아이들은 사다리를 들어서 깨어진 유리창 밖으로 밀었다. 나는 어떻게 해야 할지 몰라 그들이 하는 모습을 멀거니 지켜보았다. 창밖으로 4미터쯤 사이를 두고 역의 경계선인 긴 담장이 가로놓여 있는 것이 보였다. 그 담장의 꼭대기는 창가의 높이보다 1미터가량 높아 보였다. 그들은 사다리로 창가와 담장을 연결해 걸쳐 놓았다.

"중수야, 한수와 나는 기관차 꽁무니로 뛰어 올라갈 거야. 너는 다른 아이들이 하는 대로 철길에 떨어진 석탄을 부대에 담아 저 담 밑까지 옮겨 오면 되는 거야. 언제나 주의를 게을리 해서는 안 돼. 조용히, 그리고 민첩하게 행동해야 해. 알겠지?"

나직한 목소리였으나 길남의 지시가 너무 단호했으므로 나는 거절할 수가 없었다. 당연한 걱정거리는 우선 사다리를 넘어갈 수 있는 강심장이 내게 있느냐 하는 것이었다. 석탄을 부대에 주워 담는 것은 다음 일이었다. 형이 내게로 다가왔다. 그가 내 손을 잡았다.

"잘될 거야. 언제나 잘되어 왔으니까."

형이 말했다. 나는 이제 와서 형을 원망할 생각은 없었다.

먼저 경진이란 아이가 부대를 허리에 차고 사다리를 건너갔다. 사다리를 건너가는 그의 모습은 숙달되고 민첩해서 마치 한 마리의 커다란 도둑고양이가 기어가는 것 같았다. 그는 담장 위에 길게 배를 깔고 엎드려 주위를 살폈다. 잠시 후에 이쪽을 향해 아이들에게 건너오라고 손짓을 해 보이고는 자신은 담 너머로 뛰어내렸다. 다음은 멜빵이 달린 삽을 어깨에 멘 형이 건너갔다. 그리고 빈 부대를 잔뜩 등에 진 상민, 상구 형제와 복칠이가 차례로 건너갔다. 나는 부대 하나를 허리띠 안에 질러 끼고 건너갔다.

우리는 담 밑 골창을 따라 20여 미터 정도 역 구내 쪽으로 다가갔다. 그 방향으로 전진할수록 담장과 철길과의 사이가 벌어졌는데 그곳은 꽤 후미져서 숨어 있기가 좋았다. 잡초가 제멋대로 무성히 자라난 풀숲에 형과 아이들이 누워서 열차가 지나가기를 기다리고 있었다.

한 10분가량 기다렸을 것이다. 역 구내 쪽에서 기관차의 긴 기적 소리가 두 번 울렸다. 길남과 형이 철길 둑 쪽으로 기어 올라갔다. 그 뒤를 네 명의 아이들이 따랐다. 나는 그들이 하는 대로 쫓아 하지 않으면 당장 누가 목덜미라도 잡아끌고 가기나 할 것처럼 허둥지둥 그들을 따라갔다. 아이들이 그랬듯 나도 둑 위에 엎드렸다. 멀리 역 구내에 높다랗게 매달린 크고 환한 전등이 철길 위를 비추고 있는 것이 을씨년스럽게 보였다.

나는 역 구내 너머 서북쪽을 바라보았다. 구내 너머에는 어둠밖에 없었으나 내가 있는 위치에서 사선을 그을 수 있는 어떤 선상에 성수가 있는 성당이 있을 것이다. 나는 그때 기도를 드리고 있을, 어쩌면 두 형을 위해 기도를 드리고 있을 성수의 모습을 상상했다. 그리고 성수가 신부를 보러 가자고 말했을 때 내가 싫다고 했던 것을 기억해 냈다. 왜 싫다고 했던가. 그것은 내가 또 죄를 지을지도 모른다는 예감 때문이었다. 그 예감은 이렇게 적중했다!

갑자기 길남과 형이 앞으로 달려 나갔다. 철길이 어우러진 중간쯤에 내 키만 한 폐색 신호기가 서 있었다. 폐색 신호기 옆으로는 열차가 희망하는 곳으로 달리도록 철길을 움직여 연결시켜 놓는 굵은 철선들이 있었다. 그 철선들은 지면보다 낮게 판 고랑 같은 긴 홈 속에 있었으며 거기 어디엔가 두 사람이 겨우 몸을 숨길 수 있는 은신처가 있는 것 같았다. 기관차가 뒤에 긴 꼬리를 달고 대낮처럼 환한 빛을 뿌리며 다가왔을 때 나는 두 사람의 모습을 볼 수가 없었다. 화물 열차였다. 서서히 기관차가 우리의 앞을 지나갔다. 나는 빛이 지나간 어둠 속에서 형이 기관차 석탄 적재 칸에 뛰어오르는 모습을 보려고 눈을 부릅떴다. 어둠 속에서 어둠보다 더 짙은 두 어둠 덩어리가 바람처럼 움직이는 것을 보았다. 그것은 마치 검은 휴지 조각이 날리는 듯 석탄 적재 칸과 바로 뒤 화물차와의 사이에 달라붙었다.

"성공이야."

아이들 가운데 누군가 속삭였다. 화물 열차는 점점 속력을 내면서 우리의 눈앞을 지나갔다.

"가자!"

누군가 또 말했다. 나는 아이들을 따라 화물 열차가 지나간 철길 쪽으로 나아갔다. 철길에는 석탄 덩어리가 지천으로 깔려 있었다. 길남과 형은 올라타자마자 정신없이 삽질을 해 대었던 것이 틀림없었다. 아이들이 석탄 덩어리를 부대에 주위 담기 시작했다.

나도 허리에서 부대를 뽑았다. 이미 나는 위험의 한가운데에 있었으나 웬일인지 가슴이 뛰지는 않았다.

부대는 20여 분도 지나지 않아 금세 가득히 찼다. 그러나 벌써부터 손바닥과 손가락 끝이 아파 왔다. 아이들은 장갑을 끼고 있었으나 나는 미처 장갑을 준비하지 못했었다. 나는 새까맣게 석탄 가루가 묻은 손으로 콧물을 닦아 냈다.

그것은 시작에 불과했다. 아이들은 부대가 차면 그것을 어깨에 둘러메고 사다리가 걸쳐 놓여 있는 담장 밑에까지 날랐다. 그들은 석탄이 담긴 부대를 거기에 놓아두고 빈 부대를 들고 다시 철길 쪽으로 뛰었다.

서른다섯 개의 석탄 부대를 재워 옮기는 일은 새벽 3시쯤에서야 끝났다. 다음에는 담장과 우리의 아지트인 건너 건물의 유리창틀 사이에 굵은 밧줄을 팽팽하게 걸쳐 놓고 강철 고리를 걸어 석탄 부대를 창가 쪽으로 흘려보내는 일을 시작했다. 그 일을 시작하기 전에 형과 복칠이와 내가 먼저 건물 쪽으로 건너갔다. 석탄 부대를 받아 내기 위해서였다.

석탄을 줍고 나르는 일에 비하면 석탄 부대를 받아 내는 일은 쉬웠고, 재미있었다. 석탄 부대는 아주 부드럽게 흘러왔다. 형은 부대를 받아 올리고 나는 쇠고리를 뗐다. 복칠이 부대를 형에게서 받아 한쪽 구석에 쌓았다. 형은 긴 장대로 쇠고리를 밀어 담장

으로 다시 보냈다. 그러면 곧이어 석탄이 든 또 다른 부대가 흘러왔다.

서른다섯 개의 석탄 부대를 모두 옮기고, 아이들이 사다리를 건너오고, 사다리를 잡아당겨 걷어서 원래 있던 자리에 갖다 놓으니 여명이 밝아 오고 있었다.

우리는 경진만을 남겨 두고 모두 2층으로 내려갔다. 경진은 석탄 부대를 지키기 위한 보초로 남은 것이었다. 나머지 아이들은 2층으로 내려가자마자 거적때기 위에 담요를 끌어 덮거나 낡은 닭털 침낭 속으로 들어가 새우잠을 자기 시작했다. 나도 형의 담요를 같이 쓰고 잠을 청했다.

나는 층계를 뛰어오르는 쿵쾅거리는 발소리에 눈을 번쩍 떴다. 그리고 나도 모르게 반사적으로 몸을 일으켜 앉았다. 날은 훤히 밝았으며 거리 쪽으로 난 창가로 햇살이 비껴 들어오고 있었다. 형과 아이들은 아직 깨어나 있지 않았다. 나는 출입구 쪽을 바라보았다. 쿵쾅거리는 소리가 멈추고 출입구에 두 사나이가 나타났다. 한 사나이는 검정 물을 들인 군복 바지에 점퍼를 걸치고 있었고, 다른 사나이는 낡은 회색 양복을 입고 있었다. 둘 다 스물댓 살쯤으로 보였다.

"이 친구들 몇 신데 아직도 자고 있지?"

낡은 양복의 사나이가 말했다. 말투로 보아 우리를 해치려고 온 사람들 같지는 않았다. 나는 형을 흔들어 깨웠다. 형은 좀처럼 눈이 떨어지지 않는지 뭐라고 중얼거리며 돌아누웠다.

"손님이 오셨어."

132

내가 말했다. 형은 그 말에 눈을 비비며 가까스로 눈을 뜨고는 입맛을 쩝쩝 다시며 그들에게 인사를 했다.

"일찍 오셨군요?"

"일찍 온 게 아니라 너희가 늦잠을 잔 거지."

양복의 사나이가 대꾸했다.

"지금 몇 십니까?"

"8시야."

"어이쿠, 정말 늦잠을 잤구나? 자, 자, 어서들 일어나."

형은 8시라는 말에 화들짝 놀라 일어나서는 아이들을 흔들어 깨우기 시작했다. 아이들은 잠이 아쉬운 듯이 기지개를 켜며 하품을 했다. 그러나 일단 눈을 뜬 후 그들은 몹시 잽싸게 움직였다. 더러운 담요와 닭털 침낭을 둘둘 말아 한쪽 구석에 쌓아 놓았다. 지난밤에는 어두워 보지 못했는데 누군가 그곳에서 밥을 끓여 먹고 사는 모양으로 풍로와 냄비와 식기 따위의 취사도구가 놓인 것을 볼 수 있었다.

아이들의 손과 얼굴은 온통 석탄 가루로 새까맣게 칠해져 있어서 작은 검둥이들 같았다.

"서둘러야겠어" 하고 길남도 재촉했다. 그들은 우르르 몰려 다시 3층으로 올라갔다. 경진은 아직도 석탄 부대에 기대어 잠을 자고 있었다.

낡은 양복의 사나이가 석탄 부대를 세어 보았다. 석탄 부대는 전에 있던 다섯 부대를 합쳐 모두 마흔 부대였다.

"마흔 부대 맞죠?"

형이 말했다. 사나이가 고개를 끄덕거리면서 손짓을 했다. 형과 길남이 사나이를 따라 석탄이 쌓여 있는 곳과 반대편 구석으로 갔다. 잠시 그들 사이에 언성이 높아지는 것 같더니 곧 석탄 가격에 대해 합의를 본 듯 조용해졌다. 형은 사나이에게서 받은 돈을 맞는지 확인하느라 세고 있었다.

아이들은 석탄 부대를 하나씩 어깨에 둘러메고 아래층으로 나르기 시작했다. 그 건물 밖 거리에는 미군이 쓰다 버린 드리쿼터를 개조하여 만든 반트럭이 하나 서 있었다. 밤에 모험을 감행하여 긁어모은 마흔 부대의 석탄이 그 차에 실렸다.

형은 아이들에게 일한 몫에 해당하는 돈을 나누어 주었다. 그리하여 하루의 일이 끝났다.

형들은 석탄을 실은 화물차가 들어온다는 정보를 입수한 날에는 낮에도 도둑질을 했다. 그럴 때에는 역과 역 사이의 중간 지점에서 석탄을 퍼 내렸다. 구내 가까이 있으면 역원의 눈에 띄기 쉽기 때문이었다.

형이 아이들을 부리는 방법은 매우 냉혹했다. 그 무렵부터 형에게는 우두머리적인 기질이 엿보였다. 일선으로 구두닦이를 떠날 때만 하더라도 물론 사정에 어두워서 그랬겠지만 형은 길남의 추종자 노릇을 했었다. 언제나 길남의 의견을 존중했었다. 그러나 석탄 도둑질에 관한 한 길남이 형의 추종자가 되었다. 형은 나에 관해서도 냉혹했는데, 내게 하고 싶은 말이 있을 때면 꼭 길남을 통해서 했다. 나는 형과 거의 같은 나이 또래인 아이들이 어떻게 형의 말이라면 기를 펴지 못하고 고분고분 따르는지 이상하다 못해 신기할 정도였다.

그렇다고 형이 언제까지나 석탄 도둑질이나 하면서 나이를 먹으리라고는 생각하지 않았다. 형은, 좋은 말로 표현하면 꿈이 있었다. 당장의 꿈은 도둑질한 석탄을 여기저기서 모아들이는 석탄 장수가 되는 것이었다. 내가 처음 그 일을 하고 난 다음 날 아침에 나타났던 그 낡은 양복쟁이 사나이처럼, 망치로 두드려 맞추어 조립한 반트럭을 구입하여 몰고 다니면서 석탄을 사 모아 되팔고 이익을 남기는 석탄 장수 말이다.

어쨌든 나의 석탄 도둑질은 그해 늦가을까지 근 한 달가량 계속되었다. 나는 학질을 앓은 뒤끝에 너무 무리를 했는지 찬바람을 쐬자 심한 감기에 걸리고 말았다. 기침을 해 대는 내 꼴이 안되었던지 형은 나더러 고모님 댁에 눌러 있으면서 몸조리를 하라고 했고, 나는 더 버틸 재간이 없어 다시금 고모님 댁의 신세를 지게 되었다.

형의 석탄 도둑질은 이듬해 봄까지 계속되었다. 나는 형의 배려로 초등학교 6학년으로 복학했다. 열다섯 살에 초등학교 6학년이라니. 여덟 살에 초등학교를 들어갔으니 정식으로 다녔다면 중학교 2학년이 되었어야 옳았다. 다른 아이보다 2년이나 처진 것이다. 성수 나이 또래의 아이들과 함께 공부를 한다는 것이 처음에는 쑥스럽기도 했으나 그다지 창피하게 여겨지지는 않았다. 그 당시에는 나처럼 나이가 많은 아이들이 한 반에 여남은 명은 늘 있었으니까.

그러나 학교를 다니게 되었다는 것이 마냥 기쁘지만은 않았다.

형이 석탄 도둑질에서 손을 떼었다는 것은 반가웠지만 형은 또 다른 생활 전선에 뛰어들었고 자신이 학교에 다녀야겠다는 생각은 조금도 하지 않았다.

형은 석탄 도둑질에서 손을 떼기는 했지만 하는 일이 도둑질과 전혀 무관하지는 않았다. 도둑질한 석탄이나 코크스를 수집하는 장사꾼으로 변신했으니까. 그는 서대문 근처의 폐허에다 소규모의 철조망을 쳤다. 그리고 석탄이나 코크스뿐만 아니라 불에 타녹은 유리 조각이나 파쇠 따위도 수집했다. 그곳에서는 우리 삼형제가 구두닦이 통을 만들기 위해 최초로 널판때기 도둑질을 했던 나무 수집상이 한길을 사이에 두고 바로 눈앞에 건너다보였다. 석탄이나 코크스는 실수요자에게 직접 팔려 나갔고, 유리 소각과 파쇠 따위는 좀 더 대규모의 수집상에게 팔려 열차 수송 편으로 남쪽의 공장으로 들어가 쓸 만한 물건으로 재생되어 나왔다. 길남도 도둑질에서 손을 떼고 형의 일을 도왔다. 그러니 그때까지 형은 가지고 싶어 한 반트럭을 구하지 못하고 있었다.

형은 철망 울타리 한가운데다가 판잣집을 지었다. 방 하나에 부엌이 달렸고, 사무실이 이어진 일자집이었다. 그러니까 부엌을 사이에 두고 오른쪽은 살림방이고 왼쪽은 사무실이었다. 나는 고모님 댁에서 나와 그곳으로 짐을 옮겼다. 밥은 아침저녁으로 틈을 내어 대개 내가 지었다.

학교에서 돌아오면 나는, 석탄이나 코크스와 유리 조각과 파쇠 따위를 담은 부대나 자배기를 가지고 와서 죽 줄을 지어 늘어서 있는 아녀자와 사내아이들을 볼 수 있었다. 그 시간은 하루 일이 끝날 무렵이어서 꽤 많은 사람들이 모여들었는데, 그 줄은 사무실에서부터 철조망 입구까지 뻗어 있고는 했다. 어떤 때는 줄이 너무 길어서 철조망 가를 따라 둥그런 원을 그리기도 했다. 사무실 옆에는 사람들이 가지고 온 물건들의 무게를 재는 커다란 저울이 한 대 서 있었고, 어머니가 해수병을 앓고 있다는 복칠이 저울 눈금을 들여다보고는 사무실 앞에 책상을 끌어내 앉아 있는 길남을 향해 소리쳤다.

"코크스 35!"

그는 킬로그램이란 말은 아예 하지 않았다.

"유리 27!"

"파쇠 53!"

그러면 사람들은 길남의 책상 앞으로 가서 가지고 온 물건을 다시금 확인시키고 무게에 합당한 대금을 받은 뒤 각 야적장으로 가서 물건을 부렸다. 입구에는 상민, 상구 형제가 버티며 질서를 유지하고 감시했기 때문에 사람들은 섣불리 서툰 수작을 하지 못했다. 예를 들면 가지고 온 물건들을 야적장에 쏟지 않고 도로 가지고 간다든지 하는 일 말이다.

형은 다른 수집상들보다 대금을 후하게 쳐 주었기 때문에 사람들이 많이 몰렸다. 사람이 너무 많이 몰리는 날에는 지불할 대금이 모자라 쩔쩔맸다. 주머니에 돈 한 푼 없이 탁탁 터는 날이 헤아릴 수 없을 정도로 많았고, 모자라는 때에는 돈을 구하려고 동분서주했다. 그해 1월에 정부에서 긴급 통화 조치령이 내렸다. 통화가 100 대 1로 인하되면서 지폐 모양이 바뀌었다. 그래서인지 돈이 더 귀한 것 같았다.

　그해 여름에 휴전이 되었다. 3년 동안 계속되던 포화는 일단 멎었다. 형의 장사는 자금이 달리는 가운데서도 잘되어 번창해 나갔다. 그리하여 이듬해 나는 시험을 치르고 중학교에 들어갈 수 있었다. 그 모든 것은 형의 덕택이었다.

7

우리 삼 형제 중에 가장 자주 병을 앓았던 것은 나였고, 가장 독립심이 결여되었던 것도 나였다. 나는 몸과 마음이 모두 허약했다. 나는 곁에 성수가 없는 것을 못내 아쉬워하면서 형에게 의지했다. 내가 할 수 있는 일이라고는, 형이 원하는 대로 고작 공부나 열심히 하는 것밖에 없었다. 중학교에 입학하던 해 1학기 성적은 반에서 둘째였다. 나보다 평균 점수가 1점 위인 아이가 한 명 있기는 했으나 그 정도도 나로서는 멋진 승리라고 말할 수밖에 없었다.

"너는 판검사가 되어야 해."

내 성적표를 받아 든 형은 매우 만족해하면서 그렇게 말했다. 그것은 단순히 지나치는 말이 아니었다. 형은 내가 법관이 되기를 진정으로 바랐던 것이다. 그러나 내게는 좀 우스운 이야기로 들렸다. 그 무렵에 형은 직접 도둑질을 하지는 않았으나 과거에 도둑질을 했으며 도둑이 가지고 오는 물건을 사들이고 있었다. 그것은 법에 저촉되는 일이었다. 내가 우습다고 말하는 것은 형이 도둑놈과 관계를 갖고 있는 한 내가 법관이 된다면 나는 형을 감옥으로 보내야 하는 곤욕스런 일을 감당해야 하기 때문이었다.

"형이 좀 엉뚱한 짓을 한다 해도 아우가 형을 잡아넣지는 않겠지" 하고 형은 덧붙였다. 나는 그 소리에 그저 웃고 말았다. 나는 결코 법관이 되지 않겠다고 생각했다. 나는 오래전부터 지향할 목표를 정해 둔 것을 다행스럽게 여겼다. 나는 소설가가 되어야겠다는 꿈을 잠시도 버리지 않았다.

그해, 그러니까 1954년의 여름 방학이 시작되고 며칠 뒤 어느 날 저녁에 나는 러닝셔츠 바람으로 혼자 사무실 앞에 앉아서 책 대본집에서 빌려 온 『죄와 벌』을 읽고 있었다. 나는 그 소설을 완전히 이해했다고는 말할 수 없었으나 소설의 주인공에게서 지난날 내 형의 일면을 본 것 같은 기분에 사로잡혔다. 범죄를 합리화시키려는 심리 상태는 매우 닮은 데가 있었다! 사회 밑바닥에서 가난하게 살아가는 주거 환경도 비슷했다. 그러나 물론 다른 점도 있었다. 라스콜리니코프는 많은 것을 배우던 대학생이었으나 형은 겨우 중학교 2학년 중퇴의 학력밖에 지니지 않았다는 것이 그랬다. 주인공은 부당하게 재산을 모은 사람들을 증오하고 자신이 부자가 될 생각을 갖지 않았던 반면 형은 그런 사람들을 증오하지 않았고 오히려 그런 사람들처럼 되기를 원했다.

아무튼 그날 저녁에 나는 '서울 종합 물산'(그것이 형이 하고 있는 사업의 간판이었다)에 혼자 있었다. 해는 이미 뒷산 너머로 졌으나 아직 낮의 뜨거웠던 열기가 얼마만큼 남아 있었고 어둠이 내리려면 한 시간가량 더 기다려야 했다. 형은 사람들로부터 물건

사들이는 일을 끝내고 친구들과 함께 출타 중이었다.

나는 중절모를 쓴 낯선 신사 한 사람이 철망으로 만든 출입문을 밀고 들어오는 것을 보았다. 그 뒤로 내 나이 또래의 소녀가 따라 들어왔다. 신사와 소녀는 사무실 앞 의자에 앉아 있는 내게 곧장 다가왔다. 신사는 거의 쉰 살 가까이 들어 보였다. 나는 낯선 방문객을 바라보며 나도 모르게 의자에서 일어섰다.

"누굴 찾으시나요?"

내가 물었다.

"여기 '서울 종합 물산'의 주인을 좀 만나고 싶어서 왔는데……."

신사의 목소리는 부드러웠다. 그는 주머니에서 양담뱃갑을 꺼내더니 궐련 한 개비를 뽑아 입에 물고 라이터 불을 붙였다. 그는 거리 쪽을 향해 연기를 뿜었다. 그의 그런 동작은 매우 여유가 있고 점잖아 보였다. 그런 그와 달리 소녀는 나를 빤히 바라다보고 있었는데, 나는 소녀의 얼굴을 쉽사리 마주 바라볼 수가 없었다. 그녀는 감색 스커트에 흰 블라우스 교복을 입고 있었다. 그녀의 얼굴은 아름다웠고, 나는 그녀를 처음 보았을 때부터 구지레한 내 모습을 생각하며 얼굴을 붉히고 있었다.

"주인은 제 형입니다. 그렇지만 지금은 밖에 나가고 없는데요. 혹시 하실 말씀이 있으시면 제게 말씀하시죠. 돌아오는 대로 알려 드리겠습니다."

어쩐지 내 목소리가 자꾸만 안으로 기어드는 것 같아서 나는 자신을 채찍질하며 말했다.

"오호, 그래요. 형은 몇 살이지?"

신사가 나를 바라보았다.

"열여덟 살입니다."

"학생은?"

"열여섯이고요."

"어린 사람들이 참 기특하구먼, 이렇게 큰 장사를 벌여 놓다니."

"이건 형이 혼자서 하는 겁니다. 이 방면에서는 신용이 있습니다."

나는 형을 추켜세웠다. 나는 신사가 야적해 놓은 물건들을 좋은 값으로 몽땅 사갈 사람인지도 모른다고 생각했다. 보통 장사꾼들은 상대방이 신용이 있는 것을 좋아했으므로 나는 은근히 아첨을 한 것이다.

"물건들은 쓸 만합니다. 양질의 것만 골라서 사들였으니까요."

내 말에 신사가 웃었다. 신사의 웃음을 따라서 소녀도 웃었다. 소녀의 웃음은 나를 비웃는 것 같았다. 도톰한 아랫입술을 조금 밖으로 내밀면서 흘겨보는 듯한 눈을 지으며 웃었다. 나는 소녀로부터 얼른 고개를 돌렸다.

"어허, 나는 여기 있는 물건을 사려고 온 사람이 아니야. 나는 말이오."

신사가 담배 연기를 뿜으며 뜸을 들였다. 그러자 소녀는 의자가 있는 곳으로 걸어가서 내가 보다가 놓아둔 책을 들어내고 의자에 앉았다. 그녀는 책 겉장을 보고 이상하다는 듯이 고개를 한 번 갸우뚱해 보이더니 똑바로 나를 쳐다보며 신사 대신 말했다.

"여긴 우리 땅이에요."

나는 구슬이 구르듯 떼구루루 굴러 나오는 그녀의 목소리를 들으며 정신이 아뜩해졌다. 그토록 아름다운 목소리가 어떻게 나에게 이런 치명타를 가할 수 있단 말이냐. 나는 무엇인가 둔탁한 물건에 머리를 강타당한 것 같았다. 눈앞이 팽그르르 돌았다. 하늘이 무너지고 땅이 꺼지는 것 같았다. 나는 쓰러지지 않으려고 눈을 부릅뜨며 버티었다.

"그래요."

신사가 고개를 끄덕거렸다.

"내 딸애 말이 맞아요."

나는 형이 주인의 허락도 없이 그 땅에다 밀뚝을 박고 철조망을 쳤다는 사실을 잘 알고 있었다. 우리도 언젠가는 땅임자가 나타나리라는 것을 예상은 했다. 그 무렵에는 많은 사람들이 남의 땅에다 무허가 판잣집을 짓기도 하고 무허가로 땅을 빌려 쓰기도 했다. 땅이 필요하기는 하고 주인은 남쪽으로 피난을 가서 아직 돌아오지 않고 있으니 양해를 구할 수도 없었다. 그러나 그 누구도 그 땅을 영원히 소유하리라고 생각하는 사람은 없었다. 주인이 나타난다면 순순히 물러나거나 주인이 만족할 만한 어떤 조치를 취할 자세가 되어 있었다.

그럼에도 불구하고 나는 그날 저녁 웬일인지 그 소녀와 소녀의 아버지에게 죄를 지었다는 수치심에 떨고 있었다. 나는 부끄러웠고 쥐구멍이라도 있으면 찾아 들어가고 싶었다. 엄격히 말하면 형과 나는 남의 땅을 불법으로 점거했던 것이다.

"어떻게 하면 좋지요?"

나는 고개를 숙인 채 신사에게 물었다.

"아, 괜찮아요. 여기 땅을 금방 비워 달라고 말하지는 않을 테니까. 우리는 가을에 부산에서 서울로 돌아올 계획이지. 이번에 온 것은 서울이 살 만한가 구경차 온 거야. 오더라도 이 땅에다 당장 집을 지을 생각은 없으니까 당분간 안심해도 좋아요. 다른 사람이 내 땅을 쓰는 것보다는 학생과 학생 형이 쓰는 것이 내게는 더 마음에 들어. 그래, 부모님은 계신가?"

신사가 말했을 때 나는 세 번이나 고개를 꾸벅거리며 치레를 했다.

"고맙습니다. 고맙습니다. 고맙습니다."

"부모님은 계신가?"

그가 다시 한 번 물었다.

"아닙니다. 모두 지난 전쟁 통에 돌아가셨어요."

"그거 안됐구먼."

그가 내 등을 두드렸다.

"하여간 열심히들 살아 봐요. 자, 연주야, 그만 돌아가자."

그가 돌아가려고 했다. 그러나 소녀는 꼼짝도 않았다.

"이거 보세요. 이 책 거기 건가요?"

그녀가 물었다. 나는 처음으로 그녀의 눈을 자세히 볼 수 있었다. 어스름한 저녁 빛 속에서 나는 거의 푸른빛에 가까운 그녀의 맑은 흰자위를 보았다. 그 가운데 자리 잡은 크고 검은 눈동자는 나를 보고 있는 것이 아니라 끌어 잡아당기고 있는 듯한 착각을 일으키게 했다. 나는 일찍이 그런 눈을 본 적이 없었다.

"네, 제 것입니다."

"그래요?"

그녀의 말에 가시가 돋쳐 있는 것을 느낄 수 있었다. 네까짓 것이 이런 책을 읽고 있다니 웃기는군, 하고 말하는 것 같았다.

"몇 학년이죠?"

"1학년이에요."

나는 우물쭈물 대답했다. 그녀가 깔깔거리며 웃었다.

"아빠, 이렇게 큰 1학년도 있나요?"

"그럴 수도 있지, 우린 전쟁을 겪었으니까."

나는 그녀의 웃음소리에 조금은 약이 올랐다. 이건 아주 건방진 계집애로군.

"선생님 말씀이 맞아요. 전쟁이 일어나지만 않았었다면, 전, 지금 3학년일 겁니다."

그녀가 웃기를 그쳤다. 그래도 계속 웃는다면 어딘가 모자라는 아이지. 사실 그녀는 이죽거릴 만한 건더기를 잃어버린 셈이었다.

"어쨌든 나는 2학년이라는 걸 알아 두세요."

그녀는 의자에서 벌떡 일어나면서 아무 죄도 짓지 않았고 그래서 벌을 받을 이유가 눈곱만큼도 없는 『죄와 벌』을 의자에다 탁 소리가 나도록 동댕이쳤다.

"아빠, 가요."

그녀가 신사의 팔짱을 꼈다. 나는 그들을 따라 출입문 밖까지 배웅했다.

"선생님, 언제 또 오시겠습니까?"

146

"볼일을 보고 내려가면 가을이나 되어야 올 수 있겠지. 하지만 너무 걱정들 말고 열심히 살아가도록 해요. 자, 그럼."

"안녕히 가십시오."

나는 아버지와 딸이 어스름한 저녁 빛 저 멀리 다정스럽게 사라지는 뒷모습을 넋을 놓고 바라보았다.

그날 형은 밤이 이슥해서야 돌아왔다. 내가 땅임자가 나타났다는 말을 하니까 형은 코웃음을 쳤다.

"땅임자라는 무슨 증거라도 가지고 왔던?"

그런 것은 아니었다.

"증거도 없이 주인이라고 믿는 걸 뭐라고 하는지 알아? 심증이라는 거야. 아주 위험천만한 믿음이지."

"어쨌든 가을에 서울로 올라온다니까 그때 만나 보면 알 거야. 그 사람은 형을 좋게 보았으니까 형도 그 사람을 좋게 대해야 할 거야."

"그 사람은 너에게 이름조차 가르쳐 주지 않았어. 그 사람은 사기꾼이야. 우리가 좀 어수룩하게 굴면 여기 '서울 종합 물산'을 송두리째 주워 먹으려고 들지도 몰라. 흥! 어림도 없어. 이 이한수를 우습게보았다가는 큰코다치지. 내가 있었다면 콧부리라도 부러뜨려서 보내는 건데 그랬어, 다시는 얼씬도 못하게."

그 신사는 딸을 함께 대동하고 나타났었다고 말한다면 아마 형도 그가 임자라는 것을 믿었을지도 모른다. 그리고 '우리 땅'이라고 말한 것이 그 딸이었다고 말한다면 당황할지도 모른다. 그러나 나는 소녀가 나타났었다는 말은 입에 올리지 않았다. 소녀가 내게 심어 준 그 강한 인상을 누구에게도 알리고 싶지 않았다. 그녀의 모습을 나 혼자서만 내 가슴속에 간직하고 싶었다.

그런데 신사에 대한 내 굳은 믿음을 깨뜨리기라도 하려는 듯 신사가 들렀다 가고 나서 열흘쯤 뒤에 30대의 사나이가 형을 찾아왔다. 오후였고 비가 뿌리기 시작했으므로 형과 아이들은 빨리 일을 끝내려고 서두르고 있었다.

"밀지 말고 질서를 지켜요!"

비를 적게 맞으려고 줄을 선 사람들이 앞사람의 등에 얼굴을 들이대며 앞으로 몰렸다. 상민, 상구 형제는 커다란 몽둥이를 질질 끌고 다니며 질서를 잡느라고 소리쳤다.

"이러면 돈 받는 게 더 늦어져요!"

형도 돈을 세어 주는 길남의 뒤에 서서 밀리는 사람들을 향해 외쳤다. 나는 사무실 안에 앉아서 숙제를 하고 있었다.

밖이 너무나 소란스러웠기 때문에 그 사나이가 사무실 안으로 들어오는 것을 눈치 채지 못했다.

"누구시죠?"

나는 등 뒤에서 나는 가르랑거리는 숨결 소리를 듣고 깜짝 놀라서 물었다. 사나이는 손수건으로 머리에서 떨어지는 빗물을 닦아 내고 있었다.

"형을 좀 불러 줘."

대뜸 그가 명령조로 말했다.

"누구신지요?"

"글쎄, 불러 달라면 불러 줘."

148

그 남자는 인상이 몹시 고약했다. 뱁새눈이었고 코는 납작했으며 입은 작고 턱이 거의 없었다. 그가 하도 완강하게 나왔으므로 나는 하는 수 없이 의자에서 일어나 사무실 밖으로 나갔다.

"형, 좀 이상한 사람이 사무실에 와 있는데? 형을 보재."

"어떤 사람인데?"

"글쎄, 모르겠어."

"이따 보자고 해."

"기분 나쁘게 가르릉거리고 있다고."

형은 한창 바쁜 때인데 왜 귀찮게 구느냐는 듯 나를 한번 흘겨보고는 마지못해 사무실 쪽으로 걸어갔다. 나는 형의 뒤를 따라갔다.

사나이는 상민, 상구 형제가 만들어 갖다 놓은 긴 나무 걸상에 다리를 꼬고 걸터앉아 있었다. 형은 내가 앉아 있던 책상에 엉덩이를 걸치고 앉아 다리를 흔들면서 말했다.

"무슨 일이십니까?"

형의 태도는 누가 보아도 거슬려 보였다. 형은 낯선 사람에 대해 반항심과 피해 의식을 지니고 있었다. 그래서 일단 낯선 사람에게는 경계심을 늦추지 않았다. 더욱이 사나이 인상이 고약했으므로 좋게 보일 까닭이 없었다. 상대방이 위압적으로 나온다면 형도 그에 못지않게 고압적인 자세를 취했다.

"자네가 여기 이 장사를 하고 있는 젊은이인가?"

사나이는 다리를 꼬고 앉은 채 물었다.

"그렇습니다. 제가 '서울 종합 물산' 사장입니다만."

"사장? 사장 나리. 여기 땅을 비워 주어야겠어."

그 소리에 내가 놀란 것은 당연했지만 형도 적이 놀란 모양이었다. 흔들리던 형의 다리가 천천히 멎었다. 형은 슬그머니 책상에서 내려왔다.

"뭐라고요?"

형이 화가 나서 소리쳤다.

"여기 땅을 내놓으라고 했어. 왜, 유감 있나?"

사나이는 그 기묘한 웃음을 지으며 여전히 긴 걸상에 걸터앉아 있었다.

"도대체 아저씬 누굽니까?"

"이 땅을 비우도록 하는 일을 위임받은 사람이야."

"이름은요?"

"신돌귀. 우리 사장님의 명을 받고 왔어."

"아저씨 사장님이 누굽니까?"

"여기 이 땅 주인이지. 지금은 부산에서 커다란 신발 공장을 경영하고 계시고 말이야. 바로 이분이야."

사나이는 바지 뒷주머니에서 수첩을 꺼내더니 그 사이 갈피에서 명함 한 장을 뽑아 형에게 건네주었다. 나는 형의 어깨 옆으로 다가가 명함을 들여다보았다. 그 명함에는 이런 활자가 박혀 있었다.

昌明고무 株式會社   창명고무 주식회사
代表理事 吳昌明   대표이사 오창명

그리고 옆에는 자디잔 글씨로 주소와 전화번호 들이 적혀 있었다.

"그리고 난 창명고무의 총무과장이고."

그가 의젓하게 말했다. 그때 갑자기 형의 눈이 빛났다. 형은 그의 차림새를 새삼스럽게 훑어보았다. 그는 위에 흰 노타이셔츠를 입고 있었으나 얼른 보아도 옷깃에 꾀죄죄하게 땟국이 흐르는 것이 옷을 빨아 입은 지가 오래된 것 같았다. 바지는 헐렁하고 주름이 서 있지 않았다. 먼지가 앉은 검은 구두에 빗방울이 튀어 지저분하게 얼룩이 져 있었다.

"아, 그러십니까? 몰라뵈었습니다."

형의 목소리는 메스꺼울 만큼 사근사근해졌다.

"왜 잘 알 거야. 우리 사장님께서 한 열흘 전에 다녀가시지 않았던가?"

내 가슴은 울렁거렸고 숨을 쉬기 거북하도록 답답해졌다. 형이 내 얼굴을 힐끗 바라보았다. 나는 형이 무슨 뜻으로 내 얼굴을 바라보았는지 얼른 알아낼 수가 없었다.

"네, 알고 있습니다. 죄송스럽게도 그때 마침 제가 외출 중이라 여기 제 동생이 사장님을 뵈었었죠. 인자하고 동정심이 많은 분이라고 들었습니다만. 헌데 이렇게 졸지에 땅을 내놓으라고 하시다니 정말 믿기가 어렵습니다."

"내 말을 믿지 않는다는 거야?"

"아니죠. 그런 것이 아니라 오창명 사장님이 이렇게 각박하게 나오시리라고는 전혀 예측하지 못했었기 때문입니다."

"아직 나이가 어리니까 모르겠지만 세상사란 그럴 수도 있는 거라고. 자, 어떻게 할 텐가?"

"뭘 말입니까?"

"언제쯤 비워 주겠느냐 이거지."

"비워 드리다니요?"

형은 아예 그런 말씀 마시라는 듯 어깨를 으쓱 추슬렀다.

"아니, 이 친구 누굴 놀리는 거야?"

신돌귀라는 좀 이상한 이름을 지닌 사나이는 목까지 얼굴을 벌
겋게 붉히며 나무 걸상에서 벌떡 일어났다.

"아, 절대로 놀리는 것이 아닙니다."

"그럼 뭔가?"

"사정이 비워 드릴 수가 없다는 것이죠. 아저씨께서도 잘 알고
계실 테지만 전 돈이 많지 못한 놈입니다. 아직 땅을 사들일 만한
돈을 모으지 못했어요. 아니죠. 임대료를 물 만한 돈도 없는 형편
이죠. 게다가 전, 이 장사를 포기할 수가 없어요. 그러니 아저씨 말
씀대로 제가 순순히 여기 이 땅을 비워 드렸다고 해 보세요. 전, 또
어딘가에 철조망을 치고 이 장사를 벌여야 할 겁니다. 그러나 이
젠 너무 늦었어요. 피난 갔던 땅 임자들이 속속 돌아오고 있으니
전 금방 쫓겨나고 말겠지요. 전, 지금 아저씨를 놀리는 것이 아니
라 아저씨께서 돌아가셔서 사장님께 우리 사정을 잘 말씀드려 달
라고 간곡히 부탁하는 것입니다."

형은 비굴하게 보이리만큼 사나이에게 굽실거렸다. 형의 말과
태도에 사나이는 다소 기운이 누그러졌다.

"난, 또 무슨 소리라고. 그렇다면 정 길이 없는 건 아니야."

사나이가 헛기침을 하며 말했다.

"그게 뭡니까?"

"임대료를 내게."

"임대료요? 그건 좀 전에 말씀드리지 않았습니까? 그럴 만한 돈이 없다고요."

"이봐, 젊은 친구. 너무 엄살을 떠는군. 저 많은 사람들이 들고 오는 파쇠, 유리 조각, 코크스 따위는 종이짝을 주고 사들이는 건가?"

"그거야, 장사를 하자니 어쩔 수 없이 지불하는 겁니다."

형은 머릿속에서 빠르게 계산을 해 보고 있었다. 어떻게 하는 것이 가장 좋은 방법일까.

"임대료는 얼마나 받으시려고 하십니까?"

이윽고 형이 입을 떼었다.

"보증금은 받지 않겠네. 그리고 그동안의 무단 사용료도 거론하지 않겠어. 이건 아주 싼값이지. 다섯 장으로 하세."

"빨간 딱지 다섯 장이오?"

사나이가 고개를 끄덕거렸다. 빨간 딱지란 그 무렵에 나온 돈으로는 가장 큰 고액권이었다. 앞면 오른쪽에는 거북선이 그려져 있었고 왼쪽에는 '천 원(千圜)'이라고 쓰인 지전이었다. 나는 지금도 그렇지만 왜 '천 원'이라고 한글로 써 놓고 한자로 '千圜(천 환)'이라고 병기했는지 그 까닭을 몰랐다. 그 사나이는 그러니까 5천 원을 요구한 것이었다. 화폐 개혁 이전의 돈으로 환산하면 5만 환인 셈이었다.

"우린 한 달에 그만한 돈을 벌지도 못합니다."

형은 두 손을 펴 손바닥이 보이도록 내밀며 고개를 절레절레 흔들었다.

"거짓말하지 마. 자네는 그 열 배는 벌고 있을 거야. 그 정도는 내야 해."

"낼 수가 없습니다."

"그럼 여기를 비워 놔."

사나이는 다시 발끈 화를 내었다.

"혹시 아저씨께서는 이 땅이 오창명 사장님 땅이라는 증빙 서류라도 가지고 오셨습니까?"

"증빙 서류?"

"가령 땅문서라든지 말입니다."

사나이가 좀 당황하는 눈치였다. 그렇게 느껴서인지는 알 수 없었으나 그의 얼굴빛이 파랗게 질리는 것 같기도 했다.

"땅문서라고? 이 사람아. 사장님이 어떤 분이신데 땅문서를 다른 사람에게 맡기겠나? 그런 건 가지고 오지 않았어."

"좋습니다. 꼭 원본을 보자는 게 아닙니다. 사본이라도 볼 수 있지 않겠습니까?"

"그런 건 없어. 그, 그 명함이면 다 믿을 수 있는 거 아니겠어?"

사나이가 떠듬거렸다. 형은 아직도 다소곳하기는 했으나 회심의 미소가 보일 듯 말 듯 그의 입가에 떠오르는 것을 나는 놓치지 않고 보았다.

그때 형의 친구들이 우르르 사무실 안으로 몰려 들어왔다. 그사

154

이 빗줄기는 꽤 굵어졌고 물건을 팔러 온 사람들도 돈을 받고 모두 떠나서 밖은 조용했으며 루핑을 두드려 대는 빗소리만이 요란했다. 형의 친구들은 비를 쪼르르 맞아서 생쥐 꼴이었다.

"이분은 누구야?"

길남이 형에게 물었다. 사나이는 순식간에 형과 형의 친구들에게 삥 둘러싸이게 되었다. 그는 약간 겁을 집어먹고 기묘한 웃음을 지으며 둘러선 젊은이들을 둘러보았다.

"어, 여기 땅 임자 되시는 분 회사에 다니시는 총무과장님이시래. 너도 아마 들어 보았는지 몰라. 부산에 있는 '창명고무 주식회사'라고 말이야. 아, 그건 아무래도 좋아. 이분이 여기 이 땅을 비워 주든지 임대료를 지불하든지 하라고 하네. 언젠가는 이런 일이 있으리라고 우리도 예상은 했었잖아? 그런데 문제는 여기가 누구의 소유지라는 증빙 서류를 지참해 오시지 않았단 말씀이야. 그러니 어떻게 우리가 임대료를 지불해 드릴 수 있겠어?"

"그래? 그렇다면 죄송하지만 서류를 준비해서 오시라고 해야지."

길남이 이죽거리며 거들었다.

"내 말이 그 말이야."

사나이는 아무리 앉아 있어 봐야 씨알도 먹히지 않는다는 것을 깨달은 것 같았다. 그는 비가 오는 문밖으로 걸어 나갔다.

"이 명함의 주소에다 편지를 쓸 거야. 그래서 확인을 해야지. 지난번에 여기에 왔었던 사람이 과연 오창명 씨였는가, 그렇다면 이 땅을 비워 주든가 아니면 임대료를 지불하라고 사람을 보낸 적이 있는가를 알아봐야 해. 만약에 이 모든 것이 사실이라면 나는 오창명 씨에게 떳떳하게 임대료를 지불할 생각이야. 이제 우격다 짐만으로 일을 해결할 수 있는 시기는 지나갔어. 우리는 정상적인 거래를 하는 법을 배워야 해."

"그러니까 우리 사장님, 우선 거짓말을 해서라도 아까 그 사람을 쫓아 버리는 것이 목적이었구나. 시간을 벌기 위해서."

길남이 말했다.

"바로 그거야. 그 사람 어쩌면 오창명 씨를 들먹거리는 사기꾼 인지도 몰라."

신돌귀가 사기꾼이라면 얼마나 좋으랴. 그렇다면 이름이 오창 명임에 틀림없는 그날 저녁의 그 신사는 여전히 고매한 사람으로 내 기억에 간직될 것이며 그의 딸인 오 무슨 양도 그 아름다운 빛을 잃지 않을 것이었다. 그러나 신돌귀가 사기꾼이라면 사기꾼치고는 너무 어수룩하지 않은가. 명함 한 장으로 돈을 뜯어내려고 하다니.

형은 친구들을 집으로 돌려보내고 나서 저녁을 먹은 뒤 나에게 말했다.

"신돌귀라는 사람, 분명히 또 올 거야. 정체를 알 수 없는 사람에게 시간을 빼앗겨 가면서 시달림을 받는다는 것은 골치 아픈 일이라고. 그러니까 하루라도 빨리 편지를 쓰는 것이 좋겠어. 너는 처음부터 일의 정황을 죽 보아 왔으니까 편지를 쓰기가 수월하겠지. 게다가 글을 쓰는 데엔 나보다는 네가 더 소질이 있으니까."

"그럼, 형은 열흘 전에 나 혼자 있을 때 왔었던 그 신사가 여기

156

이 땅의 주인이라는 것을 인정하는 거야?"

"인정할 수밖에 없잖아?"

"그리고 그 신사가 오창명 씨라는 것도 믿고?"

"그래."

"그럼, 됐어. 내가 편지를 쓰겠어."

내가 흔쾌히 말했다.

"눈물이 펑펑 쏟아지게 감동적으로 쓰라고. 잘하면 임대료를 물지 않고 계속 여기서 장사를 할 수 있을지도 몰라."

형은 신사의 동정심을 자극할 것을 바랐다. 우리에게 이익이 된다면 나도 그럴 생각이었다.

나는 그날 밤에 루핑을 때리는 처량한 빗소리와 형의 코 고는 소리를 들으며 그 신사와 오창명 씨를 동일 인물로 가정하여 편지를 썼다.

존경하옵는 사장님께 올립니다.

열흘 전 서울에서 본 한 소년을 사장님께서는 기억하고 계실지 모르겠습니다. 저는 사장님의 땅에다 판잣집을 짓고 형과 함께 살고 있는 소년입니다. 그때 저는 사장님께 제 이름을 말씀드리지 못했습니다. 너무나 뜻밖의 일이라서 당황했었어요. 제 이름은 이중수라고 합니다. 이 기회에 형의 이름도 알려 드리겠습니다. 형의 이름은 한수예요. 성당에서 신부님의 일을 돕고 있는 막냇동생인 성수까지 합쳐 모두 삼 형제랍니다. 그때에도 말씀을 드린 것 같은데 저희는 이번 전쟁 통에 아버지와 어머니를 잃었습니다. 아버지는 전선에서 장렬하게 전사하시고 어머니는 그 슬픈 소식을 들으신 뒤 병환이 나셔서 시름시름 앓으시다 돌아가셨습니다. 어머니가 돌아가시고 한 1년 동안 고모님 댁에 의지하고 살았었습니다. 고모님은 훌륭하신 분이시지만 고모님 댁에 얹혀사는 것이 저희 부모님이 살아 계셨을 때 저희 집만 같지는 못했습니다. 형은 저희에게 말했습니다. 어떻게든 독립해서 살자고. 형은 결단력이 있고 의지력이 강합니다. 구두닦이부터 시작하여 몇 가지 벌이를 전전하다가 1년 남짓하여 사장님 땅에다 수집상을 벌였던 것입니다. 형이나 저는 다른 분의 땅에다 허락도 없이 철조망을 치고 장사를 벌인다는 것이 예의가 아니라는 것을 잘 알고 있습니다. 그렇지만 저희가 살아가고 공부해 나가자면 무엇인가를 해야 했습니다. 이것은 목적을 위해서는 무슨 짓을 해도 괜찮지 않느냐는 말처럼 들리시겠습니다만, 워낙 각박한 세파에 시달리던 저희로서는 무례를 무릅쓰고서라도 그렇게 하지 않으면 안 되었다는 것을 말씀드리기 위해서입니다.

존경하옵는 사장님.

열흘 전 이곳에 들르셨을 때 저희 허물을 용서하시고 사장님의 토지 사용에 대해서는 아무 걱정하지 말고 열심히 살아가라고 말씀하시던 목소리가 아직도 생생하게 제 귀에서 맴돕니다. 그 말씀을 듣고 저는 너무나 감격해서 눈시울이 뜨거워졌었습니다. 그런데 그 후 열흘밖에 지나지 않아서 이상하고도 불행스러운 말씀이 전해져 오다니 저희로서는 어떻게 된 영문인지 갈피를 잡을 수가 없습니다. 오늘 오후에 이곳으로 신돌귀라는 분이 찾아왔었습니다. 그분 말이 자기는 부산에 있는 '창명고무 주식회사'에서 총무과장으로 재직 중인데 서울 출장차 오창명 사장님의 지시를 받고 왔으며, 그 지시란 여기 이 땅을 비워 주든지 아니면 사용 임대료를 지불하도록 하라는 것이었답니다. 그러나 형은 그 사실을 믿을 수가 없다는 것입니다. 저도 그렇고요. 사장님처럼 고매하신 분이 어떻게 열흘 전에 하신 말씀을 번복하실 수가 있겠습니까. 형이 다른 말을 해서 신돌귀란 분을 돌려보내기는 했습니다만 그분은 사장님이 열흘 전에 이곳에 다녀가신 사실을 알고 있었으며 사장님의 명함을 형에게 주기도 했습니다. 제가 사장님의 성함을 알고 사장님께 편지를 드릴 수 있는 것도 그 명함이 있기 때문입니다. 그러나 제 형은 현명했습니다. 그것이 사실이라면 납득시킬 만한 증빙 서류를 제시하라고 형은 말했습니다. 그분은 자신이 형을 납득시킬 수 없다는 것을 알고 일단 돌아갔습니다. 그러나 그분은 포기하지 않을 것 같습니다.

존경하옵는 사장님.

저희는 사실을 알고 싶습니다. 사장님께서 신돌귀라는 총무과장을 보내신 일이 있으신가, 또 그분에게 이곳을 비워 주든지 임대료를 지불하든지 하도록 하라는 지시를 내리신 바 있으신가 그것을 알고자 합니다. 만약 그것이 사실이라면 형은 사장님께 임대료를 지불할 생각입니다. 그러나 사장님이 이 땅의 임자이시고 신돌귀 씨가 사장님 회사의 총무과장이라는 어떤 증거가 없는 한은 지불이 곤란하다고 합니다. 그렇지만 제가 바라옵건대 사장님은 그런 말씀을 하신 적이 없고 신돌귀 씨는 한낱 사기꾼에 지나지 않는 사람이기를 기원합니다. 제 어린 가슴에 심어 주신 사장님의 높으신 인격이 영원히 처음 그대로 남아 있기를 바라면서 하교 있으시기를 고대합니다.

서울 서대문의 이중수 올림

나는 새벽빛이 우리 방 조그만 유리창에 어른거릴 때에서야 겨우 초안 쓰기를 끝냈다. 비는 그쳐 있었다. 아침에 일어난 형은 편지의 초안을 읽어 보고 말했다.

"아주 그럴듯해. 눈물이 찡하게 나올 만큼은 아니지만 오히려 이게 나은 것 같군. 이건 어디까지나 쌍방 거래니까 이쪽도 이느 정도 당당하게 나갈 필요가 있어."

그리고 형은 어려운 낱말을 몇 개 삽입했다. 예를 들면 이런 것들이었다. '결단력, 각박한 세파, 출장차, 고매한, 증빙 서류, 하교' 등등. 그런 낱말들이 들어감으로써 약간은 오만한 투의 편지가 된 것 같기도 했다. 그러나 형은 내가 형의 주문을 고려하여 위의 것과 같은 편지를 완성해 놓자 매우 흡족해했다.

"오늘 아침에 당장 부치도록 해."

편지를 부치고 닷새가 되는 날 정오가 좀 지나서 나는 우편 가방을 어깨에 둘러멘 우체부 아저씨가 땀을 뻘뻘 흘리며 철조망 안으로 들어와 곧장 사무실을 향해 걸어오는 것을 보았다. 나는 의자에 일어나 사무실 밖으로 나갔다.

"편지가 왔습니까?"

나는 두근거리는 가슴을 진정하려고 애쓰면서 우체부 아저씨에게 말했다.

"그래. 이곳에 편지를 배달하기는 처음이로군."

우체부 아저씨는 손에 한 움큼 들고 있던 우편물 중에서 편지 한 통을 뽑아 나에게 건네주었다. 정말 편지를 받아 보기는 처음이었다.

"고맙습니다."

나는 이미 돌아서 버린 우체부 아저씨에게 인사를 했다. 그는 고개도 돌리지 않고 뒤로 손을 흔들어 보이고는 들어올 때처럼 빠른 걸음걸이로 출입구를 향해 걸어갔다.

나는 겉봉을 보았다. 수신인은 내 이름으로 되어 있었다. 발신인은 오연주였다. 오창명 사장이 아니라 오연주? 나는 무엇인가 잘못되었다고 생각했다. 그리고 내 머릿속은 갑자기 복잡해졌다. 오연주? 그렇다면 답장을 보낸 사람이 그 소녀란 말인가. 어떻게 이런 일이 있을 수 있을까. 내 얼굴은 화끈화끈 달아올랐다.

형은 야적장에 있었다. 파쇠가 트럭에 실려 팔려 나가는 중이었다. 이 시각에는 아직 물건을 팔려고 오는 사람이 적어서 한가했다. 형은 웃통을 완전히 벗어부치고 친구들과 함께 파쇠를 삼태기에 담아 트럭에 싣는 일을 돕고 있었다.

형의 가슴팍은 울퉁불퉁 근육이 붙어 있었다. 그는 이제 어김없는 어른의 체격을 갖추었다.

"형, 부산에서 편지가 왔어."

나는 형에게 다가가서 말했다.

"편지가 왔다고?"

형이 삼태기를 내려놓았다. 그는 내게서 편지를 받아 들고 발신인 이름을 보았다. 그의 이맛살이 찌푸려졌다.

"이건 누구지?"

"내가 짐작하기로는 오창명 사장님의 딸인 것 같아. 그때 오 사장님이 여기 왔을 때 딸을 데리고 왔었거든."

"너, 내게 그런 말을 비추지 않았잖아?"

형이 의심이 가득 서린 눈으로 나를 쏘아보았다.

"별 필요가 없는 말 같아서……."

나는 우물쭈물 대답했다.

"이건 어째 연애편지 같은데? 사업상의 서신 연락이 아니라 말이야. 어쨌든 좋아. 네가 부잣집 딸에게 매력 있게 보인다는 것은 나쁜 일이 아니니까. 네가 읽어 봐."

형은 나를 끌고 트럭 앞쪽으로 갔다. 거기에는 짧은 그늘이 져 있었다. 우리는 그 그늘 밑에 털버덕 엉덩이를 대고 주저앉았다.

"형이 읽어 보지 그래?"

"아냐. 이건 네가 읽어야 해. 네가 쓰고 네게 온 거니까."

나는 하는 수 없이 겉봉을 뜯었다. 손이 떨렸다. 나는 손이 떨리는 것을 형에게 보여 주지 않으려고 재빨리 편지를 꺼내 펼쳤다. 깨알처럼 자디잔 글씨가 또박또박 인쇄해 박은 듯이 박혀 있었다. 나는 읽기 시작했다.

이중수 학생에게

학생이라고 불러서 불쾌하게 여길 것은 없어요. 나는 2학년이고 중수 학생은 1학년이니까 말이에요. 내가 편지를 써서 이상하겠지요? 미리부터 말하는데 이상한 생각은 갖지 마세요. 나는 다만 편지 쓰기 연습을 하고 있는 거예요. 아버지께서는 늘 강조하시죠. 편지를 쓰지 않는 사람은 교양인이 될 자격이 없다고요. 그러나 나는 편지 쓰기가 죽기보다 더 싫어요. 그런데 어떻게 썼느냐고요? 이중수 학생이 아버지께 편지를 썼기 때문이에요. 아버지께서는 중수 학생이 보낸 편지를 읽으시고 감동을 하셨어요. 그러고는 집에 돌아오셔서 그 편지를 제게 주시면서 이번 답장을 저더러 하라고 하시는 거였어요. 공부 삼아서 말이에요. 내가 편지를 쓰게 된 사연은 대강 이런 이유 때문입니다.

그러면 본론으로 들어가 볼까요? 내가 읽기에는 중수 학생의 편지가 내용을 전하는 데에는 무리가 없는 것 같더군요. 하지만 말이에요, 좀 야비하고 시건방진 느낌이 들었어요. 그건 뭐랄까 꼭 꼬집어서 말할 수는 없지만 그런 느낌이 드는 건 어쩔 수 없었다고요. 그래서 충고하겠어요. 너무 가난을 내세우지 마세요. 가난은 자랑거리가 아니랍니다. 그리고 중수 학생과 형이 무슨 영웅이나 되는 것처럼 뽐내지 마세요. 남이 인정해 주지 않는 뽐냄이란 허풍에 지나지 않으니까요.

그렇지만 너무 염려할 것은 없어요. 아버지는 너그러우신 분이니까요. 편지를 읽어 보니 깜짝 놀라지 않을 수 없더군요. 신돌귀씨는 가엾은 사람입니다. 그분은 석 달 전까지만 해도 아버지의 지프차를 몰고 다닌 운전사였었지요. 총무과장이었다는 것은 거짓말입니다. 그분은 가끔 정신 착란을 일으켜서 회사에서 해고를

당했습니다. 그러고는 직장을 잃자 외로워졌는지 가족이 있는 서울로 갔습니다. 아버지와 제가 지난번 서울에 갔었을 때 그분 댁을 찾아갔었지요. 홍제동 뒷산 꼭대기까지 물어물어 갔더니 그분은 없고 부인과 두 아이들만이 있었어요. 어디에 갔느냐고 아버지께서 신돌귀 씨의 행방을 물으니까 부인 말이 요즘도 정신이 들락날락거려서 때 없이 집을 나가 떠돌아다니다가 돌아오고는 하신대요. 아버지는 부인에게 돈 얼마를 드리면서 쌀말이라도 사 잡수시라고 하시고 그 집을 나왔어요. 부인이 저녁때가 다 되었으니없는 찬이나 진지를 드시고 가라고 하시더군요. 아버지는 무심코말씀하셨지요. 우리가 살던 집터나 구경하고 곧장 내려갈랍니다,하고요. 그리고 우리는 중수 학생을 만나 본 뒤 서울을 떠나왔을뿐이에요. 아버지께서는 한 번 하신 말씀을 번복하시는 분이 아니랍니다. 더욱이 어린 학생 앞에서 한 말씀은. 그러니 당분간 아무염려하지 마세요. 그 땅은 아직도 할아버지의 소유로 되어 있고곧 아버지께서 물려받을 것이에요. 아무도 건드리지 못해요. 저희는 가을에 서울로 이사하지만 중수 학생네를 쫓아내지는 않겠어요. 아시겠지요? 이 일에 관련해서 한 가지 부탁이 있어요. 신돌귀 씨는 불쌍한 분이니까 또 찾아오더라도 너무 박대는 하지 말아주세요.

아, 잊을 뻔했어요. 편지로 보아서 형은 사업가가 될 것 같고 아우는 종교인이 될 것 같아 보이던데, 중수 학생은 무엇이 되는 게꿈인가요? 가을까지 내 수수께끼로 남겨 두겠어요. 안녕.

연주 씀

나는 편지를 접어 봉투에 넣었다. 형은 넋이 빠진 듯이 철조망 밖 거리를 멀거니 바라보았다. 편지를 보고 그동안 쌓였던 긴장감이 일시에 탁 풀어진 모양이었다.

"잘됐지, 형?"

잠을 깨우듯 나는 그의 어깨를 내 어깨로 밀었다. 그가 고개를 끄덕거렸다.

"너무 싱겁게 끝났어."

"왜?"

"신돌귀 씨가 사기꾼이든지, 아니면 오창명 사장이 임대료를 요구해 오든지 했어야 하는 건데 말이야."

형은 엉덩이를 털며 땅바닥에서 일어섰다.

"아무튼 그 편지를 쓴 계집애 여간내기가 아니야. 괜히 섣불리 건드렸다간 큰코다치겠어. 야, 이럴 바엔 너도 떳떳하게 쓸걸 그랬어. 내 꿈은 법관이 되는 것이라고 말이야."

나는 그때 하마터면 난 법관이 될 생각이 털끝만큼도 없다고 실토할 뻔했다. '나는 나에 대한 모든 굴욕을 한 편의 소설에 담을 수 있는 소설가가 되겠어. 나는 내 울분을 세상에 털어놓겠다고. 법관이 되리라고는 기대하지 마, 형.' 그러나 나는 나에 대한 형의 기대를 일거에 짓밟을 수는 없었다. 나는 잠자코 있었다.

연주에게서 편지를 받던 날 밤 나는 거의 잠을 이루지 못하고 밤새도록 몸을 뒤척이며 새웠다. 물론 그 편지는 우리에게 고무적인 내용을 담고 있었다. 마음씨 좋은 오창명 사장과 인연을 갖게 되었다는 사실 하나만으로도 우리에게는 획기적인 사건이었다.

게다가 그는 우리를 기특하게 여기고 있음에 틀림없었다. 우리를 쫓아내지 않겠다는 약속이 그 좋은 예였다.

그럼에도 불구하고 나는 마음이 언짢았다. 연주는 한 학년 위이기는 했으나 나보다는 한 살쯤 아래일 것이 분명했다. 그런데도 '중수 학생'이라고 불렀다. 그것은 그 여자 아이가 건방져서가 아니라 나를 얕잡아 보기 때문에 나올 수 있는 호칭이었다.

나는 그날 밤에 한 가지 결심을 했다. 소녀의 코를 납작하게 해줄 만한 일을 해야만 했다. 그것은 고등학교 입시 자격 검정고시를 치르자는 것이었다. 아마 1학년 때엔 어려울 것이다. 2학년 가을쯤에……. 그리고 고등학교 1학년쯤에는 대학 입시 자격 검정고시를 칠 것이다. 그러면 내 나이에 맞게 정상적인 학년으로 복귀할 수 있을지도 모른다. 그러고 보니 소녀의 편지는 결과적으로 나를 이롭게 하는 자극제가 아닌가. 나는 새벽녘에야 그와 같은 지혜를 짜내기에 이르렀고 의욕도 불타올랐다.

신돌귀 씨는 내가 그런 결심을 굳히던 날 오전 나절에 형을 찾아왔다. 우리는 이미 그의 정체에 대해 모든 것을 자세하게 알고 있었으므로 마음의 여유를 가지고 그를 맞아들일 수 있었다. 그는 무슨 일이 우리와 오창명 사장 사이에 진행되고 있었는지 상상조차 못하고 있었다.

"자, 이 사장, 여기 사본을 가지고 왔어."

그는 누런 봉투 속에서 등기 사본을 꺼내 형에게 보여 주었다. 나는 형의 어깨 뒤에서 그것을 넘겨다보았다. 우리는 그것이 가짜라는 것을 한눈에 알아볼 수 있었다.

소유주가 오창명 사장의 아버지(이름은 모르지만) 이름으로 되어 있어야 옳았는데 오창명 사장 본인으로 되어 있었기 때문이었다.

"이거 진짭니까?"

형이 물었다.

"그럼, 진짜지 않고? 어제저녁에 배달받은 거야."

가엾게도 신돌귀 씨는 납작한 코를 훌쩍거리며 우겼다.

"그렇다면 할 수 없군요. 경찰서에 가서 판가름을 내어야겠어요. 저희에게도 이게 진짜가 아니라는 것을 반증할 만한 문서가 있어요."

형이 으름장을 놓았다.

나는 신돌귀 씨를 박대하지 말라는 연주의 편지가 머리에 떠올라서 형의 옆구리를 손가락으로 찔렀다.

"형, 그러지 말고 사실대로 말씀을 드리는 것이 좋겠어."

내 말에 형은 나를 돌아다보며 장난스레 웃었다.

"아냐, 거짓말로 어린 사람들을 골탕 먹이려 드는 사람은 혼이 좀 나야 해. 자, 어떻게 하시겠어요? 이게 가짜라는 것을 이 자리에서 실토하시겠습니까, 아니면 경찰서로 가서 판가름을 낼까요?"

신돌귀 씨는 의자에서 일어나 겁먹은 시선으로 형과 나를 번갈아 바라보고 나서 얼른 가짜 등기 서류를 누런 봉투에 쑤셔 넣었다.

"제발, 제발 경찰서로 가자는 말은 하지 마."

그는 봉투를 잡고 있는 손을 부들부들 떨었다. 손만이 아니었다. 얼굴의 근육을 씰룩거리고 어깨를 흔들고 두 다리를 와들와들 떨었다.

"경찰서를 무서워하시는 걸 보니까 가짜인 모양이군요?"

형이 이죽거리자 그는 고개를 끄덕거렸다.

"제가 사정을 봐 드리는 거예요. 그러니 여기서 꺼져 다시는 나타나지 말아요."

정신 이상자는 몸을 돌려 지열이 끓어오르기 시작한 마당을 건너 철망 출입구 쪽으로 걸어 나갔다.

그러나 그는 일주일에 한 번 정도, 좀 길면 보름 정도, 우리가 잊을 만하면 나타나곤 했다. 그는 특별히 갈 만한 곳이 없기 때문에 우리에게 나타나는 것 같았다. 그는 땅을 비워 달라느니 임대료를 지불하라느니 하는 따위의 말은 입 밖에도 내지 않았다.

그는 우리를 전혀 알아보지 못하는 사람처럼 행동했다. 그는 야적장 주위를 어슬렁거리며 배회하기도 했고 때로는 물건을 팔기 위해 줄을 서 있는 사람들을 멀거니 바라보기도 했고 때로는 아무것도 팔 물건을 가지고 있지 않으면서도 사람들의 줄 끝에 서 있기도 했다.

우리는 신돌귀 씨를 불쌍하게 여기기 시작했다. 그래서 그가 나타나면 나는 그에게 먹일 만한 찬밥이 남아 있나 알아보기 위해 부엌으로 먼저 갔다.

형도 신돌귀 씨가 어느 비 오던 저녁 무렵에 나타났던 일을 부정적으로만 받아들이지 않았다. 왜냐하면 신돌귀 씨의 출현은 형이 오창명 씨와 좀 더 빨리 가깝게 지낼 수 있는 계기를 마련해 주었기 때문이었다.

8

한여름 억세게 자라난 명아주가 철망 울타리 가를 뒤덮었다. 전쟁 통에 번성한 것은 명아주뿐이었다. 그것은 강아지풀의 세력을 꺾고 한해살이풀 가운데 새로운 강자로 등장하여 서울의 폐허 어디에서나 번성했다. 그것은 허기에 시달리는 인간들에게 신이 내려 준 양식이었다. 배를 주리는 사람들은 봄과 여름에 명아주 순과 어린잎을 따서 냄비에 하나 가득 넣고 밀가루를 풀어 죽을 쑤어 먹었다. 그 죽을 너무 많이 먹은 사람은 얼굴에 푸르죽죽 부록(浮綠)이 들었다. 하지만 명아주 풀이 가난한 사람들을 위해서 조금이나마 양식 구실을 했던 것은 사실이었다.

나는 봄이나 여름에 가난한 사람들이 우리에게 물건을 넘기고 돈 몇 푼을 손에 쥐고 돌아갈 때 철망 울타리 밑에서 허리를 숙이고 명아주 풀을 뜯는 것을 자주 보아 왔다. 그러나 가을이 되면 명아주는 인간을 위한 사명을 끝내고 인간을 멀리하기 시작한다. 꽃을 피우고 씨앗을 영글게 하고 대 줄기를 작대기처럼 빳빳이 세우며 독소를 품는 것이다.

가을이 되면서 형 주변에는 두 가지 큰 변화가 일어났는데 그 하나는 길남과 상민, 상구 형제가 '서울 종합 물산'을 떠난 것이었고 다른 하나는 수집상의 수입이 눈에 띄게 줄어들었다는 것이었다. 가을이라는 계절과 함께 닥쳐 온 이러한 변화 때문에 형은 매우 의기소침해졌고 때때로 신경질적인 반응을 보였다. 피를 나눈 형제들보다 더 진하게 똘똘 뭉쳐서 고락을 함께 나누어 왔던 그들이 떠난다는 것이 형으로서는 참을 수 없는 노릇인 것 같았다.

길남의 어머니는 원래 시골로 떠돌면서 옷 보따리 장사를 했었는데 그러는 동안 그 방면의 장삿속을 터득한 것 같았다. 돈도 얼마만큼 모은 모양이었다. 그의 어머니는 남대문 시장에 포목점을 열었다. 형편이 폈으니 길남은 당연히 학교로 돌아가야만 했다.

상민, 상구 형제의 경우는 길남처럼 꼭 희망적인 것이라고만은 할 수 없었다. 아버지가 군대에서 제대하고 돌아오셨는데 체신부에 복직될 때까지 아무 장사라도 해서 연명해야 한다며 시장에 설렁탕 집을 차렸고, 그들은 그곳에서 보이 노릇을 해야 한다고 했다. 그들은 길남이 떠나고 일주일 뒤에 떠났다.

형의 친구들은 그렇게 하나 둘 떠났다. 그 무렵을 전후하여 경기는 땅속까지 곤두박질했다. 환도가 되면 구매자가 늘어 장사가 더 잘될 것으로 믿었으나 정작 환도가 되니 양상은 정반대로 나타났다. 피난 갔던 사람들이 꾸역꾸역 모여드는 것과 더불어 '서울 종합 물산'과 같은 소규모 수집상이 부쩍 늘어나서 구매 경쟁을 벌였다. 값이 뛰었으므로 자연히 물건 사들일 돈을 감당하기가 힘

에 겨웠다. 그런데다가 단속이 강화되자 석탄과 코크스 양생이들이 그 판에서 떠나가고 있었다. 또 녹슨 파쇠와 불에 녹아 버린 유리 조각들이란 애초부터 그 양이 한정되어 있었기 때문에 이제는 바닥이 드러나 버렸다. 떼돈이 있어도 물건을 구하기가 힘든 시기에 우리에게는 돈이 없었다.

철망 울타리 안은 오전이나 오후나 한결같이 한산하고 쓸쓸했다. 이따금 조무래기들이 파쇠와 유리 조각을 모아 오기는 했으나 형에게는 아무런 도움이 되지 않았다. 형은 반트럭을 장만하기는커녕 제풀에 오창명 씨의 땅을 내어 놓아야 할 위기에 직면해 있었다.

아침저녁으로 싸늘한 바람이 가슴속으로 스산하게 파고들었다. 아침에 일어나 보면 울타리 가의 명아주 잎들이 부쩍 누런빛으로 퇴색해 버린 것을 느낄 수 있었고 해 떨어진 저녁녘이면 인왕산 너머 북녘 하늘에서 까만 점으로 시작하여 다가온 기러기 떼가 끼룩끼룩 울며 한강 쪽으로 날아가는 것을 볼 수 있었다. V자로 대오를 지어 날아가는 기러기 떼를 고개를 꺾고 지켜보노라면 불현듯 아버지와 어머니의 모습이 떠올랐다. 어쩌면 아버지는 살아 계실지도 모른다. 생전에 어머니가 그랬듯 나는 막연한 기대감을 품어 보았다.

어디론가 갔던 기러기들처럼 아버지도 문득 돌아오실지 모른다는 생각을 했다. 감상은 더 깊은 감상을 낳았다. 나는 소리 없이 목구멍 너머로 눈물을 꿀떡 삼키고는 내가 그때 무슨 일을 하던 참인지도(가령 저녁밥을 안쳐 놓은 때일지라도) 깨닫지 못하고 밖으로 뛰쳐나가 독립문 근처 어머니의 무덤가로 달려갔다. 판판해진 어머니의 무덤에는 그때까지 보도블록이 덮이지 않았다. 그러나 언젠가 도시가 전쟁의 때를 벗겨 내고 새롭게 치장될 때 어머니의 무덤에 보도블록이 깔리게 될 것이었다. 나는 어머니의 무덤을 지키는 아버지의 영혼이라고 명명했던 플라타너스 가로수를 한 팔로 부둥켜안은 채 하염없이 눈을 내리깔고 서 있었다. 보도블록이 깔리기 전에 어머니의 시신을 거두어, 형이 말했던 '명당자리'에 모셔야 한다고 생각했지만 형의 장사가 피어나지 않는 한 그 꿈은 꿈으로 남을 수밖에 없었다. 나는 어머니의 무덤과 아버지의 영혼이 머문 곳에서 아무런 위안도 받을 수가 없었다. 그래서 형에게로 돌아가는 내 발길은 쇳덩어리를 끌듯 무겁기만 했다.

"야, 중수야. 넌, 저녁밥을 몽땅 새까맣게 태워 버렸어. 또다시 이따위 짓을 하면 그땐……."

아마도 형은 '죽여 버릴 거야'라고 말하고 싶었겠지만 꾹 참았다. 그러고는 다소 소리를 낮추어 타일렀다.

"어머니, 아버지는 돌아가셨어. 그분들은 우리를 도와주지 못해. 세상엔 귀신도 혼도 없으니까. 사람은 죽으면 그것으로 끝이야. 넌, 왜 그것을 모르니? 하지만 걱정하지 마라. 어머닌 어떡하든 명당자리에 모실 거야."

"언제?"

"그건 나도 모르지."

우리는 우울했고 기가 꺾여 있었다.

나는 연주 생각을 했다. 가을도 중턱을 넘어서고 있는데 그녀에게서는 아무런 소식이 없었다. 연주의 가족은 가을에 이사를 온다고 했었다. 남을 골려 주기 좋아하는 아이니까 한번쯤 장난을 치기 위해서라도 들를 법한데 오지를 않았다. 나는 그녀가 들르기만 한다면 나에게도 형에게도 좋은 일이 생길지 모른다는 막연한 기대를 품고 있었다.

그날 이후 형은 종종 집을 비웠고 때로는 밤늦게 술에 취해서 돌아왔다. 어느 날은 누군가와 싸워서 얼굴이 피투성이가 되어 나타나기도 했다.

"어딜 이렇게 밤늦게 다니는 거야?"

내가 참다못해 닦아세우려고 하면 형은 버럭 소리를 질렀다.

"인마, 넌, 공부나 해. 내 염려는 집어치우고 말이야."

"술 냄새 때문에 공부를 할 수가 없으니까 그렇지."

"그럼, 사무실에 가서 하면 될 게 아니야?"

"날씨가 추워지고 있는 것 몰라?"

겨울을 재촉하는 비가 추적거리며 내리던 어느 날 밤 우리의 격앙된 대화는 거기까지 발전했고, 형은 갑자기 충격을 받은 사람처럼 입을 다물어 버렸다. 그는 한동안 가쁜 숨을 몰아쉬며 한 장짜리 달력이 붙은 정면 벽을 노려보고만 있었다. 나는 말을 잘못했다는 것을 깨달았다. 형은 가을에 들어서면서 외로움을 느꼈던 것이고 외로움 때문에 발버둥을 치고 있었던 것이다. 그는 걸핏하면 때려 부수고 싶은 충동에 사로잡혔다. 궁극적으로 그는 위로해 줄 사람이 필요했다. 그러나 나와 성수의 위로 정도로는 더 이상 마

174

음에 차지 않아 하는 것 같았다.

"형, 내가 말을 잘못했어. 미안해."

나는 나만 편하게 지내자고 형의 아픈 데를 찌른 것을 사과했다.

"너야 뭐 잘못한 게 있겠니. 오히려 내가 잘못했지. 제대로 공부할 환경도 만들어 주지 못하면서 너더러 판검사가 되어 달라고 말하는 내가 어리석어. 내일 저녁부터는 사무실에 난로를 피워야 겠다."

"쏘시개 할 나무도 없는걸."

"어떻게 해서든 구해 올게."

맞은편 벽을 노려보던 형은 그렇게 말하고 스르르 모로 쓰러져 잠들었다. 나는 형에게 낡은 군용 담요를 덮어 주었다.

비는 그쳤다 내렸다 하면서 스름스름 다음 날 저녁까지 내렸다. 형은 어디 가서 무슨 재주를 부렸는지 잡목을 두 다발 구해 가지고 왔다. 저녁을 먹고 나자 보아란 듯이 사무실 난로에 불을 지폈다.

"공부에 필요한 참고서를 사야 한다면 언제나 서슴지 말고 얘기해. 아무리 장사가 안 된다 해도 너 하나 공부시키는 것쯤은 문제없어."

나는 길남의 동생이 쓰던 헌 참고서들을 가지고 있었다. 그러나 내게는 1학년용 참고서보다는 2학년과 3학년 참고서가 필요했다. 나에게 있어서 고등학교 입시 자격 검정고시에 합격해야 한다는 것은 지상 과제였다. 그러나 나는 형이 어려움을 당하고 있다는 것을 그 누구보다도 잘 알고 있었으므로 참고서가 필요하다는 말을 좀처럼 입 밖에 낼 수가 없었다.

"형, 걱정하지 마. 웬만한 건 내가 학교 친구들을 통해 구해 볼 테니까."

쓰지 않다가 처음 때는 난로라서 사무실 안에는 연기가 가득 차 있었다. 형은 연기 때문에 쿨룩쿨룩 기침을 하면서 제대로 난로 뚜껑이 덮이도록 난로 속의 잡목들을 쑤석거렸다. 나는 찌그러진 헌 물통을 들고 야적장으로 갔다. 차가운 빗방울이 얼굴에 떨어졌다. 거리 저쪽에는 불빛이 듬성듬성 가물거리며 빛났다. 밤거리에서 불빛을 볼 수 있다는 것은 휴전 덕택이었다. 그러나 아직도 어둠은 거대한 괴물처럼 거리 도처에 웅크리고 있었다.

나는 석탄을 퍼 담은 물통을 들고 사무실 쪽으로 가다가 철망 출입구 앞에 사람 하나가 우산을 받쳐 들고 서 있는 것을 보았다. 웬 사람이 어정거리는 것일까 생각하면서도 나는 곧바로 사무실을 향해 걸어갔다.

"여보세요, 밀 좀 물어볼게요."

나를 불러 세운 것은 젊은 여자의 목소리였다. 나는 물통을 놓고 출입구 쪽으로 걸어갔다.

"여기, 한수라는 사람이 살고 있나요?"

그녀가 또 물었다. 어딘가 낯익은 목소리였다. 그러나 나는 그 목소리의 임자를 얼른 기억해 내지 못했다.

"제 형인데요. 누구시죠?"

다가가며 내가 말했다.

"중수로구나? 나야, 동희 누나."

우산 속에서 하얗게 떠오른 것은 틀림없는 동희 누나의 얼굴이었다. 우리 형제가 구두닦이를 시작하기 훨씬 전에 보고는 못 보았으니까 거의 3년 만이었다.

"동희 누나! 어쩐 일이에요? 소식이 깜깜하더니."

나는 반갑게 소리치면서 주머니에서 열쇠를 꺼내 출입문의 자물통을 열었다. 동희 누나가 내 앞으로 다가섰다. 짙은 화장 냄새가 훅 끼쳐 왔다. 나는 그 예전에 동희 누나가 양담배랑 벌거벗은 서양 여자들의 사진이 실린 양키 잡지를 가지고 고모님 댁에 나타나곤 했던 일을 떠올렸다.

"너희들이 보고 싶어 왔다" 하고 그녀가 말했다.

"어서 와요. 형도 마침 있으니까."

나는 그녀를 사무실로 안내했다. 형도 동희 누나를 보고 반가워했다.

"멋쟁이가 되었어, 누나는" 하고 형이 환성을 질렀다.

"고생들이 많지?"

그녀가 말했다. 나는 물통의 석탄을 부삽으로 떠서 난로에 넣었다. 지지직 하고 빗물 타는 소리가 났다. 나는 석탄을 넣고 나서 그녀의 몸 매무새를 살펴보았다. 그녀는 정말 멋쟁이가 되어 있었다. 엷은 주황빛의 투피스 양장을 입고 있었고 늘씬하게 뻗은 다리 밑에 검은 하이힐을 신고 있었다. 그녀는 속눈썹을 진하게 그리고 입에는 붉은 루주를 칠했다. 가슴은 전에 보았을 때보다 훨씬 불룩했으며 허리는 잘록하고 엉덩이는 펑퍼짐했지만 살이 올라 있었다. 그녀의 모습은 사춘기에 접어든 우리 형제에게 꽤나 매혹적인 것이었다. 그녀는 우리가 내어 준 의자에 다리를 꼬고 앉았다.

"멋쟁이라고 추어주니 고맙구나."

그녀가 웃었다.

"그래 어쩐 일이오? 느닷없이 비 오는 날 저녁에 나타나다니?"

형은 자기도 나이가 들었다는 것을 과시하려는 듯 의젓한 목소리를 지어 보였다.

"비가 행운을 싣고 왔는지도 모르지."

"무슨 소리요?"

"너, 사업 한판 벌여 보고 싶은 생각 없니? 이 장사보다는 훨씬 장래성이 있을 거야."

동희 누나는 대뜸 용건을 꺼냈다. 형의 눈이 휘둥그레졌다.

"뭔데?"

"나무장사야."

"나무?"

형은 피엑스 물건이라도 빼돌리자는 것쯤으로 기대했다가 나무라는 말에 조금은 실망한 것 같았다.

"왜 기대에 어긋나니?"

그녀가 핸드백에서 양담배를 꺼내 입에 물고 라이터 불을 댕겼다. 그녀의 입과 코에서 연기가 뿜어 나왔다. 푸른 담배 연기가 램프 불 주위를 감돌았다.

"나무도 종류 나름이지요. 어떤 나무지?"

"한국 사람들에게 요긴하게 쓰일 재목감들이지. 앞으로도 여전히 사람들은 서울로 자꾸만 모여들 거야. 그러자면 당장 비바람을 가릴 집이 필요한데 말이다. 재목감이 어디 그리 흔하겠니? 판잣집이라도 지을 재목을 공급할 사람이 필요해. 그걸 네가 해 보지 않겠느냐는 거야. 이만한 땅도 가지고 있겠다, 그동안 해 본 솜씨도 있으니 잘해 나갈 것 같아서 하는 말이다만."

동희 누나는 노다지를 캐는 것이나 다름없는 그 사업을 탐내는 사람은 너희 말고도 수없이 많이 있지만 친척 간이라는 인연 때문에 특별히 너희를 찾아왔다는 듯한 말투였다. 길 건너 멀지 않은 곳에 자리 잡고 있는, 우리 형제가 구두닦이 통을 만들기 위해 재료를 훔치러 갔던 수집상이 문득 머리에 떠올랐다. 들리는 말로는 그 수집상은 주로 재목만 거래하여 광화문 근처에다 제재소를 차렸다고 했다. 머리 회전이 재빠른 형이 그것을 생각하지 않을 리 없었다.

"좋은 루트를 가지고 있어요?"

"루트 없이 너를 찾아왔겠니? 너, 내가 어디서 무얼 하는지 모르지? 나, 이래 봬도 부평 병참 기지에 있다, 얘. 타이피스트야. 그리고 석 달 전에 알짜배기 루트의 장본인이 내 신랑이 되었고."

"그래요?"

형과 나는 어리둥절하여 서로의 얼굴을 마주 보았다.

"너희 표정이 왜 그러니? 나를 꾸짖고 있는 표정 같아. 하지만 이왕 그쪽으로 진출한 거 대담해져야 하지 않겠어? 사랑에는 국경이 없는 거야. 어쨌든 네가 하게 된다면 그이를 너희에게 곧 소개할 거야. 미군 상사인데 마음씨가 그만이야. 이번 일은 그이와 그이 친구가 벌이는 것이라고. 아주 확실하고 그 직책에 있는 한 재목감은 무진장으로 나올 거야."

동회 누나는 그 방면으로 아주 대담하게 진출해 버려서인지는 모르겠으나 완전히 다른 사람처럼 보였다. 형에게는 동회 누나야 아무래도 좋았다. 장사만 된다면 말이다.

"좋아요. 해 보죠. 헌데 당장은 자금이 문제예요."

형이 말했다.

"그렇게 돈이 없어? 그러면 곤란한데."

우리 셋은 한동안 침묵을 지키며 마주 앉아 있었다. 가을의 막 바지 비가 추적추적 내리는 소리가 들렸고 난로는 기분 좋을 만큼 훈훈하게 타올랐다. 동회 누나는 두 대째의 담배를 피워 물었다.

"아, 참. 그렇지. 너, 우리 엄마에게 맡겨 놓은 돈 있지? 너희 집 판 돈 말이야. 그걸 달라고 해 보렴. 돈은 이용해서 불려야 해. 최근에 엄마가 그 돈을 은행에 넣으신 모양이던데. 은행 이자가 얼마나 되겠어? 이 일에 그 돈을 이용하면 조금은 도움이 될 거야."

동회 누나는 불쑥 그 말을 꺼냈으나 꺼내 놓고 보니 꺼림칙한지 군기침을 두어 번 해 댔다. 형은 아무 말도 하지 않았다.

"하지만 내 핑계를 댈 것까지는 없다. 내 핑계를 대면 오히려 우리 엄마가 돈을 내어 놓지 않을지도 몰라."

"그건 나 혼자만의 돈이 아니에요."

형이 나를 돌아다보았다. 나는 얼른 형의 말을 받았다.

"내 몫은 형이 아주 가져도 좋아."

그러나 형은 아무 대꾸도 하지 않았다.

"잘 생각해 봐. 나는 내일 오후에 부평으로 떠나. 떠나기 전에 또 들를게. 그때 확답을 줬으면 좋겠어."

동희 누나는 나타났을 때와 마찬가지로 홀연히 떠났다.

결국 형은 고모님으로부터 우리의 돈을 받아 냈다. 동희 누나와
의 사업은 예상한 대로 순조롭게 진행되어 나갔다. 형은 한시름
놓았다. 화가 나면 마시던 술을 끊었고 남과 싸움도 하지 않았다.

장사는 잘 되었다. 나무들은 실수요자들에게 심심치 않게 팔려
나갔다. 한 번 신고 온 나무들이 일주일도 채 되지 않아 바닥이 나
는 때도 있었다. 어떤 사람은 이러이러한 재목감을 갖다 줄 수 없
느냐고 특별히 필요한 것을 주문하기도 했다. 이제 '서울 종합 물
산'은 석탄이나 코크스, 파쇠나 유리 조각을 사고파는 수집상보다
목재 판매소로 더 잘 알려지게 되었다.

겨울이 오고 있었다. 그러나 우리는 그 어느 해보다 따뜻한 겨
울을 맞이할 수 있었다. 매몰찬 북풍이 코끝을 도려내듯 휘몰아치
던 날이었다. 그날 형은 부평에 가서 아직 돌아오지 않고 있었다.
복칠이와 새로 들어온 상권이라는 이름의 내 또래의 아이가 세 명
의 조무래기들이 들고 온 고철 파이프를 저울에 달고 있었다.

"중수야, 지금 오는 거야? 웬 여자 아이가 너를 기다리고 있
어."

학교에서 돌아오는 나에게 복칠이 사무실 쪽으로 턱짓을 해 보
였다. 나는 어쩌면 그 여자 아이가 연주일지도 모른다는 생각을 하
면서 곧장 사무실 쪽으로 갔다. 나는 사무실 문을 열고 책상 앞에
앉아 있는 연주를 보았다. 연주는 의자에서 일어나지도 않고 웃지

도 않고 나를 빤히 바라보았다. 마치 나를 전에 본 적이 있는 사람
인지 아닌지 기억에서 더듬고 있는 듯이 보였다. 내 가슴은 그녀를
보는 순간부터 쿵쿵거리며 뛰고 있었다. 나는 어떻게 해야 할지 무
엇부터 말을 해야 할지 모른 채 가방을 들고 문 앞에 서 있었다.

"문을 닫으시지. 찬 바람이 들어와 난로 피운 게 무색해지겠어
요."

그것이 그녀가 한 첫마디였다. 나는 문을 닫고 가방을 책상 위
에 올려놓았다.

"지난여름보다 키가 많이 큰 것 같네요. 하긴 2년씩이나 학교를
묵었으니 큰 건 당연하겠지만."

그녀가 엷은 미소를 지었다. 뭔가 나를 보면 재미가 있는 것처
럼 굴었다. 나는 어떻게 말해야 할까 생각했다. '잘 지냈니? 이사
는 했어? 아버지께선 안녕하시고?' 그러나 내 입에서 나온 말은
잉뚱한 것이었나.

"그때 편지 보고 욕 많이 했지요?"

나는 조그만 창문 쪽으로 시선을 던졌다. 이상하게도 창밖이
깜깜한 것처럼 느껴졌다. '내가 왜 이러지? 제발, 침착하게 좀 굴
어라.'

"답장에다 욕을 많이 했기 때문에 그 뒤엔 할 욕이 없었어요."

나는 그녀가 야속했다. '그런 투로 대답한다면 내가 어떻게 다
음 말을 이을 수 있겠냐. 좀 더 친절하게 대해 다오.'

"이사했어요?"

"보시다시피."

그녀가 무릎 위에 놓아두었던 책가방을 들어서 내 책가방 옆에 나란히 올려놓았다.

"서울서 학교에 다니고 있군요? 이사한 지는 오래되었나요?"

"가을에 온다는 게 좀 늦었어요. 닷새 전에 왔으니까요."

"고마워요."

"뭐가요?"

"그냥요."

나는 이사 온 지가 닷새밖에 되지 않았는데 나를 찾아 준 그녀가 고마웠던 것이다. 결코 그녀는 나를 잊지 않고 있었던 것이 분명했다. 나는 이만큼 떨어져 긴 나무 의자에 앉았다.

"사실을 말하면 형과 나는 아버님께 고맙게 생각하고 있어요. 저희 은인으로서. 곧 만나 뵙고 인사를 드려야 할 텐데요."

"서두를 건 없어요. 자연히 뵙게 될 테니까요."

그녀가 다시금 내 입을 막아 버렸다. 자연히 뵙게 된다고? 그럼, 오창명 씨가 이곳을 찾아온다는 말일까. 나는 잠자코 있기로 했다. 공연히 입을 열어 어리석음을 나타내기보다는 가만히 있는 것이 상책이라고 생각했다. 침묵은 금이다!

"내가 알고 싶은 게 있다고 했죠?"

그녀가 말을 걸어왔다. 나는 대답하지 않을 수 없었다.

"내 장래 희망이 무엇인가 하는 것 말입니까?"

그녀가 나를 노려보며 고개를 끄덕거렸다. 나는 그녀의 눈길을 피했다.

"형은 내가 법관이 되었으면 하고 바라요."

"법관이라고 했나요?"

그녀가 깔깔거리며 웃기 시작했다. 나는 무안을 당해서 얼굴이 화끈거리며 달아올랐다.

"법관은 아무나 되나요?"

그녀는 한 손으로 배를 움켜쥐고 한 손으로 이마를 짚으며 소녀답지 않게 웃어 젖혔다. 나는 화가 치밀었다.

"왜 안 될 것 같습니까? 내가 되려고만 하면 될 수 있을 거예요. 하지만 나는 법관이 되고 싶은 생각은 눈곱만큼도 없어요. 나는 소설가가 될 겁니다. 소설가가……."

나는 내 정신이 아니었다. 어떻게 단숨에 그 말을 해치웠는지 알 수가 없었다. 갑자기 그녀의 웃음이 딱 그쳤다.

"도대체 소설가가 뭐죠?"

그녀의 얼굴은 매우 진지했다. 나는 그녀가 웃었을 때와 마찬가지로 당황했다. 너무나 정색을 하고 덤볐으므로 혹시 말꼬투리를 잡히지나 않을까 하고 나는 신경을 바짝 곤두세웠다.

"소설을 쓰는 사람이죠."

"그렇죠, 소설을 쓰는 사람이 소설가예요. 하지만 소설을 읽는 사람이 없다면 그 소설을 쓴 사람은 진정한 소설가라고는 할 수 없어요."

"나는 남이 읽는 소설을 쓸 겁니다."

"답답하군요. 지금 같은 세상에서 누가 소설 따위를 읽겠어요? 부지런히 일을 해야만 먹고살 수 있는 판이에요. 한가하게 소설이나 읽고 지낼 수 있는 사람이 몇이나 되겠어요? 거기가 아무리 홀

룽한 소설을 쓴다고 해도 소설을 책으로 만들어 줄 만한 사람을 찾기도 어려울 것이고 만들었다고 해도 단 열 권도 팔리지 않겠죠. 거기 입에는 거미줄만 얽힐 것이고……."

그녀가 의자에서 일어나 난롯가를 지나 내가 앉은 바로 앞까지 다가왔다. 그녀가 몸을 움직인 것은 그때가 처음이었다. 그녀는 소설가가 되겠다는 내 꿈을 박살 내려고 찾아온 것처럼 열변을 토해 냈다.

"차라리 법관이 되겠다는 생각을 품는 것이 낫겠어요. 물론 물거품처럼 사라지고 말 꿈이겠지만 남 보기에 무슨 야망이라도 가진 듯이 보일 테니까요. 나는 실망했어요."

연주가 아무리 실망을 한다 해도 내 꿈을 바꿀 수는 없었다. 나는 소설가가 되지 않으면 아무것도 될 수 없을 것이라는 강박 관념을 가지고 있었다.

그때 밖에서 트럭 소리가 나지 않았더라면 나는 내 꿈을 무자비하게 박살 낸 연주의 말에 화를 냈을지도 모른다.

"잠깐 여기서 기다려 주겠어요?"

나는 감정을 죽이고 말했다.

"기다릴 수밖에 없죠. 아직 할 말을 끝내지 못했으니까."

나는 사무실을 나와 야적장으로 갔다. 기다란 쇠파이프를 가지고 왔던 세 명의 조무래기들은 가고 없었다. 형과 운전사, 복칠이, 상권이는 트럭 위에서 판자때기를 야적장에 내동댕이치고 있었다. 나는 일을 거들기 위해서 트럭 위로 올라갔다.

"형, 여기 땅 주인 딸이 와 있어."

나는 형과 함께 넓고 긴 판자때기를 들어 아래로 던지며 말했다.

"편지를 보내 왔던 그 여학생 말이냐?"

형이 일손을 멈추고 내게 물었다.

"맞아. 그 아이야."

"이름이 뭐라고 했더라?"

"연주, 오연주."

나는 그 순간 형의 눈빛이 유난히 번뜩이는 것을 보았다. 그것은 저녁 햇빛 탓이었는지도 몰랐다. 그는 너무나 피로해서 몹시지친 듯이 보였다. 그러나 그 순간의 그의 눈빛은 피로 따위에는 아랑곳하지 않는 의지력이 깃들어 있었다. 그것은 야심이 만드는 생명의 빛이었다.

"왜 왔지?"

"모르겠어."

형은 일을 바빠 시둘렀다. 하역 직업을 마치자 형은 운전사에게 운임을 지불했고 트럭은 떠났다. 그 시간 이후에는 별로 할 일이 없었으므로 그는 복칠이와 상권이를 집으로 돌려보냈다.

"그럼, 어디 여자 손님을 만나 볼까?"

형과 나는 사무실 쪽으로 갔다. 내가 먼저 사무실 문을 열고 들어갔다. 형은 한참 동안 몸의 먼지를 털고 난 뒤에 문을 열고 들어왔다.

"아, 이 학생이 오연주 양이신가? 이렇게 누추한 곳을 찾아 주어 고마워."

형은 오만하게 반말지거리로 소리쳤다. 그러고는 좀 전까지 그녀가 앉아 있던 책상 앞의 의자로 가서 의젓하게 팔짱을 끼고 앉았다. 그녀는 형의 위압적인 태도에 눌려서 꼼짝하지 않고 서 있었다. 그녀의 두 눈은 마치 이상한 괴물을 보듯 호기심으로 빛나고 있었다.

"그래, 오 사장님께선 별고 없으시고? 이렇게 찾아온 걸 보니 이사는 마치신 모양이군."

"이분이 형이세요?"

연주는 입술을 천천히 놀리면서 나를 향해 물었다. 내가 고개를 끄덕거리는 것과 동시에 형이 큰 소리로 말했다.

"내가 중수의 형이야. 동시에 '서울 종합 물산'의 사장이고. 연주 양의 편지 잘 읽었지. 오창명 사장님은 아주 훌륭하신 분이라고 생각해. 허나 말이야, 우리 중수에게 너무 모욕을 주지 말라고. 우리 중수는 내년에 검정고시를 치르고 후년 봄쯤엔 껑충 뛰어 고등학교에 입학할 거야. 그래도 한 학년이 밑지는 셈이지만 그렇게 되면 연주 양과는 학년이 같아지니 하급생이라고 깔보지는 못하겠지. 안 그래?"

"계획이 대단하네요. 동생이 공부를 썩 잘하나 보죠?"

"반에서 1, 2등을 다투는 실력자이니까."

"그렇지만 길고 짧은 건 대봐야 알 거예요. 믿는 도끼에 발등이 찍힌다고, 너무 기대하지는 마세요."

"아무튼 쟤는 해낼 거야. 두고 보면 알아."

"자신만만하네요."

그러나 그녀는 약간 기가 꺾인 듯이 보였다. 그 까닭을 나는 알

수가 없었다. 그녀가 나보다는 형을 어려워하고 있음에는 틀림없었다. 어쩌면 처음부터 무지막지하게 반말지거리를 했기 때문에 위압감을 느꼈는지도 몰랐다. 아니, 형의 커다란 덩치 때문인지도 몰랐다. 나는 훨씬 뒤에 그 까닭을 깨닫게 되었다. 연주는 형에게 매혹당하고 있었던 것이다.

"형을 뵙게 되어 기뻐요."

그녀는 나에게 말했으나 시선은 형의 얼굴에 머물러 있었다. 형은 회심의 미소를 띠고 있었다. 나는 그때 두 사람이 눈으로 나눈 소리 없는 대화가 무엇을 의미하는 것인지 알지 못했다.

"나도 연주 양을 만나게 되어 대단히 흐뭇해. 연주 양이 우리에게 은근히 모욕을 준 건 사실이지만 그것도 연주 양다운 매력이 될 수도 있어. 아주 귀여운 매력이…… 우리는 앞으로 서로 친하게 지낼 것 같은 기분이 드는데."

형이 의자에서 일어나 그녀 앞으로 걸어갔다. 그는 그녀에게 손을 내밀어 악수를 청했다. 웬일인지 그의 행동이 무례하게 보이지 않았다. 오히려 자연스럽게 여겨졌다. 그의 손에 그녀의 손을 끄는 자석이라도 달린 듯 그녀의 손이 그의 손을 잡았다. 나는 그녀의 작은 가슴이 벅차게 불룩거리는 것을 보았다. 그녀는 빨갛게 달아오른 얼굴을 옆으로 돌리며 한숨을 토해 냈다. 나에게는 형이 꽤 오랫동안 그녀의 손을 잡고 있는 것처럼 보였다. 내 가슴속에서는 형에 대한 질투심이 끓어올랐다. 나는 형의 뒤에 서서 헛기침을 했고 형은 나를 의식한 듯이 그녀 손을 놓았다.

"용건이 뭐지?"

그는 비로소 그녀가 왜 우리를 찾아왔는지를 알아보려고 했다. 그녀가 나를 보았다.

"아버지가 오시기로 되어 있었지만 내가 와도 별 지장이 없을 것 같아 왔어요. 국민학교 3학년짜리 여동생이 있는데 그 애를 가르쳐 줄 사람을 구하려고요."

"말하자면 가정교사인가요?" 하고 형이 말했다.

"그렇죠."

"연주 양이 가르쳐도 될 텐데?"

"나는 시간이 없어요."

"왜?"

"피아노 교습을 받으러 다녀야 해요."

"우리 중수를 점찍은 것 같은 얘기인데?"

그녀가 고개를 끄덕거렸다. 나는 그거야말로 멋진 제의라고 생각했다. 내가 연주네 집 가정교사가 된다면 나는 하루에 한 번쯤은 그녀의 얼굴을 볼 수 있을 것이다. 모든 것을 희생해서라도 가정교사가 되고 말리라.

"그러면 중수는 거기서 먹고 자게 되는 건가?"

"네, 그래요."

"햐, 고마운 말씀이지만 그렇게 되면 내가 곤란해지는데? 밥은 누가 짓고 빨래는 누가 하지?"

"언제까지나 동생에게 밥 짓고 빨래하는 일을 시킬 수는 없잖아요? 공부에도 지장이 있을 거예요. 이번 기회에 새 사람을 구하세요."

"네 생각은 어떠니?"

형이 내 의견을 떠보았다.

"형과 떨어져 산다는 게 꺼림칙하지만 나는 가고 싶어. 그렇게 되면 나도 자립을 하는 셈이니까."

나는 빠르게 말했다. 형이 내 말문을 막아 버리기 전에 내 의사를 표시하고 싶었다.

"오 사장님께서 내 학비를 보태 주시기만 한다면 나도 내 힘으로 공부를 하게 되는 것 아니겠어?"

"아버지는 학비뿐만 아니라 옷도 책값도 대어 주실 거예요. 중수 학생에 대한 저희 아버지의 신임은 아주 대단해요."

형은 한동안 생각에 잠긴 듯 벌겋게 단 난로의 뚜껑을 내려다보았다. 밖은 아직 어둡지 않으나 바람이 거세게 불고 있었다. 사무실 출입문의 유리창 밖으로 희뿌연 먼지가 하늘로 치솟고 있는 것이 보였다.

"좋아. 네 생각이 그렇다면 가도 좋아. 아버지께 그렇게 말씀드려 줘. 중수가 가정교사 일을 맡을 것이라고."

형이 말했다.

그리하여 나는 다음 날 저녁에 짐을 싸 들고 연주가 그려 준 약도를 따라 필동 연주네 집을 찾아갔다. 일제 시대 일본 사람이 지은 2층집이었다. 격심하던 폭격에도 불구하고 그 동네는 대체로 온전하게 옛 모습을 유지하고 있었다. 정원은 널찍했으며 관상수가 하늘을 가리고 있었다.

오창명 사장은 2층에다 내 방을 하나 마련해 주었다. 연주의 어머니도 따뜻하게 맞아 주었으며 부족한 것이 있으면 그때그때 지체하지 말고 말해 달라고 일렀다. 나는 모든 것이 너무나 풍족했으므로 어리둥절했고, 갑작스런 환경의 변화에 잘 적응해 나갈지 두려웠다.

집안사람들은 모두 조용한 성품을 지니고 있었다. 가정부와 운전사까지도. 유난히 시끄러운 사람이 있다면 그것은 연주였다. 조용히 앉아서 이따금 그림 그리기에 몰두하는 은주와 달리 그녀는, 아래층에서 피아노를 두드리지 않으면 내 방까지 그녀의 목소리가 들려올 만큼 큰 목소리로 떠들었다.

"아이, 이 맹추야. 여기다 쉬를 하면 어떻게 하니? 넌, 2층의 학생만큼이나 머리가 안 돌지 뭐야!"

언젠가 한번 그녀가 그렇게 소리치는 것을 들었는데 나는 그게 무슨 소리인가 곰곰이 생각했다. 며칠이 지난 뒤에야 아래층에 강아지 새끼가 한 마리 있다는 것을 알았다. 그러나 머리가 돌지 않는다니?

가끔 연주의 그런 외침 소리가 들려오기는 했지만 나는 묵살했고 나 자신을 매우 행복한 놈으로 여기려고 애를 썼다. 사실 나는 행복했다. 하루에 두 시간 은주를 가르치고 나면 나머지는 내 시간이었다. 나는 자유스럽게 공부를 할 수 있었고 책을 읽을 수 있었다. 나는 하루에 6시간밖에 자지 않고 내가 바라는 바를 위해 진력했다.

2년 뒤 나는 연주와 나란히 고등학교에 입학했다.

9

 내가 고등학교 입학하던 1956년에 형은 스무 살이었고 나는 열여덟 살이었으며 성수는 열여섯 살이었다. 그러니까 우리 형제가 자립을 하겠다고 구두닦이를 시작한 지 꼬박 4년이 흘러갔다.

 그해 여름에 형은 잡목상에서 목재상으로 완전히 탈바꿈했다. 거기에는 여러 가지 이유가 있었겠으나 가장 중요한 이유는 잡목을 필요로 하는 시대는 이미 끝났다고 판단했기 때문이었다. 아마도 형은 앞날을 내다볼 줄 아는 혜안을 갖고 있었던 것 같았다. 그는 '서울 종합 물산'이라는 간판을 바꾸지 않았다. 목재상과는 걸맞지 않는 그 간판을 고집하는 데에는 까닭이 있었다. 그는 멀지 않은 장래에 무역상이 될 것이라고 장담했다. 그는 여전히 오창명 사장의 땅을 돈 한 푼 내지 않고 사용했다. 이따금 형에게 가노라면 멀리서도 형의 목재상에서 톱날 돌아가는 소리를 들을 수 있었다. 어린 나이에 경제적으로 그렇게 빨리 성장한 사람을 찾기는 힘들었다. 그는 낡은 지프차에 지붕을 씌워 타고 다녔다. 운전은 자신이 직접 했다. 그는 고모님에게서 받은 돈 가운데 성수와 내 몫에다 각각 이자를 붙여서 통장을 만들어 은행에 예금했다.

나로 말하면 매일 안일한 나날을 흘려보내고 있었다. 은주를 가르치는 것은 별로 어려운 일이 아니었다. 은주는 수줍고 말이 없는 아이였으나 총명했다. 조금만 도와주는 사람이 있으면 가정교사가 없이도 능히 자기의 공부를 해 나갈 수 있는 아이였다. 그러나 이젠 처음 연주네로 와서 느꼈던 경이감과 행복감을 절실하게 느낄 수가 없었다. 연주는 내게 대해 여전히 쌀쌀맞게 굴었다. 그러면 그럴수록 나는 그녀에게 매혹당했다. 그녀가 아래층에서 「엘리제를 위하여」 또는 「소녀의 기도」 따위의 감상적인 연습곡을 치고 있을 때면 가슴이 찢어지는 듯 아팠다. 나는 당장이라도 뛰어 내려가서 그녀에게 무슨 말이건 말을 걸고 싶은 충동을 느낀 적이 한두 번이 아니었다. 나이를 먹을수록 심장의 고동 소리는 더 크게 울리고 상심은 더 깊어지는 것 같았다. 공부도 제대로 되지 않았다.

여름 방학이 시작되었다. 어느 날 연주가 피아노 교습을 갈 때 나는 그녀를 미행했다. 그녀는 대개 오후 4시에 나가서 6시 반쯤에 돌아왔다. 나는 3시 40분쯤에 미리 큰길로 나가서 노점상 뒤에 숨어 서서 그녀가 나타나기를 기다렸다. 그녀는 4시 5분쯤에 피아노 교재가 든 가방을 들고 큰길가에 나타났다. 그녀가 교습소로 들어가면 앞에서 어정거리며 기다렸다가 교습이 끝날 때쯤 해서 내가 먼저 뛰다시피 큰길까지 급히 내려갔다. 그리고 그녀의 뒤를 밟으며 되돌아왔다.

'도대체 이게 무슨 짓이람.'

나는 내가 생각해도 어처구니없는 그 미친 짓을 거의 열흘 동안이나 계속했다. 나는 용감하게 그녀의 앞으로 나설 수가 없었다. 왜냐하면 그것은 곧 내가 오창명 사장 집에서 쫓겨나는 것을 의미하는지도 모르기 때문이었다. 내가 바라는 것은 그저 그녀의 친절이었다. 내가 하고 싶은 이야기는 그것뿐이었다. 그러나 그 말이 나에게 어떤 재앙을 가지고 오지 않는다는 보장은 없었다. 그 재앙은 형에게까지 미칠지도 몰랐다. 또 그와 같은 행위가 나쁘게는 은인을 배반하는 행위로 둔갑할 수도 있었다.

그것은 열두 번째던가 열세 번째던가. 아무튼 나는 그 헛된 미행을 되풀이하고 있었다. 그런데 그날 그녀는 교습이 끝나고 곧장 집으로 돌아가지 않았다. 그녀는 큰길을 건너 복잡한 남대문 시장을 통과하여 남대문 쪽으로 나가더니 남대문 앞을 지나 서대문 쪽으로 빠지는 샛길로 접어들었다. 그녀의 걸음걸이는 빠르지도 느리지도 않았다. 어디 가는 것일까. 나는 처음에 친구 집에라도 놀러 가는 줄로 알았다.

연주가 골목길을 빠져 서대문 사거리가 보이는 큰길로 나섰을 때 나는 갑자기 의심이 들었다. 형에게 가는 것은 아닐까. 그 생각은 적중했다. 그녀는 목재상을 향해 곧바로 길을 건너갔다.

이미 하루의 일과가 끝났는지 톱날 소리는 멎어 있었다. 나는 길 건너편 중국집 앞에 서서 잠시 생각에 잠겼다. 그녀는 왜 형에게 왔을까. 형에게 볼일이 있다면 나에게 심부름을 시킬 수도 있었다. 그런데 그녀는 직접 왔다. 왜일까.

나는 이윽고 길을 건너 목재상 출입구를 향해 갔다. 이제 형의 목재상은 철조망을 거두고 판자때기로 울타리를 쳐 놓은 데다가 각종 목재들이 무더기로 세워져 있어서 밖에서는 한눈에 안을 들여다볼 수가 없었다. 출입구의 나무 문은 삐끗하게 열려 있었다. 나는 안으로 들어갔다. 연주와 마주친다고 해도 별로 겁날 것은 없었다. 오랜만에 형에게 놀러 왔다고 말하면 될 테니까.

"오랜만이야."

복칠이 반갑게 나를 맞아 주었다.

"형도 별일 없어? 우리 형 안에 있나?"

"음, 좀 전에 여기 같이 있다가 네 주인집 딸이 와서 함께 안 사무실로 들어갔어."

그가 웃음을 지어 보였다. 그 웃음은 웬일로 나란히 한꺼번에 나타났느냐는 듯이 묻고 있는 것 같았다. 나는 발길을 안으로 떼어 놓았다. 어쩐지 내 가슴속 비밀을 들킨 것 같아서 기분이 썩 유쾌하지를 않았다. 나는 제재소 건물을 돌아갔다. 사무실과 부엌과 방이 일자로 붙은 그 판잣집은 옛날 그대로였다.

날은 이미 어두웠으나 사무실에는 불이 켜 있지 않았다. 나는 발소리를 죽이면서 살금살금 사무실 창가로 다가갔다. 안에서 형과 연주가 두런두런 이야기를 나누는 소리가 들려왔다. 나는 유리창 가에 바짝 붙어 섰다.

"우린 좀 더 자주 만나야 해."

그것은 형의 음성이었다. 그 소리를 듣는 순간 내 심장의 고동이 딱 멎는 것 같았다. 나는 막 돋기 시작한 하늘의 별빛을 바라보았다. 내 눈에는 눈물이 괴려고 했다. 그러니까 형은 그 동안 연주

를 여러 번 만났던 모양이었다. 나는 오래전에 느꼈던 그 치사스
런 질투심을 다시금 느꼈다. 뭔가에 속은 것 같기도 했고 속은 내
가 바보 같기도 했고 그래서 나를 속인 자에 대한 표현할 수 없는
분노가 치솟아 올랐다.

"한수 씨, 이보다 더 자주 만날 수는 없어요. 한 달에 두 번이면
많은 편이잖아요? 한수 씨는 한수 씨대로 바쁜 일이 있겠죠. 저
또한 집안 식구들을 속일 수 있는 기회가 많은 게 아니고요."

내 피가 발끝에서부터 머리끝으로 치받쳐 올라왔다. 나는 수치
심에 몸을 떨었다. 그녀가 나에게 쌀쌀맞게 구는 것에는 이유가
있었다. 그녀는 미리부터 그녀를 차지할 수 있다는 가능성을 내
마음속에서 없애 버리려고 작정했었던 것이다. 그녀는 형을 좋아
했기 때문에 그녀에게 호소하는 듯한 나의 그 어떤 눈빛을 보면
그것을 회피하기 위한 방편으로 나를 조롱했던 것이다. 그러나 그
녀는 그녀를 향한 내 애틋한 마음을 얼마나 이해했을까. 그녀는
도저히 이해하지 못했다.

"나는 부족해. 나는 연주가 가고 나면 그때부터 연주가 나타날
날을 목마르게 갈망하게 된다고. 나는 언제나 목마른 사슴이야. 혼
자 있을 때면 난 미칠 것 같아. 나는 눈을 감고 네 눈을 머릿속에 그
려 보지. 그러나 그것은 가까이 왔다가 자꾸 멀리 달아나려고 해.
나는 네 눈을 가까이 끌어 잡아당겨 오느라고 밤을 새울 때가 많
아. 실체가 아닌 것은 얼마나 요사스러운지 몰라."

아무리 열정이 끓어오른다고는 하지만 같은 남자로서 그런 말
은 듣기가 거북살스러웠다. 나는 완전히 그녀를 내 것으로 할 수

없다는 절망감에 눈물을 흘렸다. 별빛은 천 갈래 만 갈래로 부서지고 드디어는 아무것도 보이지 않았다. 나는 한동안 그렇게 멍청히 서 있었는데 문득 안에서 아무 소리도 들리지 않는 것을 알았다. 나는 알지 못할 호기심에 이끌려 창틀 밑으로 몸을 낮추고 머리만을 빠끔히 올리면서 안을 들여다보았다. 안은 더 어두워서 잘 보이지는 않았으나 나는 두 사람이 한 덩어리가 되어 부둥켜안고 있는 모습을 틀림없이 보았다. 그들은 영원히 떨어지지 않을 것처럼 검은 덩어리가 되어 꼼짝하지 않았다. 나는 살금살금 뒷걸음질을 쳤다. 하마터면 나무토막에 걸려 넘어질 뻔했으나 가까스로 몸을 가누고 복칠에게는 온다 간다는 말도 남기지 않고 그곳을 빠져나왔다.

나는 거의 절망 상태에 빠져 있었으나 결코 포기하지는 않았다. 아, 그것은 포기하지 않으려고 해서가 아니라 포기할 수가 없었기 때문이었다. 나는 하루 종일 연주 생각만 했다. 그리고 어정쩡하게 그녀의 뒤꽁무니를 따라다니는 일은 그만두기로 하고 어떻게 해서든지 그녀의 마음을 나에게 쏠리게 할 방도를 찾기로 했다.

나는 그녀의 생일을 전후한 어느 때를 이용하기로 했다. 그녀의 생일은 9월 12일이었다. 나는 그 전해에 아래층에서 그녀를 위한 생일잔치가 있었던 것을 기억했다. 나는 무엇을 선물할 것인가를 여러 날을 두고 고심했다. 책? 책은 그녀가 그다지 좋아하는 물건이 아닌 것 같았다. 게다가 선물치고는 너무나 평범한 것 같았다. 스카프? 그건 너무 어른스러웠다. 나는 그녀가 피아노를 치고 있었으므로 음악과 연관된 그 어떤 물건을 찾아내려고 했다. 드디어 나는 선물할 만한 물건을 한 가지 골라낼 수 있었다.

나는 동희 누나를 만나러 고모님 댁으로 갔다. 그 무렵 동희 누나는 동거 생활을 했던 미군 상사와 헤어지고 부평과 동두천, 의정부를 두루 돌며 양키 물건 장사를 하고 있었다. 그녀가 철석처럼 믿었던 그 미군 상사는 어느 날 아침에 쥐도 새도 모르게 증발해 버렸다. 나중에 알고 보니 본국으로 전속 갔다는 것이었다. 내가 형이 목재상으로 변신한 데에는 여러 가지 이유가 있다고 앞서 밝힌 바 있지만 형의 거래선이던 그 미군 상사의 증발도 그 가운데 한 이유가 되었다.

나는 두 번째 걸음에서야 동희 누나를 만날 수 있었다.

"일주일 전부터 나를 찾았다는데 웬일이야?"

동희 누나는 전에 우리가 쓰던 방을 사용하고 있었다.

"레코드판 좀 구할 수 없을끼?"

"레코드판? 난 레코드판을 취급한 적은 없어. 글쎄, 구할 수 있을지 모르겠다."

"어떻게 구하는지 요령을 알 수가 없어서 부탁하는 거예요. 충무로 쪽을 기웃거려 보았지만 적당한 게 없었어. 아주 낡은 중고판이 아니면 질이 형편없는 재생판뿐이었거든."

"그런데 네가 갑자기 레코드판은 왜 찾니?"

그녀가 의아스런 표정을 지으며 내게 바짝 다가앉았다. 야릇한 냄새에 놀란 나는 나도 모르게 주춤거리며 옆으로 비켜 앉았다.

"네가 전축이라도 샀다는 말이야?"

"아니, 그런 게 아니에요!"

"그럼, 무엇에 쓰려고?"

"누구에게 선물하려고 그래."

나는 떠듬거렸다. 그녀가 내 손을 잡았다.

"여자니? 남자니?"

나는 어떻게 말해야 좋을지 몰라서 망설였다. 그러나 거짓말을 해서 궁색해지기보다는 참말을 이야기하여 떳떳해지는 것이 더 좋을 것이라고 결론을 내렸다.

"어서 말해 봐."

동희 누나가 재촉했다.

"여자야."

"어떤 여자야?"

"누나, 누구에게도 말하지 말아요."

"내 약속하지."

"주인집 딸이에요."

"야, 너, 엉큼하구나?"

그녀는 내게 눈을 흘겼다.

"거긴 아들이 없다면서? 너, 주인집을 통째로 삼켜 먹으려는 거 아냐?"

"그럴 생각은 없어. 다만 그 아이가 좋을 뿐이야."

"음, 알았다. 모처럼의 네 부탁인데 내가 안 들어주고 배기겠어? 내 닷새 안으로 구해 줄게. 그런데 어떤 걸 원해?"

"될 수 있으면 신품이어야 해."

"그럼, 내가 취급하는 게 헌것도 있는 줄 아니? 내 말은 어떤 곡을 원하느냐 이거야."

사실 나는 음악에 대해서 문외한이었다. 나는 동희 누나의 말을 듣고 당황하지 않을 수 없었다.

"재즈냐, 클래식이냐 이 말이야."

"클래식."

"클래식에 대해선 나도 까막눈이다."

"그 아이가 피아노를 치니까 피아노 곡으로 된 것이면 아무거나 좋아."

"피아노 곡이 없으면?"

나는 그때 책에서 보았던 한 악성의 얼굴을 상기했다. 귀를 덮은 굽슬굽슬한 머리칼, 매처럼 치켜뜬 눈, 꾹 다문 입, 인간 의지 표상의 극치라고 할 수 있는 그 얼굴이 떠올랐다.

"베토벤……, 베토벤의 어떤 교향곡이라면 좋겠지."

"정말 그럴듯한 이름을 생각해 냈구나. 그 이름이라면 나도 잊지 않고 기억할 수 있겠다. 여학교 때 주워들은 게 있어.「영웅」,「운명」,「전원」따위를."

"그 가운데 아무거나 하나면 돼."

나는 닷새 만에 동희 누나를 다시 찾아갔다. 동희 누나는 그날 낮에 나를 위해서 의정부에서 부랴부랴 돌아왔다고 했다. 그녀는 아직 개봉도 하지 않은 레코드판을 하나 내놓았다. 그러나 그것은 베토벤의 것이 아니었다.

"베토벤은 구할 수가 없었어. 대신 차이코프스키를 구했지.「비창」이라는 거야.”

나는 그 말을 듣는 순간 기분이 내키지 않았다. 나는 은근히 「전원」을 기대하고 있었다. 나는 어떤 것들보다도 ‘전원’이라는 낱말이 풍기는 분위기를 좋아했다. 거듭 솔직히 말하거니와 나는 어느 곡에 대해서건 그 곡이 어떤 것인지 알지 못했다. 다만 곡의 이름만으로 좋고 좋지 않음을 결정한 것이었다. 어쩐지 나는 내 앞날이 그 곡의 이름과 같은 분위기로 펼쳐지리라는 예감이 들었던 것이다. 내 앞날은 부드럽고 조용하고 목가적이어야만 했다. 그런데 「비창」이라니, 나는 우울해지지 않을 수 없었다.

“얜, 뭐가 못마땅해서 울상을 짓니? 난, 이걸 구하느라고 어제는 점심도 굶으면서 20리 길이나 걸었어.”

동희 누나는 자기 노고를 알아주지 않는 나에게 화풀이를 했다. 나는 카라얀이 막대기를 들고 정열적으로 지휘하는 모습의 사진이 든 레코드판을 내려다보며 그 고약한 예감을 가슴속에서 몰아내려고 애썼다.

“새것인데 뭐, 이것도 괜찮겠지.”

나는 마지못해 웃음을 지어 보였다.

나는 동희 누나에게 엄청난 돈을 지불하고 그것을 받았다. 그것은 한 학년 동안 쓸 잡비와 용돈을 고스란히 투자해서 얻은 것이었으니 엄청난 가격이었다고 할 수밖에 없었다.

“모쪼록 성공하기 바란다, 얜.”

동희 누나가 말했다. 나는 그것이 비에 젖지 않도록 몇 겹이고 종이로 싸서 옆구리에 끼고 연주네로 돌아왔다. 비는 그날 저녁에야 비로소 그쳤다.

나는 비장한 각오로 공격 개시 일자를 생일 이틀 전으로 잡았다. 그리고 생일 축하 헌사를 쓰고 그것과 함께 레코드판을 포장하는 데에 이틀이나 소비했다. 나는 처음에 형의 나쁜 점들을 들추어 가면서 내 애타는 마음을 전하기 위한 장문의 편지를 썼으나 찢어 버렸고, 고심참담하던 끝에 나중에는 '생일을 축하하면서'라는 고작 여덟 자의 글자밖에 쓰지 않은 쪽지를 넣었을 따름이었다. 포장지는 이틀 동안 남대문 시장을 뒤져서야 겨우 내 마음에 드는 것을 구했다. 그것은 연한 초콜릿 빛깔의 단색 종이였다. 오른쪽 상단 귀퉁이에는 학교의 내 짝인 김병기의 누나에게 만들어 달라고 부탁해서 얻은 빨간 리본을 달았다.

그렇게 만들어 놓고 보니 그것은 내 혼신의 정성을 쥐어짜 만든 그럴듯한 선물이 되었다. 나는 예금 통장에서 꽤 풍족한 돈을 꺼내 준비했다. 그녀가 원하는 곳이라면 어디든지 데리고 갈 작정이었다.

드디어 생일 이틀 전날 오후 나는 회현동 교습소 앞까지 가서 그녀가 피아노를 치고 있다는 것을 확인하고 골목 입구 삼거리의 잡화상점 앞으로 되돌아 내려왔다. 그 상점에서 무료함을 달래기 위해 껌 한 통을 사서 씹었다. 기다리는 시간은 무척 지루했다.

드디어 언덕길을 내려오는 그녀를 발견한 나는 막다른 골목 속으로 몸을 숨겼다. 그것은 반사적인 행동이었다.

그러고는 그녀를 앞세우고 뒤쫓아 갔다. 그녀는 큰길에 나오자 큰길을 곧바로 건너갔다. 곧장 집으로 가는 것이 아니었다. 나는 불안한 예감이 들었다. 나는 가슴이 두근거려서 제정신이 아니었다. 내 가슴은 대포 소리보다도 더 크고 빠르게 쿵쾅거렸다. 나는 그녀를 바싹 뒤쫓았다.

한국은행 건물이 건너다보이는 곳까지 왔을 때 연주가 휙 고개를 돌려 나를 보았다. 그녀는 나를 알아보고 걸음을 멈추었다. 나는 이제 시작이 아니면 끝장이라고 생각하면서 그녀 앞으로 다가갔다.

"나를 뒤쫓아 왔지?"

그녀가 비웃음을 입가에 띠었다. 나는 고개를 끄덕거렸다.

"이거, 전해 주려고."

내 목울림대는 가련하게 떨고 있었다.

"그게 뭐야?"

그녀의 목소리가 조금 부드러워진 것 같았다. 나는 그녀가 결코 마음이 나쁜 여자는 아니라는 생각과 함께 어쩌면 내 마음을 알아줄지도 모른다는 희망적인 기대감에 처절하게 매달렸다.

"레코드판이야. 연주의 생일을 축하하려고 마련한 거야."

"그래?"

그녀가 레코드판을 받았다. 그리고 빨간 리본을 손가락으로 툭 튕겨 보았다.

"무슨 곡이니?"

"차이코프스키의 「비창」 원판. 새것이야. 뜯어보아도 좋아. 어서 뜯어봐."

나는 그녀가 포장지를 뜯으면 그녀가 선물을 받아들이는 것으로 여기고 뜯어 볼 것을 재촉했다. 그러나 그녀는 그것을 뜯지 않았다.

"어떻게 구했는지는 모르지만 좋은 것이겠다. 하지만 난 받을 수가 없어."

그녀가 그것을 나에게 도로 건네주었다. 나는 다시 그녀의 앞으로 내밀었다. 그러나 그녀는 본 척도 하지 않고 걸음을 옮기기 시작했다. 나는 그녀를 따라갔다. 그녀는 남대문 쪽으로 가려다 말고 주춤 걸음을 멈추었다.

"나는 갈 데가 있어. 귀찮게 따라오지 말았으면 고맙겠어."

그리고 다시 걷기 시작했는데 이번에는 전찻길을 건너 소공동 쪽으로 나아갔다.

"이봐, 연주 이걸 받아 줘. 내 조그만 성의라고."

나는 그녀의 길을 막아섰다. 날은 이미 어두워졌고 우리 옆으로 이따금 행인이 지나쳐 갔다.

"제발, 이러지 마. 중수 학생."

나는 그녀가 그 치욕적인 '학생'이라는 낱말을 꼬리에 다는 것에 적이 놀랐으나 다음 순간 아무렇게나 불러도 좋다고 생각했다. 가령, 돼지라든지 강아지라든지 하는 따위의 짐승 이름을 붙인대도 상관하지 않을 것이었다.

"나는 이걸 받을 이유가 없어."

"이유?"

나는 자제력을 잃고 미친 듯이 소리쳤다.

"연주야, 너는 레코드판을 좋아하잖아? 그것이 이유야."

206

"좋아는 하지. 그렇지만 너한테는 받지 않아. 저리 비켜!"

그녀가 그 맑고 깨끗한 눈에 불을 켜고 앙칼지게 소리치면서 교재 가방으로 내 팔을 밀쳤다. 나는 비틀거렸고 그녀는 잽싸게 앞으로 나서서 뛰듯 빠르게 걸었다. 나는 또 그녀를 따라갔다. 나는 그녀를 놓치면 내 생명이 끝나기라도 하는 듯 기를 쓰고 그녀를 따라갔다.

"「비창」을 어디서 구하고 포장지를 어디서 구하고 리본을 어디서 구했는지 알아? 나는 이 판을 구하느라고 여름 방학 때부터 애를 썼어. 포장지는 이틀 동안이나 시장 바닥을 뒤지면서 찾아낸 것이고 이 리본은 자수를 놓는 내 짝의 누나에게 부탁해서 받은 거야. 나는 내가 이 선물을 마련하기 위해 노력했다는 것을 결코 과장해서 말하는 것이 아니야. 이 물건은 한마디 말로 거절을 받을 만큼 그렇게 가치 없는 물건이 아니라고. 네가 이걸 받아준다면 내가 그동안 애쓴 것은 봄눈 녹듯 스러져 버릴 거야."

어리석게도 나는 그동안 내가 그녀를 위해 기울여 온 심신의 노고를 보상받으려고 발버둥을 쳤다. 그녀는 까딱도 하지 않았다.

"중수 학생이 나를 좋아한다면 나를 이대로 가게 내버려 둬, 응? 제발 부탁이야."

그녀는 조선호텔 앞에서 중국인 음식점 거리로 꼬부라져 내려갔다.

"절대로 받을 수 없다는 거야?"

"절대로 받을 수 없어."

"왜?"

"아까 말했잖아?"

"나는 이걸 이대로 들고 돌아갈 수 없어."

나는 그녀의 옆얼굴을 살폈다. 그녀는 나에게 고개조차 돌리지 않았다. 나는 마지막이라고 생각했다. 비열하지만 협박을 할 생각이었다.

"나는 이것에다 내 1년치 잡비와 용돈을 투자했어. 그렇지만 나는 네가 보는 앞에서 이걸 짓밟아 버리겠어. 나에게는 축음기도 없어. 게다가 음악에 대해선 천치야. 내게는 소용이 없는 물건이지."

나는 중국인 음식점이 죽 들어차 있는 골목 안으로 그녀의 손목을 잡아끌었다. 그녀가 막무가내로 손을 뿌리치려고 했으나 나는 놓치지 않았다.

"마음대로 해."

그녀는 내게서 도망칠 수 없다는 것을 깨닫고 약이나 올려야겠다는 듯이 얄밉게 말했다. 나는 그녀의 손목을 한 손으로 잡은 채 포장지를 입으로 물고 북 찢어 냈다. 그러자 그녀에게 보내는 조그만 쪽지가 살랑거리는 미풍에 저만치 날아갔고 카라얀의 지휘하는 모습이 호떡집 창에서 흘러나오는 불빛에 번뜩거렸다. 나는 막 내 발에 짓밟혀 버릴 「비창」이 가련했으나 그녀의 눈치를 보며 머뭇거린다는 것은 비겁한 짓이라고 생각했다. 나는 한 번도 개봉하지 않은 그 「비창」을 땅바닥에 수직으로 세우면서도 그녀의 입에서 그만두라는 소리가 나오기를 기다렸다. 그러나 「비창」의 운명은 막판에 이르렀다. 나는 한 쪽 발을 들어 힘껏 밟았다. 그것은

강한 저항력을 보이면서 쉽사리 부러지지가 않았다. 나는 완전히 휘어 구부러질 때까지 밟고 또 밟았다. 나는 그것을 주워 들어 호떡집 쓰레기통에 처박았다.

"이젠 가도 되겠지? 네가 어떻게 하는지를 내 두 눈으로 똑똑히 보았으니까 말야."

그녀는 아무렇지도 않은 듯 말했다. 나는 그녀의 손을 놓았다. 그녀가 골목 밖으로 걸어갔다. 내 가슴은 갈기갈기 찢어지듯 아팠다. 나는 두 손으로 가슴을 쥐어뜯었다. 내 눈에는 뜨거운 것이 괴고 있었다. 그때 악마의 충동을 받은 것처럼 내게 저주와 복수심이 들끓어 올랐다. 나는 허둥지둥 골목 밖으로 뛰쳐나와 그녀의 뒤를 쫓았다. 그녀는 뛰면서 도망치고 있었다. 그녀는 시청 앞 광장을 건너 덕수궁 돌담길로 들어갔다. 그 길은 인적이 드물었고 깜깜하게 어두웠다. 그럼에도 불구하고 그녀가 왜 그 길로 접어들었는지 알 것 같았다. 내가 그녀를 따라잡자 그녀는 숨을 헐떡거리면서 악을 썼다.

"아직도 할 말이 있어?"

"그래, 있어."

"참, 별꼴이야. 너는 지금 어떤 처지에 있는지조차 알지 못해. 내 말해 주지. 너는 내 동생을 가르치는 가정교사야. 잠은 어디서 자고 밥은 어디서 먹지? 그리고 그 옷을 좀 내려다 봐. 그건 우리 아버지 것이란 말야. 그런 주제에 어떻게 나를 이토록 곤욕스럽게 만들 수 있어?"

나는 한동안 할 말을 잃고 멍청히 그녀의 뒤를 따라갔다.

210

"너 오래전부터 내 뒤를 미행해 왔지? 나는 그걸 알아. 하지만 모른 척해 왔어. 너를 위해서."

그녀는 앞서 걸으며 말했다. 내 이마와 등줄기에서는 진땀이 흘렀고 눈앞은 눈물이 가리어 잘 보이지 않았다. 나는 그녀에게 저주를 퍼부을 수 없다는 것을 느꼈다. 그녀는 언제까지나 내 기억 속에 귀엽고 사랑스런 여자로 살아 있어야 했다.

"형을 좋아해?"

나는 울먹거리며 물었다. 그녀는 대답하지 않았다. 나는 연주, 네가 지금 형에게 가고 있다는 것을 안다고 말하지 않았다. 형과 네가 부둥켜안고 있는 장면을 목격했다고 말하지도 않았다. 형은 너보다 먼저 다른 여자를 알아 버린 경험이 있다는 말도 하지 않았다. 말을 하지 않는 것이 그녀를 위해서 좋은 일이라고 생각했다. 왜냐하면 그녀는 이미 형의 여자가 되었다는 것을 뒤늦게나마 깨달았기 때문이었다.

연주가 내게 암시한 바와 같이 나는 연주네 사람들의 은혜를 배반한 놈이 되고 말았다. 연주에게 당한 치욕도 치욕이지만 그들을 배반했다는 죄의식이 나를 못 견디게 했다. 멀지 않아 오창명 사장이 나를 불러 짐을 꾸려 썩 나가라고 호통을 칠 것이라고 생각했다. 나는 그런 일이 벌어지기 전에 미리 나 스스로 물러나야 한다고 결심했다.

나는 그해 가을에 학교 게시판 한쪽 귀퉁이에 다음과 같은 구직 쪽지를 붙였다.

고등학교 1학년 2반 학생임. 몸 튼튼하고 매사에 성실함. 새벽
과 야간을 이용하여 할 수 있는 일이라면 무엇이든지 하겠음. 침식
과 학비 제공 외의 보수는 바라지 않음. 이중수.

나는 그 쪽지를 붙여 놓고 선생님의 공부 가르치는 음성보다는
나를 불러 줄 그 어떤 학생의 목소리에 귀를 기울였다.
일주일 만에 중학교 2학년 학생으로부터 반가운 소식이 왔다.
그날 점심시간에 나를 복도로 불러낸 그 하급생은 게시판의 쪽지
를 보았다면서 자기 이름을 김학두라고 소개했다.
"우리 아버지는 동대문 시장에서 미곡상을 해요. 아버지는 형
이 미곡상의 일을 도울 수 있을 것이라고 하던데."
학두는 희고 동그스름한 얼굴에 중학교 2학년치고는 키가 작은
편이었다. 나는 학두의 말에서 어딘가 석연치 않은 점이 있다고 생
각했다. 그의 말로 미루어 학두의 아버지가 전부터 나를 알고 있지
나 않나 하는 느낌을 받았다.
"네가 게시판의 쪽지를 보고 아버지께 말했겠지?"
나는 의아심을 누르며 물었다. 그가 고개를 끄덕거렸다.
"고마워. 언제 아버지를 뵐 수 있을까?"
"방과 후에 동대문 싸전으로 찾아가면 돼. 아버지는 오늘 오후
내내 싸전에 계신다고 했으니까."
그는 미리 준비해 두었던 약도를 내게 주었다. 미곡상 상점의
이름은 '미담 상회'였다. 나는 그날 오후에 싸전으로 찾아가겠다
고 말하고 학두와 헤어졌다.

나는 그날 학교 공부가 끝나자마자 곧장 동대문 시장으로 갔다. 싸전 일이라면 무슨 일인지는 모르겠으나 좀 고될 것이라는 생각이 들었다. 그러나 하루바삐 연주네서 나와야 한다는 강박 관념 때문에 내게는 다른 일을 기다릴 여유가 없었다. 나는 사람이 북적거리는 청계천 변을 따라 내려갔다. 청계천 아래에는 드럼통을 잘라 개천 물을 붓고 군복이나 군용 담요 따위를 염색하는 작은 염색 공장들이 죽 늘어서 있었다. 검은색과 갈색과 흰색의 빨래들이 가을 햇빛 아래 칙칙하게 널려 있었다. 화덕과 연결된 연통에서는 희고 검은 연기가 군데군데 피어올랐다.

싸전 판에서는 '미담 상회'를 다들 잘 알고 있었다. 그곳은 그 무렵 가장 큰 싸전 가운데 하나였다. 나는 그 규모에 눈이 휘둥그레졌다. 50평가량 되는 싸전에는 쌀가마니가 천장까지 그득 쌓여 있었다. 얼른 보아 수백 가마니는 될 것 같았다. 싸전 앞에는 마차가 서 있었고 일꾼들이 싸전 안을 들락날락하며 마차에다 쌀가마니를 싣고 있었다. 한쪽에서는 두 명의 지게꾼이 쌀가마니를 지고 막 일어서는 중이었다.

나는 지게꾼 가운데 30대로 보이는 남자를 향해 학두 아버지의 이름을 대며 말했다.

"김대춘 선생님을 뵈러 왔는데요."

"어디서 왔지?"

"저희 학교에 다니는 아드님 소개로 일자리를 구하러 왔어요."

"아, 그래? 아까 말씀을 들었지. 웬 학생이 찾아올 것이라는……. 기다리고 계시니까 저 사무실 안으로 들어가 봐."

그 남자는 처음보다 친절한 말투로 말했다. 나는 그 남자와 함께 일을 하게 될지도 모른다고 생각하면서 꾸벅 절을 하고 나서 한쪽 구석에 베니어판으로 칸막이를 한 조그만 사무실 쪽으로 걸어갔다. 밖을 내다볼 수 있게 되어 있는 유리 막 사이로 두 남자가 마주 앉아 이야기를 나누고 있는 모습이 보였다. 나는 조심스럽게 문을 두드렸다.

"들어와요."

안에서 점잖은 목소리가 흘러나왔다. 나는 문을 열고 교모를 벗어 가방과 함께 앞으로 모아 쥐고 인사를 했다.

"이중수라는 학생입니다. 학두의 소개로 김대춘 선생님을 뵈러 왔습니다."

나는 두 사람을 번갈아 보며 말했다. 두 사람 중에 누가 학두의 아버지인지 얼른 분간할 수가 없었다. 나이도 생김새도 풍채도 비슷했다. 두 사람 다 뚱뚱한 몸집에 짐퍼 차림이있고 나이도 쉰 살쯤은 됨 직했다. 한 가지 다른 것이 있다면 한 사람은 대머리이고 또 한 사람은 그렇지가 않다는 정도였다.

"오, 자네가 일자리를 구한다던 학생인가? 반가워. 이리 와 앉지. 내가 학두 아비일세. 침식에 학비 제공을 조건으로 했다지?"

"네."

"그렇다면 나로서는 별문제가 없는데 학생으로서는 어떨까 싶군. 내가 시키려고 하는 일은 학생에겐 좀 벅찰 것이라는 생각이 드는데. 어째선고 하니 아침에는 먼동이 트기 전에 일어나야 하고 밤에는 열 시나 되어야 눈을 붙일 수 있는 일이라서."

"전, 아무래도 좋습니다. 그다지 잠이 많은 편은 아닙니다."

나는 다음 말을 기다리며 각오가 단단히 되어 있다는 듯 꿋꿋하게 말했다. 그가 웃었다. 그 웃음으로 보아 그가 만족하고 있다는 것을 알 수 있었다. 나는 그의 얼굴을 바라보면서 학두를 만나고서부터 품었던 의아심의 실마리를 풀어 보려고 애썼다. 학두를 어디서 본 듯 느낀 것처럼 그도 어디선가 본 듯싶었다. 목소리나 말투도 좀 낯익은 데가 있는 것 같았다. 그렇지만 끝내 기억을 더듬어 낼 수가 없었다.

"그럼, 나하고 같이 가 볼까?"

그가 일어서 책상 앞으로 걸어 나왔다. 나도 자리에서 일어섰다.

"일할 곳은 여기가 아닙니까?"

"여기는 아니지만 그리 멀지 않아."

그는 사무실 밖으로 나가더니 아까의 30대 남자에게 길 건너에 다녀오겠다고 일렀다. 나는 그를 따라갔다. 그는 시장 골목을 빠져 종로 쪽으로 나가서 전찻길을 건너 5가 방향으로 거슬러 올라갔다. 그의 걸음이 어찌나 빠른지 나는 뜀박질하다시피 그의 뒤를 따라갔다. 그는 전찻길 가의 한 납작한 한옥 대문 앞에서 걸음을 멈추었다.

"여길세."

그가 말했다. 나는 그가 문을 두드리는 동안 집 주위를 살폈다. 대문을 사이에 두고 창문이 양쪽으로 두 개씩 나 있었다. 창문에는 쇠창살이 달려 있었고 창문 안쪽에는 커다란 광목천을 드리워 안을 들여다볼 수 없게 해 놓았다. 대문과 문기둥의 칠은 벗겨지고 처마 끝에는 여기저기 거미줄이 쳐져 있었다. 사람이 살고 있는 집 같지 않았다. 집의 오른쪽 끝에는 높다랗게 판자 담이 쳐져 있었고 거기에 따로 차가 드나들 수 있을 만큼 널따란 문이 나 있었다. 그러나 그 문도 굳게 닫혀 있었다.

빗장을 벗기는 소리가 났고 바지저고리를 입은 더벅머리의 청년이 눈을 비비며 나왔다.

"어이구, 사장님 오셨구먼유?"

청년이 허리를 굽실해 보였다.

"그래. 네 말벗 삼을 만한 사람을 데리고 왔다. 잠꾸러기는 보고 배울 점이 많을 게야."

김대춘 씨의 뼈대가 있는 말에 청년이 입을 비죽거리면서 나를 바라보았다.

"아직 어린아이로구먼유? 일을 제대로 해낼까 모르겠어유" 했으니 청년의 얼굴에서 악의를 발견할 수는 없었다.

"이중수라고 했던가?"

마당 가운데 서서 김대춘 씨가 물었다.

"네."

"중수는 말이야, 여기서 자고 먹고 일하게 되어 있어. 방은 중수용 방으로 하나 마련해 줄 것이고 식사는 연지동의 우리 집에서 날라다 줄걸세. 이곳에는 거의 하루도 빠지지 않고 트럭이 들락날락하지. 곡식을 싣고 오기도 하고 실어 나가기도 해. 그런데 그 시간이란 게 대중없어. 새벽에도 오고 밤중에도 오거든. 중수가 할 일이란 곡식의 재고가 얼마이며 어느 날 몇 시에 무슨무슨 곡식이

216

얼마나 들어오고 나갔는지를 장부에다 기록하는 일이야. 그러니까 학교에 갈 때엔 반드시 싸전에 들러서 나에게 장부를 정확하게 인계하고 가야 하고 학교가 파해서 돌아올 때는 반드시 내게 먼저 들러서 장부를 인수받아 이곳으로 와야 하겠지. 물론 중수가 학교에 가고 없는 시간에 일어난 일들에 대해서는 내가 직접 책임을 지기로 하고 말이야. 어떤가, 간단히 설명하자면 이런데 일이 마음에 드나?"

나는 아까 싸전에서처럼 선선히 대답할 수가 없었다. 그것은 고달픈 중노동보다 한층 감당하기 어려운 일 같았다. 그것은 금전과 관계되는, 책임이 있는 일이었다. 숫자상으로 기록하는 것이야 까다로울 것이 없겠으나 만약에 내가 잠든 사이에 도둑놈이 들어온 다든지 또는 불가해한 착오로 가마니 수가 맞지 않는다든지 할 때 나로서는 책임질 능력이 없지 않은가. 내가 한동안 대답을 않고 있자 김대춘 씨가 웃으며 입을 열었다.

"책임 때문에 그런가 본데 성실히만 해낸다면 별로 어려운 일도 아닐세. 보아하니 중수는 꽤 명석하게 생겼어. 충분히 해낼 거야. 또 중수가 충분히 잘 해낸다고 인정될 때에는 자네의 요구 조건 외에도 합당한 보수를 지불할 생각이고. 그리고 내가 믿었던 것만큼 해내지 못한다면 그땐 자연히 해고야."

나는 그 순간 이런 생각을 했다. 인간이라면 마땅히 책임이 따르는 일을 해내야 한다. 책임을 지지 않아도 좋을 일만 골라서 한다면 그런 인간은 참다운 인간이라고 할 수 없다. 몸과 마음을 바쳐 열심히 일을 했어도 그 대가가 돌아오지 않는다면 그것은 내 능력

밖의 일이다. 김대춘 씨는 내가 해낼 수 있다고 하지 않는가.

"선생님, 하겠습니다."

나는 왜 김대춘 씨를 처음부터 사장님이라고 부르지 않고 선생님이라고 불렀는지 그 까닭은 알 수 없었다. 그도 또한 내가 무엇이라고 부르든지 그것을 탓하지 않았다.

"잘 생각했어. 우리 집에서 일하게 되어 기쁘이."

김대춘 씨는 나의 등을 가볍게 두드려 주었다.

"언제부터 일할까요?"

내가 물었다.

"날짜를 길게 끌 건 없겠지. 이번 일요일에 짐을 옮기게."

김대춘 씨와 나는 미곡 창고로 쓰이는 그 한옥을 빠져나왔다. 더벅머리 청년이 바지춤을 추스르며 따라 나와서 내게 말했다.

"나하고 같이 기거를 하게 되어서 기쁘구먼. 내 이름은 양박달이라고 해. 일요일에 내가 오길 기다리겠다아."

일요일이면 사흘밖에 남지 않았다. 나에게서 이상한 낌새를 알아차린 것은 은주였다. 떠나기 이틀 전이었다. 그날은 오창명 사장에게 내가 떠나겠다고 고하기로 작정한 날이었다. 초등학교 5학년인 은주가 산수 문제를 풀다 말고 갑자기 도화지를 꺼내더니 연필로 내 얼굴을 그리면서 내게 말했다.

"오빠, 요즘 참 이상하더라. 꼭 실연한 사람 같아요."

은주의 입에서 실연이라는 말이 나오자 나는 움찔 놀랐다. 나도 모르게 눈치를 보였던 것이나 아닐까.

"실연이라고? 꼬맹이가 별소릴 다 해. 연애를 해 봤어야 실연
도 하는 거야. 내가 요새 우울한 건 사실이지. 왜냐하면 너와 헤어
져야 하니까 말이야."

"헤어진다는 거 무슨 말이에요? 우리 집에서 나간다는 건가?"

"음."

"왜?"

"미안한 얘기다만, 난, 이제 가정교사를 하기가 싫어졌어. 좀 더
남자다운 직업을 가져 보려고 해."

나는 미리 마련해 두었던 떠남의 구실을 꺼냈다.

"어머."

은주는 충격을 받은 것 같았다. 짧막한 외마디 소리를 토해 내
고 연필을 놓고 의자에서 일어섰다. 아이는 뒷걸음질을 치면서 방
문을 열고 아래층으로 내려갔다.

모든 일이 예상대로 진행되었다. 오 사장과 부인이 나를 불러
놓고 이유를 캐어물었다. 나는 가정교사 노릇이 하기 싫어졌다는
변명 외에는 할 말이 없었다. 어떠한 채찍과 징벌이 내 머리 위에
떨어진다고 해도 나는 그것을 달게 받으리라고 생각하며 고개를
떨구고 안방에 앉아 있었다. 오 사장의 음성은 분노로 떨고 있었
다. 그의 분노는 반 시간가량 지나서야 조금 가라앉았다.

"자네는 내게 매우 가슴 아픈 일을 저질렀군."

"사장님의 은혜는 결코 잊지 않을 것입니다."

내가 말했다.

"나는 더 큰 은혜를 베풀려고 했어."

"말씀은 감사합니다만, 영원히 은혜만 받고 살 수는 없습니다."

"훌륭하구먼. 허지만 이 세상을 살아 나가는 데엔 별로 똑똑한 처세는 못 돼."

내가 짐 보따리를 리어카에 싣고 종로 5가의 미곡 창고에 갔을 때는 정오가 가까운 시각이었다. 납작한 대문을 두드리자 박달 청년이 나왔다. 그는 나를 보자 대뜸 안에다 대고 소리쳤다.

"왔다, 왔어."

나는 그가 누구에게 하는 소리인지 몰라서 멍청히 서 있기만 했다. 그가 리어카에서 내린 짐을 양손에 하나씩 들고 안으로 들어갔다. 그래도 책 한 꾸러미와 옷 보따리가 더 남아 있었다. 나는 책 꾸러미를 들려고 하다가 안에서 신발을 끌고 달려 나오는 친구를 보고 그만 책 꾸러미를 길바닥에 떨어뜨리고 말았다.

"야, 중수야, 잘 왔어!"

나를 환영한 친구는 학교에서 어깨를 나란히 대고 앉는, 다름 아닌 내 짝 병기였던 것이다.

"병기…… 네가?"

나는 혀가 갑자기 굳어진 듯 말을 이을 수가 없었다. 병기는 내가 너무 놀라자 당황해서 내 손을 잡았다.

"너를 놀라게 해서 미안해. 그렇지만 이렇게 하지 않으면 네가 우리 집에 와서 일하지 않을 것 같아서 동생을 시켜 트릭을 쓴 거지."

학두와 김대춘 씨의 얼굴을 어디선가 본 듯했고 그 말투가 귀에

220

익은 듯했던 까닭을 나는 그제서야 깨달았다.

"날 감쪽같이 속였어."

나는 떠듬거리며 말했다.

"나는 상상조차 못했다고."

"좀 서먹서먹하겠지. 하지만 곧 나아질 거야. 내가 너를 얼마나 좋아하는지 잘 알잖아? 자, 자, 여기 서 있지 말고 들어가자고."

그는 내가 떨어뜨린 책 꾸러미를 들었고 나는 나머지 옷 보따리를 들고 이미 내 몫으로 마련된 방으로 들어갔다. 새로 장판과 벽지를 바른 방에는 앉은뱅이책상과 네 층짜리 책꽂이가 하나 놓여 있었다.

"나는 네가 있던 집에서 왜 나오려고 했는지 대강 알고 있는 사람 아니니? 우리 집에는 리본을 만들 줄 아는 사람은 있지만 네게서 리본을 받을 만한 사람은 없으니까 나는 안심이야."

그는 격의가 없는 웃음을 지었다. 나는 그가 나에게 쏟은 정성을 생각하면 부끄러웠다. 그의 아버지가 나를 처음부터 전적으로 신용했던 것도 그의 덕택이었다.

"고맙다. 넌 좋은 친구야."

내가 말했다.

"어때, 이 방, 마음에 들어?"

그의 말에 나는 크게 고개를 끄덕거렸다.

10

　'미답 상회' 미곡 창고에서 나는 잠에 쫓기면서도 책임이라는 문제 때문에 항상 긴장을 늦출 수 없는 나날을 보내고 있었으나, 한편 나를 구속하려는 어떤 힘으로부터의 해방감을 맛보았다. 오창명 사장에게서 느꼈던 은혜 의식을, 김대춘 씨에게서는 느끼지 못했다. 그것은 철저하게 고용주와 피고용인의 관계에 불과했기 때문이다. 물론 인간적인 관계를 완전히 배제했다는 말은 아니다. 피고용인의 성실성은 고용주의 피고용인에 대한 신임을 낳게 했고 우리는 서로를 믿었다. 믿음이야말로 인간적인 관계를 돈독하게 했다. 병기는 연지동 그의 집에서 지냈고 나는 미곡 창고 내 방에서 지냈다. 우리 사이에는 미곡 창고의 일에 대해서 말하지 않기로 묵계가 이루어져 있었다. 그와 나는 학교에서 바로 옆에 앉아 있는 사이였으나 미곡 창고에 대한 이야기를 꺼내는 것은 서로가 금기였다. 그래서 나는 때때로 그가 고용주의 아들이라는 것조차 잊을 때가 있었다. 방학 때를 제외하고 그는 한 달에 한 번이나

미곡 창고에 들를까 말까 했다. 그는 나에게 일을 주선해 준 장본
인이면서 좀 비약해서 말한다면 나에게 자유를 준 친구였다. 나는
그것을 마음속으로 매우 감사히 여겼다.

 꼭두새벽에 곡식 가마니들을 실은 트럭이 오면 나는 지게꾼들
을 도와 하역 작업을 했다. 작업이 끝나면 세면을 하고 학교에 갈
채비를 했다. 연지동 병기네서 시중을 들고 있는 옥이가 박달 청
년과 내가 먹을 아침 식사와 내 도시락을 쟁반에 담아 왔다. 식사
를 마친 뒤 나는 책가방과 함께 장부를 들고 싸전으로 가서 김대
춘 씨에게 장부를 넘겨주고 학교로 갔다. 이따금 아침의 순서와는
달리 밤에 하역 작업을 하는 경우가 있었다. 그럴 때면 내 팔다리
는 흐느적거렸고 졸음 때문에 눈꺼풀이 무거웠으나 입술을 깨물
며 참았다. 그런 틈틈이 나는 학교 공부를 해야 했고 책도 읽어야
했다. 내 성적은 고작 중간치를 넘어서는 수준에 머물러 있었다.

 그것은 아마도 크리스마스가 가깝던 어느 날의 일이었을 것이
다. 그 동안 소식을 끊고 있던 형이 느닷없이 낡은 지프차를 몰고
미곡 창고로 나를 찾아왔다. 그때는 막 방학이 시작된 무렵이었고
나는 창고의 내 방에서 문학잡지를 뒤적거리고 있던 중이었다.

 물들인 군용 파카를 입은 형은 마당에 서서 구옥의 창고를 둘러
보고 나서 말했다.

"나가자."

"바깥 날씨가 꽤 추운 것 같은데 어딜 가려고."

내게는 한동안 잊고 있었던 형에 대한 막연한 적개심이 솟아났다.

"짜아식, 빼긴. 성수에게 찾아가 보려는 거야."

형이 내 어깨를 쳤다. 성수? 내가 성수를 만났던 것이 지난 여름 방학이 시작되던 무렵이었으니까 거의 5개월이나 흘러갔다.

"성수에게 무슨 일이 생겼어?"

내가 물었다.

"그런 게 아니야. 내 마음속에 변화가 온 거지. 우리는 우리 죄를 용서받아야 해. 나는 신부님을 만나 보기로 결심했어. 어서 옷 입고 나와. 내 마음이 다시 변하기 전에."

형이 독촉했다.

나는 박달 청년에게 창고 일을 부탁하고 교복으로 갈아입고 형을 따라나섰다.

"넌, 아주 괘씸한 짓을 했어. 오 사장 댁은 왜 나왔지?"

형은 문득 입을 떼었다. 그러나 목소리로 보아서는 화가 나 있는 것 같지는 않았다. 연주가 형에게 그 이야기를 했을까 하고 나는 생각했다. 나는 잠자코 있었다.

"그 집에 불만이 있으면 내게 먼저 와서 상의를 했어야 하잖아?"

"내 일로 형이 번거롭게 되는 것을 원치 않았어. 나도 내 일은 스스로 처리할 만한 나이는 되었다고 생각해."

"홍, 어미 아비가 지성껏 자식을 길러 놓으면 자식이 어미 아비를 향해 혼자 컸다고 떠벌리는 꼴이구나. 좀 지각 있게 놀아. 너와 나는 같은 피를 나눈 형제야. 거처를 옮기면 옮긴다고 얘기를 해야 할게 아니냐? 나는 네가 오 사장 댁을 떠났다는 말을 한 달 전에서야 연주에게서 듣고 알았어. 연주가 네 소식을 묻더군. 나는 무슨 소리를 하느냐고 되물었지. 그럴 수밖에 없는 것이 내 머릿속에서 너는 연주네 집에서 살고 있었으니까."

형은 앞서 가던, 출입문이 세 개짜리인 큰 전차 뒤꽁무니까지 바싹 차를 몰아붙이다가는 홱 오른쪽으로 핸들을 틀어 비켜나며 앞질러 갔다. 그러는 바람에 내 머리가 차 문에 쾅 부딪혔다. 형은 대놓고 화풀이를 했다.

"연주 말이 너는 벌써 두 달 전에 집을 나갔다는 거야. 설마 친형에게조차 거처를 옮기는 것을 말하지 않았을까 싶어 그동안 말을 꺼내지 않았대. 나는 놀라기는 했지만 너를 찾지 않았어. 왜냐하면 네가 곧 나타날 것 같아서였지. 나는 너와 나 사이에는 하등의 불만스러운 관계가 없다고 생각했던 거야. 너는 오지 않았어. 나는 기다렸고. 그러는 사이에 방학이 되었지. 학교에 가서 네 생활 기록부를 뒤져 보았으나 주소가 연주네로 된 채 고쳐지지 않았더군. 내가 알고 있는 것은 동대문 시장의 싸전 판으로 갔다는 것뿐이었어. 너를 찾기까지 얼마나 헤매었던지……."

차는 광화문에서 시청 쪽으로 좌회전했다.

"미안해. 내가 얼이 좀 빠져 있었나 봐."

나는 연주네를 떠난 사실을 형에게 알리지 않았던 것을 사과했다.

"네가 잘못을 깨우쳤다면 나는 그것으로 만족해. 우린 이렇게 만났으니까. 하지만 아직 너는 왜 연주네 집을 떠났는지 내게 말하지 않았어."

"떠난 이유?"

나는 그것을 말할 수가 없었다.

"나도 모르겠어."

"본인이 모르겠다면 누가 아니? 연주는 네가 가정교사 하기 싫어서 그랬나 보다라고 하던데 그게 정말이야?"

"글쎄, 그랬는지도 몰라."

나는 연주가 형에게 내가 떠난 이유를 말하지 않았음을 알고 그녀에게 고맙게 생각했다.

"넌, 사람이 고지식해서 탈이야. 가정교사라는 것은 하나의 수단에 지나지 않아. 네가 오 사장의 마음에 들기만 했어 봐라. 너는 네가 가르쳤던 은주를 아내로 맞이할 기회를 잡을 수도 있을 텐데. 참았더라면……."

그럼, 연주는? 하고 나는 말할 뻔했다. 나는 울화가 치밀었으나 내 속마음을 비치지 않으려고 꾹 참았다. 형이 생각하고 있던 것—그것은 형이 연주를 차지하고 내가 은주를 차지하자는 불미스러운 야심이었다.

"그렇지만 너에겐 지나간 일이 되고 말았어. 어떻게 보면 오히려 잘되었다고 말할 수 있지. 왜냐하면 어쩌면 너와 나는 좀 미묘한 관계에 놓일지도 모르니까. 그건 성수가 원하는 일이 아니기도 하고."

그는 마지막 말을 거의 알아들을 수 없을 만큼 작은 소리로 중얼거렸다. 그는 남대문에서 염천교 쪽으로 빠지지 않고 남대문을 돌아 남산 쪽으로 가는 오르막길로 차를 몰았다.

"어디로 가는 거야?"

"서울 시내나 한번 구경하려고. 나는 매일 시내 바닥을 누비고 다니지만 이 도시를 한눈에 굽어보지는 못했단 말씀이야. 좀 똑똑히 보아 두어야겠어."

그는 남산 중턱 돌계단 앞에서 왔던 길로 되돌아 내려갈 수 있도록 차를 돌려 길가에 세웠다.

"너도 좀 봐 둬."

나는 형이 왜 그러는지 이해하지 못했다. 형은 나를 잡아 차에서 끌어내렸다. 씽 하며 세찬 바람이 귓불을 때렸다. 나는 두 손을 바지 주머니에 찌르고 길가 끝 벼랑 위에 서서 형의 이 미친 짓을 못마땅해하며 침을 뱉었다.

"추워?" 하고 형이 물었다. 내가 고개를 끄덕거렸다. 형이 파카를 벗어 내 어깨 위에 걸쳐 주었다.

"입어. 지금부터는 네 거야."

"형은?"

"나는 또 사면 돼. 미안해할 것 없어. 자, 이렇게 팔을 꿰고 지퍼를 올려 봐. 한 시간 뒤면 등허리가 후끈후끈하면서 땀이 날 테니."

형은 자기 손으로 파카를 내게 입혔다. 나는 어정쩡한 기분으로 그것을 입었다. 안에 모피가 달린 그 옷은 내 몸을 추위로부터 보호해 주었다. 형은 뒤에 달린 방한모를 내 머리 위에 씌웠다.

"고마워."

"야, 인마, 감격할 것까지는 없어. 너 주려고 입고 온 것이니까."

추위 때문에 형의 코끝은 빨갛게 되고 입술은 새파랗게 변했다. 그러나 형은 시내를 굽어보며 버티고 섰다. 맞바라보이는 북악산

아래 경복궁이 보이고 중앙청이 보였다. 동쪽에 불쑥 튀어나온 산줄기 때문에 동대문 쪽은 보이지 않았으나 시내 중심가와 서대문 쪽은 훤히 잘 보였다. 군데군데 폐허의 잔해가 보였으며 그 위로 바람이 휘몰아쳤다. 형의 목재상도 독립문도 무악재의 고갯길도 보였다. 그리고 독립문 근처의 앙상하게 가지만 남은 가로수 대열도 똑똑히 보였다. 거기 어디쯤에 아버지의 영혼이 추위에 떨면서 서 있을 것이었다. 나는 언 땅 속에 묻혀 있는 어머니를 생각했고 언제쯤 어머니를 산소에 모실 것인가고 묻고 싶었다. 형은 죽은 사람에게 무슨 혼이 있겠느냐고 말한 적이 있지만 나는 그렇게 생각하지 않았다. 죽은 사람도 더위와 추위를 느끼고 불안함과 아늑함을 느낄 것이라고 여겼다.

"중수야, 너는 이 도시의 앞날을 점칠 수 있겠니?"

나는 어머니에 대해서 골똘히 머리를 쓰던 참이라 처음엔 형이 뭐라고 말했는지 알아듣지 못했다.

"뭐라고 했어, 형?"

나는 멍청히 되물었다.

"거대한 괴물로 모습을 바꿔 갈 거야."

형의 음성이 가늘게 떨려 나오는 것으로 보아 그는 미래에 대하여 가슴 벅차게 기대를 걸고 있는 것 같았다.

"엠파이어 스테이트 같은 빌딩이 세워지고 차들이 홍수처럼 거리를 휩쓸며 오고 갈 것이고 사람은 너무나 많아서 다리짝 하나 제대로 옮겨 놓을 수 없는 그런 도시로 변할 거야. 다시 전쟁만 터지지 않는다면. 이건 내 말이 아니라 오창명 사장의 말이지. 나는 그의 말을 믿어. 그렇기 때문에 해야 할 일을 알게 되었어. 나는 말이다. 돈이 생기는 대로 저 폐허의 땅들을 조금씩 조금씩 사들일 작정이야. 전쟁으로 인해서 우리는 아버지와 어머니를 차례로 잃었어. 그렇지만 나는 그것으로 인해서 돈을 벌게 될 거야. 이런 모순도 없겠지. 우리는 슬픔을 딛고 꿋꿋하게 일어서야 해."

나는 엠파이어 스테이트 같은 빌딩이 저 폐허 위에 세워진다는 말에는 수긍이 가지를 않았다.

"꿈같은 얘기 같아? 하지만 상상하는 것만으로도 얼마나 즐거우냐? 화려하고 늘씬한 차의 뒤 좌석에 앉아서 연주와 웃음을 나누고 있는 나를 상상해 봐. 아이가 하나쯤 함께 앉아 있어도 좋지. 달콤한 음악이 흐르는 레스토랑에서 저녁을 먹고 내 커다란 저택의 푹신한 침대에 누워 잠이 들 테지."

그러다가 형은 꿈에서 깨어난 사람처럼 나를 뚫어지게 바라보았다. 그의 입술은 새파랗게 질려 있었으나 그 순간에 그는 추위를 느끼지 못하는 사람처럼 보였다.

"내가 너한테 말하지 않은 게 있어. 나는 연주를 좋아해. 연주도 나를 좋아하고……."

그는 빠르게 말하고 나서 담배를 한 대 피워 물었다. 그의 담배 피우는 모습은 꽤나 어른스러워 보였다.

"아마 우리는 결혼하게 될 거야. 훨씬 세월이 지난 뒤의 일이겠지만. 우리는 약속했어."

나는 형의 폭탄선언을 듣고도 이상하게 마음이 동요되지 않았다. 내 마음에서는 이미 폭풍은 사라지고 잔잔한 미풍만이 일고

230

있었던 것이다.

"아, 난, 그런 사실을 까마득히 몰랐어. 제발 두 사람이 한 약속 대로 되었으면 좋겠군."

내가 말했다.

"너도 그렇게 되기를 바라니?"

"바라지 않을 까닭이 없지. 연주는 좋은 여자야."

"그래, 그런 것 같더라. 이런 게 사랑인지는 모르겠어. 그러나 틀림없는 것은 연주와 사귀어 오는 동안에 내 내부에서 기묘한 변화가 일어나고 있다는 거야. 충동적인 생각과 행동이 조금씩이나마 사라져 가고 대신 뭐랄까, 깨끗하고 차분한 마음이 괴기 시작했어. 말하자면 아름다움이란 걸 배우게 된 거야."

그게 진심인지 아닌지를 나는 판단할 수 없었다. 형이 무엇인가를 느끼고 있었던 것은 사실이었다. 그러나 형은 순화된 마음을 오래도록 간직할 수 없는 남자였다. 그것이 형의 비극이었다. 형은 그의 야심이 어떻게 그의 영혼을 갉아먹고 있는가를 알지 못했다. 그가 성수와 신부를 찾아가려는 동기도 자신의 마음이 깨끗해졌기 때문이라고 착각하고 있었다. 그 착각은 그의 야심마저도 정결한 것으로 자처하게 했다. 그러나 형은 자신의 미래에 대한 계획에만 몰두하고 있었다.

"어머닌 언제 산소에 모실 거야?"

"네 입에서 그 말이 나올 줄 알았다. 허나 염려 마. 더 좋은 명당자리를 구하느라고 뜸을 들이는 것이니까."

형이 내 어깨를 탁 치며 너털웃음을 웃었다. 나는 더 추궁하지 않았다.

우리는 지프차를 탔다. 남대문을 돌아 염천교를 건너 성수가 있는 성당으로 향했다. 형은 성당으로 향한 언덕길로 기세 좋게 차를 몰고 올라가서 성당 마당 한쪽에 세웠다.

이제 성당은 본래의 제 모습을 완전히 회복했다. 출입문은 새것으로 갈아 달았다.

"성수를 찾아보자."

성당은 조용했다. 나는 지난여름에 성수를 찾아왔었으므로 그가 성당 뒤 판자로 지은 집에 기거하고 있다는 것을 알고 있었다. 그러나 성수는 그곳에 없었다. 우리는 되돌아 나와 육중한 문을 밀고 성당 안으로 들어갔다.

성수는 걸레로 제대를 닦고 있었다. 우리가 그를 발견한 것과 거의 동시에 성수가 걸레질을 멈추고 우리를 내려다보았다.

"성수야, 형들이야."

형의 떨리는 목소리가 메아리를 일으켰다. 성수는 형처럼 마음의 동요를 일으키지 않았다. 그는 우리가 정말 그의 형인지 알아보려는 듯이 한동안 가만히 서 있었다. 이윽고 그는 손에 들고 있던 걸레를 물통 속에 던져 넣고 제대 뒤쪽에 있는 커다란 십자가를 향해 몸을 돌리고 무릎을 조금 굽히면서 성호를 그었다. 그는 단의 끝으로 가서 계단을 밟고 아래로 내려와 우리 쪽으로 걸어왔다.

"어쩐지 형들이 찾아오리라는 예감이 들었어."

성수의 목소리는 차분했다. 나는 이상하게도 그가 내 아우가 아니라는 느낌이 들었다.

형은 다리가 아픈 듯이 긴 의자의 끄트머리에 걸터앉았다. 그러고는 무심코 성수의 손을 잡았다가 놀라서 소리쳤다.

"손이 텄잖아? 혹사당하고 있는 것 아니야?"

"조용히 말해요."

성수는 손가락 하나를 세워 입에 대어 보였다.

"그런 무서운 말은 하지 말아요. 나는 마음에서 우러나서 일을 하고 있을 뿐이에요. 손이 좀 트기는 했지만 날씨가 풀리면 좋아질 거예요."

"그래. 내가 너무 격해졌었나 보다. 사내는 손이 좀 터도 괜찮아. 다 경험이니까. 헌데 네 학교 문제는 어떻게 할 거야? 웬만하면 내가 보내 주고 싶은데."

"학교 걱정은 하지 않아도 좋아요. 신부님의 배려로 지난가을부터 야간 학교에 나가고 있으니까. 나는 내년 봄에 성신 학교에 시험을 치를 생각이야."

"아, 너는 별수 없이 신부님이 될 모양인가 보다. 참, 그런데 너의 신부님은 어디 계시지? 네 손등이 터지도록 일을 시키는 신부님에게 불만이 없지는 않지만 너를 이만큼 키우고 학교까지 보내 주신다니 아무튼 인사를 드려야겠다. 그리고 네가 신부님과 인연을 맺게 되었던 그때 그 일에 대해서도 용서를 빌고 싶고."

형은 그가 개과천선했음을 천상의 신께서도 알아주십사 하는 듯이 큰소리로 지껄였다. 이번에는 성수가 형의 손을 잡았다.

"그 말이 사실이야? 정말 기뻐요. 나는 형들에게 이런 기적이 일어나도록 늘 천주님께 기도드렸어. 마침내 제 기도 소리를 들어 주신 거예요. 자, 나를 따라와요."

　성수는 오른손으로 형의 손을 잡고 왼손으로는 내 손을 잡고 단위로 오르는 계단 옆의 좁은 문으로 우리를 데리고 갔다. 그 문은 4년 전, 아니 두 달만 더 있으면 5년 전이 되는 그 눈 내리던 날 우리가 창문 밖에서 지켜보는 가운데 성수가 도둑질을 하기 위해 들어갔던 문이었다. 그 문을 들어서면서 나는 다리가 후들후들 떨리는 것을 느꼈다.

　"얼 건 없어. 신부님이 널 잡아먹지는 않을 테니까."

　내가 문 앞에서 머뭇거리자 형이 내 귀에 입을 대고 소곤거리면서 내 등을 문 안으로 떠밀었다. 그곳은 눈 오던 날 밤 성수가 도둑질을 하다가 신부에게 붙잡혔던 작은 방이었다. 그 방은 어둠침침했다. 천장 가까운 높다란 벽에 두 개의 조그만 채광창이 뚫려 있었으나 그나마 성에가 끼어 있어서 방 안 물체의 윤곽을 겨우 알아볼 수 있을 정도였다. 그날 밤 형과 내가 저 채광창 중 한 곳을 통해 이 방 안에서 진행되던 일들을 지켜보았던 것을 나는 기억한다. 방 왼쪽에는 작은 제대가 있었고 녹색의 우단으로 싼 소파가 놓여 있었다.

　"잠깐만 기다려 줘" 하고 성수는 오른쪽 구석에 나 있는 지하 층계로 걸어 내려갔다. 나는 알지 못할 힘에 이끌리어 소파 세트가 놓인 방 한가운데로 다가갔다. 그때 나는 소파에 난 하나의 상처를 발견했다. 그것은 혼자 앉는 의자였는데, 거기 엉덩이가 닿는 자리에 장방형으로 커다랗게 때운 자국이 나 있었던 것이다. 형과 내가 저 높은 창 밖에서 이곳을 들여다봤을 때 성수는 소파에 붙어서 예

리한 칼로 우단을 뜯어내고 있었다. 나는 그때의 광경을 머릿속에
되살리며 성수가 떼어 낸 만큼의 우단 대신 담요와 같은 천으로 기
워 땜질된 의자를 내려다보면서 형을 손짓해 불렀다.

"그 의자야."

내가 말했다. 형은 냉소하듯 웃으며 그것을 손으로 어루만졌다.

"한 대 얻어맞은 것 같아. 아직도 이게 이런 꼴로 남아 있을 줄
은 몰랐어."

"우린 여기서부터 시작한 거야."

"그래, 우린 여기서부터 시작했지. 그래서 우리가 온 거야. 용서
를 빌고 우리가 이만큼 살게 된 것을 감사드리기 위해서."

"말만으로는 안 돼."

"보상을 해야 한다는 건가?"

"형이 못한다면 언제인가는 모르지만 내가 할 거야."

"넌, 너무 오래 걸리겠지. 내가 하지. 신품으로 아주 멋진 소파
세트를 하나 마련하여 기증하겠어. 그건 성수를 위해서도 좋은 일
이니까."

형이 목에 힘을 주며 말했다. 층계를 올라오는 발소리가 났으므
로 우리는 소파에서 얼른 비켜섰다. 성수가 다시 나타났다.

"신부님께서 이곳은 추우니까 아래로 내려오라고 하셨어."

우리는 성수를 따라 지하 층계를 내려갔다. 우리가 들어가자 신
부는 하던 일을 멈추고 우리를 향해 돌아섰다.

"정말 반갑구나. 내가 바오로의 형들을 만날 수 있게 되다니."

신부는 앞에 두르고 있던 작업용 앞치마를 벗은 뒤 우리의 손을

잡아 난롯가로 끌었다. 가슴으로부터 우러나오는 신부의 목소리를 듣고 우리가 죄인처럼 고개를 떨구자 발목까지 덮이는 신부의 검은 수단 자락이 보였다.

"이쪽이 큰형이고 이쪽이 작은형입니다."

성수가 우리를 소개했다.

"그렇게 보이는구나. 자, 우리 난롯가 의자로 가서 앉을까?"

형과 나는 고개를 들었다. 신부의 얼굴은 어둠 속에서도 유난히 하얗게 떠올라 있었다. 형은 의자 쪽은 거들떠보지도 않고 갑자기 내 손을 아래로 끌어당기며 시멘트 바닥에 무릎을 꿇고 앉았다.

"신부님, 저희 죄를 용서하십시오."

형은 오열하듯 떨었다. 그는 나더러도 꿇어앉으라고 자꾸 내 손을 아래로 잡아당겼다.

"용서는 주님이 하시지. 이 군은 자신이 죄를 지었다고 생각하나?"

"네, 이곳에 들어오기 전에 성수가 우단을 뜯어내었던 자국을 보았습니다. 그건 제가 시킨 일이었습니다. 그 얼룩진 자국을 보니 쥐구멍이라도 있으면 기어 들어가고 싶은 심정입니다."

형은 정말 쥐구멍을 찾는 듯 어둑신한 지하실 방구석을 두리번거렸다.

"그날 밤 성수는 형들이 도둑질을 시켰다고 말하지 않았네. 하지만 나는 알 수 있었지. 뜯어낸 우단 조각을 내가 성수에게 쥐어주고 성당 밖으로 내보냈을 때, 나는 성수가 형들을 만나는 모습을 멀찍이서 보았거든. 그래서 나는 공범자들이 있군, 하고 생각했지.

236

허나 과거의 잘못을 오늘에 뉘우친다면 그것으로 만족일세."

"아닙니다. 그것으론 부족합니다. 지금 막 생각해 낸 것입니다
만, 저는 보상을 해 드리고 싶습니다."

"보상이라니?"

신부가 눈을 휘둥그렇게 떴다.

"담요로 땜질을 한 의자 말입니다. 그걸 새것으로 바꿔 드리려
고 합니다. 아니, 그 의자만이 아니라 거기 있는 의자들을 몽땅 새
것으로 대체해 드리겠습니다. 거기 있는 의자들은 너무 낡았어
요."

형은 자신의 말에 흥분하여 무릎을 꿇고 있던 다리를 펴면서
벌떡 일어서려다가 아직 때가 이르다고 생각했던지 도로 꿇어앉
았다.

"자네에게 그만한 재력이 있나?"

"그럼요, 그 정도는 당장이라도 사다 놓을 자신이 있습니다."

"허허, 그런 줄은 몰랐군. 하지만 사양하겠네. 그 소파는 낡기는
했어도 제 구실은 다하고 있으니까 말일세."

"신부님께서는 제 마음을 몰라주십니다. 저는 그 의자, 아니 그
소파가 거기에 있다는 사실 때문에 밤마다 괴로워할 거예요."

형은 원망스러운 듯 신부를 쳐다보았다.

"인간은 누구든지 죄를 지을 수 있지. 주님이 인간을 그렇게 창
조하셨으니까. 그러나 한편으로는 선한 일도 하도록 만드셨네. 하
지만 인간이 나쁜 일을 할 것이냐, 선한 일을 할 것이냐는 주님이
정하시는 것이 아니라 인간 자신이 정하는 것일세. 그것이 인간이

주님에게서 부여받은 권리라네. 만약 사람이 나쁜 일을 했다면 그
것이 아무리 피치 못해서 저지른 일일지라도 나쁜 일임에는 틀림
없지. 허나 주님은 바오로의 형들처럼 죄를 뉘우치는 사람들에겐
언제나 용서하실 뜻을 가지고 계시다네. 이미 바오로의 형들은 용
서를 받은 거야. 그러니 땜질을 한 소파에 대해서는 더 이상 죄의
식을 느낄 필요가 없어."

"그래도 뭔가……."

흡족지가 않았다. 말 몇 마디로 용서를 받을 수 있다면 이 세상
에 용서받지 못할 흉악범은 없었다.

"그 대신……" 하고 신부가 결론을 짓듯 말했다.

"주님은 다른 보상을 원하시지. 세상에는 나약하고 헐벗고 굶
주리고 병약하고 노쇠한 사람들이 많다네. 가족도 없고, 집 한 칸
도 없이 지금 이 시간에도 추운 거리를 헤매는 가난한 사람들이
있지. 재력이 있다면 그들을 도와주게나. 그 일을 할 때 비로소 진
정한 보상을 하는 걸세. 알아듣겠나?"

"네."

형은 마지못해 뿌루퉁히 대답했다. 적어도 그 순간에 형은 신부
의 말에 순종할 생각이 들었는지도 몰랐다. 나는 무엇보다도 먼저
저려 오기 시작한 다리에 피를 돌게 해야 한다는 생각이 앞서서
덩달아 대답했다.

"네."

"그럼, 됐네. 그만 일어들 나게."

신부가 말했다. 형과 나는 동시에 일어나려고 했다. 어쩐지 내

다리는 꼼짝하지 않았다. 먼저 일어나서 중심을 잡은 것은 형이었다. 그는 내 겨드랑이에 팔을 끼고 나를 일으켜 세워 주고는 신부를 향해 똑바로 바라보면서 말했다.

"저희는 신부님께서 성수를 이토록 훌륭한 아이로 키워 주신데 대해 깊이깊이 감사합니다."

신부님은 우리에게 의자를 내어 주고 좀 더 뒤쪽으로 물러나서는 어딘가에 걸터앉는 것 같았다. 자세히 보니 그것은 꼭 한 사람만이 누울 수 있는 좁은 침대였다.

"그렇게 생각한다면 그것도 우리 주님께 감사할 일일세. 모든 것은 주님의 뜻대로 이루어지니까."

신부가 대답했다. 형은 이제 더 할 말이 없는 것 같았다. 우리의 주위에는 침묵이 흘렀다.

이윽고 우리는 신부에게 인사를 하고 그 방을 물러 나왔다. 우리가 지프차에 오를 때 성수가 말했다.

"형들이 와 주어서 내 마음이 한결 가벼워졌어. 자주 놀러 와 줘요."

"암, 자주 놀러 와야지. 너도 몸성히 잘 지내라."

형은 운전대를 잡고 액셀러레이터를 밟았다. 나는 성수에게 그저 손을 흔들어 주었을 뿐이었다.

"사실 난, 소파를 하나 선물할 생각이었는데 신부님이 싫다고 하니 어쩔 도리가 없군. 아무튼 돈이 굳었다는 것은 무척 다행스러운 일이야."

형이 내게 눈길을 던지며 장난스럽게 웃었다.

"신부님은 헐벗고 굶주린 사람을 도우면 죄가 없어지는 것처럼 말했지만 내 생각은 그렇지가 않아. 그런 작자들은 도와줄 필요가 없다고. 그 작자들이 그렇게 못살게 되는 것은 그 작자들이 게으르기 때문이야. 게으른 작자들은 죽어 없어지는 게 마땅해. 굶어 죽기가 싫으면 도둑질이라도 해서 살아야 해."

그는 내가 자동차 엔진 소리 때문에 듣지 못할 것을 염려해서 격앙된 목소리로 그들에게 저주를 퍼부었다. 그의 사고방식은 그때까지 살아온 방법에 의해서 터득된 것이었으나 위험성을 내포하고 있었다. 그 무렵 나는 그것을 확실하지는 않으나 어렴풋하게 느끼고 있었다. 그러나 나는 그에게 반박하여 그의 마음을 거스르고 싶지는 않았다. 아무래도 신부보다는 형에게 더 가까운 친밀감을 느끼고 있었으니까.

"너는 왜 그렇게 우거지상을 하고 있니? 좀 웃어 봐라."

형이 소리쳤다.

"형, 우리는 너무 빨리 어른들이 되어 가고 있는 것 같아."

"어른이 되는 게 겁나? 어른은 빨리 될수록 좋은 거야."

형은 나를 미곡 창고로 데려다 주기 위해 차가운 바람을 가르며 종로통으로 차를 몰았다.

11

　나는 그 뒤 4년째 '미답 상회'의 미곡 창고에서 살았다. 그곳에서 한 1년 시련기를 극복해 나갔더니 그 뒤로는 이력과 요령이 붙어서 그다지 힘든 줄을 몰랐다. 나는 다시 한 번 검정고시를 치르겠다는 욕심을 버리고 차근차근 학년을 밟아 그해, 정확히 말해서 1959년 봄, 내 나이 21세 되던 해에 문과 대학에 입학했다. 내가 시험에 합격하여 형에게 찾아갔을 때 형은 서글픈 눈빛으로 나를 바라보며 말했다.

　"짜아식, 고집 하나는 장대처럼 억세구나. 법대를 들어갔어야 좋았는데 말이야."

　"미안해. 성적이 신통치가 않아서 엄두를 낼 수 없었어."

　사실 졸업 반 때의 내 성적은 겨우 중간치를 넘어서고 있었다. 법대에 들어가려고 했어도 학교에서 지원서를 써 주지 않았을 것이었다.

　"성적 핑계는 대지 마. 넌, 처음부터 판검사가 되겠다는 생각은 하지 않았으니까. 네가 내게서 점점 멀어지는 것 같아 섭섭하지만 실망하지는 않겠다. 방향은 다르지만 너도 나처럼 야심을 품고 있는 것만은 틀림없어. 그래, 사내라면 마땅히 야심을 가져야 해. 『마도의 향불』을 쓴 방인근 같은 소설가가 되어 봐."

형의 말에 나는 나도 모르게 피식 웃음이 흘러나왔다. 형이 단하나일지는 모르지만 소설 제목을 알고 있다는 것이 재미있었다.

"야, 인마. 웃지 마. 나 이렇게 장사판으로 놀지만 소설 많이 읽었다고. 외워 볼까? 좋아. 『무정』, 『상록수』, 『청춘 극장』……, 또 『벌레 먹은 장미』는 어떠냐? 『순애보』도 좋더라. 하지만 거기에 나오는 주인공들 왜 그렇게 다들 어린애 같애? 어른은 어른다워야 해. 인생이란 게 어린애 소꿉장난은 아니란 말씀이야. 내가 보기에는 그래도 방인근 소설이 가장 어른답더라."

한겨울이었음에도 형의 장사는 잘되는 모양으로 제재소의 톱날 돌아가는 소리가 문을 꼭꼭 닫은 사무실 안까지 요란스럽게 들려왔다. 톱밥 난로는 벌겋게 달아올랐고 밖에서 얼었다 들어온 내 얼굴은 뜨거운 열기에 취하는 것 같았다.

"형, 언제 그렇게 많은 소설들을 읽었어?"

내가 신기해서 물었다.

"한 두 해쯤 되나? 아무래도 네가 법관이 되지는 않을 거라고 생각하게 되었을 때부터야. 소설이 뭐고 소설가가 뭔지 알고 싶었지."

"그래서 알았어?"

"야, 또 웃지 마라."

형은 수줍음을 드러내며 순박하게 웃었다. 나는 오랜만에 형의 진짜 얼굴을 보는 것 같아서 기뻤다.

"소설이란 게 별게 아니더군. 온통 거짓말을 늘어놓은 게 소설이더라. 그러니까 소설가란 작자들은 전부 다 사기꾼인 셈이야. 네가 소설가가 되겠다고 공부를 한다지만 그건 사기꾼 공부나 마찬가지야. 그럴 바엔 비싼 돈 내고 대학에 다닐 게 아니라 나한테 와서 배우면 더 많은 걸 배울 수 있을 것이란 생각도 들었어. 결국 너나 나나 비슷한 목표에 과녁을 맞히고 있다는 결론을 얻을 수 있었지. 넌 나와 다른 인간이 되어야 하는데 말이야."

나는 형과 다른 인간이 되기 위해서 소설 공부를 하려는 것이라고 말하고 싶었다. 그러나 형의 그럴듯한 궤변에 내가 항변을 하더라도 그것 역시 궤변에 지나지 않았을 것이다. 그때 내가 형에게 주장하고 싶었던 것은 단순했다. 소설이란 거짓 속에 진실을 감추고 있다. 그것은 작가의 정열과 욕망을 통해서 작가 본인의 모든 것을 드러내 보이고자 하는 것의 결정체이다, 라는 것이었다. 그러므로 소설을 쓰는 사람을 하찮게 여기지 말아 주었으면 좋겠다는 것이었다.

"입학금 걱정은 하지 마라. 내가 대어 줄 테니까."

형이 말했다.

"김대춘 씨가 보너스로 대어 준다고 했어."

"김대춘 씨가? 그럼, 나도 보너스를 주지. 김대춘 씨의 보너스는 은행에 저축하고 내 보너스로 입학금을 내면 되잖아?"

"형을 위해 일한 것도 없는데?"

"야, 깐깐하게 따지지 말자. 난 오늘 기분이 좋은 거야. 아차, 이러고 앉아만 있을 것이 아니지. 날도 어두워지고 하니 어디 가서 대포 한잔 하자고."

형은 그날부터 나를 실질적인 어른으로 취급하기 시작했다. 그는 내가 입고 있던 학생복을 벗게 하고 자신의 양복으로 갈아입혔다. 형은 단골로 다니는 듯한 시경 뒤의 니나노 집으로 나를 데리고 갔다. 그는 내 곁에 여자를 앉혔고 술은 물론 담배까지 권했다.

"네년들, 잘 들어 둬라. 여기 앉은 잘생긴 젊은이는 장차 소설가가 될 자랑스러운 내 아우님이다. 그러니 네년들 오늘 밤 성심껏 모셔 봐라. 아마 싱싱한 게 뭔지 알게 될 게다."

그러나 나는 그날 밤 11시 반쯤 술집에 형만을 남겨 두고 미곡 창고로 돌아갔다. 그 이후 형과 나는 뜸하게 지냈다.

입학 등록금 마감일을 사흘 앞둔 그해 2월의 어느 날 오후에 형이 미곡 창고로 찾아왔다.

마침 전라도 부안에서부터 미곡 가마니를 잔뜩 실은 트럭이 한 대 막 도착한 길이었다. 나는 트럭이 마당 안으로 들어올 수 있도록 집채 끝에 잇대어 만든 판자 출입문을 열어젖혔다. 트럭이 안으로 들어왔다. 어느 틈엔가 지게꾼들이 우르르 몰려들었고 박달 청년은 선착순으로 다섯 사람만을 골라내었다.

"자, 자, 끝입니다. 나머지 사람들은 돌아가요. 작업에 방해만 되니까."

나는 트럭 위로 뛰어올라가 트럭 꽁무니로부터 지게꾼들이 등판에 쌀가마니를 져 나르는 것을 하나하나 세며 확인했다. 쌀가마니를 반쯤 트럭에서 내렸을 때 거리 쪽에 검은 페인트칠을 한 지프차가 한 대 천천히 와서 멎는 것을 보았다. 지프가 몇 번 경적을 울렸으나 나는 그것이 형의 차인 줄 몰랐다. 기우는 석양을 받아 새것처럼 번들거렸기 때문이었다. 나는 다시 내 일에 열중했고 그 지프차에 대해서는 잠시 잊어버렸다.

"중수야!"

나는 부르는 소리 쪽으로 고개를 돌렸다. 판자문 가에 형이 서서 나를 쳐다보고 있었다.

"바쁘니?"

형이 대뜸 물었다.

"음. 하지만 어쩐 일로……."

"할 말이 있어. 그러니까 잠깐만 쉬었다가 시작하지?"

나는 하역 작업을 중지시키고 트럭에서 뛰어내려 형에게로 다가갔다. 형은 쥐색 양복을 아래위로 걸치고 빨간 넥타이를 매고 있었으나 얼굴은 다소 여위었고 어딘가 초조한 빛을 감추지 못하고 있었다.

"차 안에서 얘기하자."

나는 형을 따라 차 안에 올랐다. 앞 차창 정면으로 석양이 흘러들어와 차 안은 아늑했다.

"나는 네가 서대문에 나타날 줄 알고 기다렸어. 허나 이젠 더 기다릴 시간도 없고 해서 내 직접 왔다. 중수야, 아무 소리 말고 받아 둬라. 10만 환이다."

형이 상의 안주머니에서 신문지에 싼 돈다발을 꺼내 내 손에 쥐어 주었다. 나는 10만 환이란 말에 놀라서 형에게 돈을 돌려주려고 했다.

"이건 너무 많아. 등록금 두 번을 내고도 남겠어."

"아무 소리 하지 말라고 내가 말하지 않았니. 돈이 남으면 은행에 저축해 둬. 아니면 김대춘 씨에게 맡겨 이자라도 받아 보렴."

나는 돈을 형에게 되돌려 줄 수 없다는 것을 알았다.

"형, 고마워."

나는 눈물이 핑 돌아서 더 말을 잇지 못했다.

"짜아식."

형이 내 어깨를 끌어안았다. 그리고 내 어깨에 얼굴을 대고 한동안 가만히 침묵했다. 나는 고르지 않게 들먹거리는 형의 숨소리를 들을 수 있었다.

"형, 뭐 좋지 않은 일이 생겼어? 시간이 없어 왔다는 것은 무슨 뜻이야?"

등록금에 관한 것이라면 아직 3일이나 여유가 있었으므로 형이 시간이 없다면서 찾아온 것이 얼른 이해가 되지 않았던 것이다. 형이 내 어깨에서 얼굴을 떼고 차창 밖을 똑바로 노려보았다.

"별로 좋은 일은 아니야. 허지만 어차피 당할 거 갔다 와야지."

"군대?"

"음."

"어떡하든지 형은 군대엔 가지 않겠다고 했잖아?"

"그랬지. 그동안 요령껏 잘 피해 온 편이야. 너희들 핑계를 대면서 고아들의 장형이란 구실이 어느 정도는 통했고 말이야. 돈도 좀 썼지. 헌데 화근이 생기고 말았어."

"사고를 저질렀어?"

"사고? 내가 어수룩하게 사고를 저지를 것 같으냐? 나는 장래 사업을 위해서 정치하는 사람과 가까이 사귀고 싶었어. 돈벌이를 하려면 유능한 정객과 가까이 지내야 하거든. 그런데 연줄로 다리를 놓은 게 야당 측 사람이었지. 처음에 여당 측도 생각했지만 서울선 야당 측이 강세이고 내년 선거에서는 어쩌면 야당이 정권을 잡을 수도 있다는 계산이 작용했거든. 나는 지난 다섯 달 동안 얼마씩 의원 사무실에 상납을 했지. 헌데 이 사실이 짜부의 귀에 들어간 거야. 군역 미필자로 한 번 찍히니깐 어쩔 방법이 없어. 내 인생이 막 꽃봉오리를 맺을 시기에……. 빌어먹을!"

형은 운전대 한가운데 있는 검고 동그란 물건을 주먹으로 내리쳤다. 그러자 경적이 길게 울려 퍼졌다. 지나가던 행인들이 우리 쪽을 바라보았다. 나는 형의 주먹을 잡아 아래로 내렸으나 위로할 말이 없었다.

"언제 가는데?"

"오늘 밤 11시 열차로……."

"용산역에서 떠나겠군?"

"그래."

"제재소는 누가 맡아 하지?"

내가 물었다.

"누구에게 맡기면 좋을까?"

형이 오히려 내게 물었다. 그는 내가 제재소를 맡아 운영했으면

248

하는 눈치였다. 제재소 일이 미곡 창고 일보다 복잡하다는 것은 짐작이 가지만 시키면 못할 것도 없었다. 그러나 내가 얼른 맡아 하겠다고 나서지 못한 것은 일 자체의 어려움 때문이 아니라 제재소로 들어가면 내가 형에게 종속되는 것 같았고 그때까지 내가 걸어온 길이 무의미해진다는 생각이 들었기 때문이었다.

"너더러 맡아 달라고 하지는 않겠다. 네게 준 등록금이 무슨 미끼처럼 느껴질 테니까. 이미 일체의 경영을 복칠에게 위임했다. 그 친구 머리가 명석하다고 할 수는 없지만 진실한 데가 있어 나를 속이지는 않을 거야. 그리고 고모부님을 작업 감독으로 모셔 왔어."

나는 뜻밖의 말에 놀라서 형의 얼굴을 뚫어지게 바라보았다. 고모부를 감독으로 모셨다는 것이 내게는 미친 짓으로 여겨졌던 것이다.

"고모부는 심술꾸러기에다 게을러."

나는 그 옛날의 원한을 가지고 소리쳤다. 하지만 형의 목소리는 차분히 가라앉아 있었다.

"그렇긴 해. 하지만 요즘은 많이 변했어. 사실 따지고 봐라. 고모부님이 우릴 괄시하지 않았다면 우리가 이토록 빨리 어른이 될 수는 없었을 거야. 일꾼 감독하는 거야 별로 어려운 일도 아니야. 물건 빼내는 것만 잘 감시하면 되니까. 너도 고모부님을 전보다 잘 대해 주기를 바라겠어. 그게 또 고모님에게 은혜를 갚는 길도 되거든. 자, 그럼 차에서 내려. 헤어질 때가 되었지."

"저녁때야. 저 일만 끝내고 저녁 식사를 같이 했으면 좋겠는데."

"생각은 고맙다만 내가 전쟁터로 가는 것도 아니고. 나도 만나 볼 사람이 많아."

형은 나를 쫓아내듯 차 문을 열고 내릴 것을 재촉했다. 나는 별 수 없이 차에서 내리면서 형에게 말했다.

"밤에 역으로 나갈까?"

"그럴 필요 없어. 친구들이 나오기로 되어 있으니까. 나와 봤자 깜깜한 데서 찾기도 어렵고 찾았다 해도 먼발치에서 서로 손이나 흔드는 정도야."

나는 들고 있던 장부 책에서 종이 한 장을 뜯어내 내 주소를 적어 형에게 주었다. 형은 그것을 받아 여러 번 접어서 안주머니에 넣고는 차를 몰아 시야에서 사라졌다.

나는 역으로 나가지 않았다. 웬일인지 형을 배웅하러 연주가 나와 있을 것 같았고 연주를 만난다는 것은 나로서는 참을 수 없는 고통이었기 때문이었다.

그해 여름, 미곡 창고를 찾아온 적이 한 번도 없었던 고모부가 남방셔츠의 앞섶을 풀어헤치고 부채를 활활 부쳐 대며 마당 안으로 들어왔다.

"중수야, 큰일 났다. 한길에 묻은 니 어머니 시신이 거덜이 날 판이야. 뭐, 뭐라더라. 그래. 도, 도로 확장이라더구나. 땅을 불도 저로 마구 밀어붙이고 있어."

고모부는 내가 뭐라 대꾸할 틈도 주지 않고 연이어 말했다.

"애, 중수야. 너, 돈 가진 것 있으면 몽땅 긁어 가지고 나오너라.

250

뼛골을 모아 화장터에라도 모셔야 할 테니까."

화장터? 형은 어머니를 산에 모시겠다고 말해 왔고 우리는 그
것을 당연한 것으로 생각했었다. 형은 '명당자리에 아주 멋진 무
덤'을 만들겠다고 약속했었다. 그러나 그는 돈만 생기면 땅을 샀
고, 정치하는 사람과 연줄을 맺기 위해 돈을 대 주느라고 그 약속
을 실천에 옮기지 못한 채 군대에 가고 말았다.

"돈 걱정은 하지 마세요."

나는 박달 청년에게 지게꾼 두 사람을 불러 달래서 그들에게 지
게를 벗어 두도록 하고 대신 곡괭이와 삽을 들려 주었다.

우리 네 사람은 허둥지둥 거리로 나와 택시를 잡아탔다.

내가 독립문 근처 어머니의 시신이 묻힌 곳에 다다랐을 때는 아
버지의 영혼이라고 명명했던 나무는 뿌리째 뽑혀 쓰러져 있었고
불도저의 앞 날이 어머니가 묻혀 있는 땅을 일차 밀고 나간 뒤였
다. 그러나 유해가 드러날 만큼 깊이 훑고 가지는 않았다.

"이곳을 어서 파요!"

나는 지게꾼들에게 외쳤다. 영문을 모르는 두 지게꾼들은 내가
시키는 대로 곡괭이와 삽질을 했다.

썩어 문드러져 흙덩어리와 함께 묻어나는 옷 천 아래 마치 수세
미처럼 둥우리를 튼 하얗고 가느다란 나무뿌리들이 드러났고 그
사이로 거멓게 퇴색한 어머니의 얼굴 형해*가 보였다.

"시체야."

삽질을 멈춘 지게꾼이 주춤 하는 사이 고모부와 나는 구덩이 안

* 형해(形骸) : 사람의 몸과 뼈.

으로 들어가 유해를 수습했다. 어머니를 묻었을 때나 이따금 찾아왔을 때처럼 슬픔이 북받치지는 않았다. 어머니의 유해를 하나하나 주워 모으면서도 나는 무척이나 담담한 심정이었다. 살은 이미 썩어 없어졌고 타 버린 숯덩이처럼 기름이 빠진 뼈마디도 제 위치에 놓여 있지는 않았다. 어머니의 머리를 감싸고 있던 하얀 잔뿌리는 그 방향으로 보아 우리가 아버지의 영혼이라고 불렀던 그 가로수로부터 뻗어 나왔던 것임에 틀림없었다. 내가 잔뿌리를 헤쳐 내자 어머니의 두개골은 산산이 부서지고 말았다. 나는 어머니의 유해를 보자기에 쌌다.

"자, 어서 해가 있을 때 화장터로 넘어가자."

고모부가 말했다.

"고모부님, 형은 어머니를 산소에 모시겠다고 했어요" 하고 내가 말하자 고모부가 핀잔을 놓았다.

"그런 소리 마라. 이제까지 길바닥에 내까려 두고 온 그놈이 산소는 무슨 산소냐? 더욱이 네 아버지는 어디에서 죽었는지 알지도 못한 채 거리 귀신이 되어 버린 지 오랜 판에……."

"아버진 아버지고요. 어머니는 산소에 모셨으면 좋겠어요. 화장을 해 버리면 형이 군대에서 돌아오는 날 나를 죽이려고 들 거예요."

"이거야, 원. 정 너희 소원이 그렇다면 모시지 못할 거야 없다만 망우리 공동묘지에 모시더라도 화장비보다는 비용이 훨씬 많이 먹힌다."

"비용은 어떻게 주선해 보지요."

그리하여 가까운 인왕산 선바위 절에 어머니의 유해를 당분간 맡겨 두기로 하고 그날로 고모부와 나는 묘지 자리를 보러 뛰어다 녔다. 우리는 벽제 부근의 야산 한 귀퉁이를 묘지 자리로 살 수 있었다. 형이 내게 준 돈만 가지고도 봉분은 물론 비석까지 세울 수 있었다. 어머니의 유해를 산에 묻던 날 성수와 고모님도 참석했다. 성수는 신부를 모시고 싶어 했지만 고모부는 형이 신자가 아니므 로 그렇게 해서는 안 된다고 주장해서 신부는 참석하지 않았다.

　"이만하면 명당이다. 햇볕 훤히 들겠다. 물 잘 빠지겠다, 나무랄 데가 없는 명당이야."

　고모님이 나와 성수의 허리를 껴안으면서 흡족해했다. 나는 가 게 터를 얻기는 했지만 아직도 시장 안에서 국밥 장사를 하는 고 모님의 거친 손을 꼭 쥐었다.

　이듬해 봄에 성수는 성신 학교를 졸업하고 대망하던 신학 대학 에 입학했다. 그가 혜화동의 신학교 기숙사로 들어가던 날 아침 나는 그와 동행했다. 전차에서 내렸을 때 바람은 차가웠으나 햇빛 은 따사로웠다. 그와 나는 옷가지와 책들이 든 가방을 하나씩 들 고 신학교 정문 쪽으로 걸어갔다.

　"많은 학생들이 도중에 탈락한다는데 네가 고자 학교생활을 참 아 낼 수 있을지 모르겠다."

　나는 성수의 표정이 침울하고 딱딱하게 굳어져 있었으므로 농 담 삼아 말했다.

　"참아 낼 수 있을 거예요."

그는 언제부터인가 내게 존댓말을 썼다. 내게는 그의 존댓말이 어색하게 들렸으나 그러지 말라고 이르지는 않았다.

"내가 안타까워하는 것은 현실을 도피하여 성역 안으로 들어가 은둔하여 살지 않으면 안 된다는 것이지요."

나는 그 말이 무엇을 뜻하는지 알았다. 그는 성당에서 젊은 사람들과 어울린 자리에서 정부를 비판하는 발언을 했다가 누구의 고자질로 말미암아 5일 동안 경찰서 유치장에 감금되었다가 풀려난 적이 있었다. 그는 겉으로는 온순한 듯하지만 속에는 격정적인 성격을 지닌 젊은이였다. 아직 마산 사건이 발생하지 않았지만 그 무렵 곧 실시될 정부통령 선거와 관련하여 테러가 이곳저곳에서 발생했고 대구에서는 학생들이 부정부패에 항거하는 데모를 벌이던 어수선한 시기였다. 하필이면 그때 신학교 기숙사로 들어가게 된 것을 그는 안타까워하고 있었던 것이다.

"그 심정을 알겠다만 의분을 느끼는 젊은이는 너만이 아니야. 누군가 너 대신 네가 할 역할을 해내고 말 거다. 너는 사랑과 의로움을 가르치기 위해 이 안으로 들어가는 것 아니겠어? 그러자면 먼저 사랑과 의로움을 배워야지. 이 길이 현실 도피의 길은 아니라고 생각해."

나는 그를 위로했다. 그러나 그는 내 말에는 귀도 기울이지 않고 자신의 생각에 열중했다.

"독재자는 그 권좌에서 물러나야 해요. 나는 신학교 울타리 안에 있겠지만 뜻을 같이하는 친구들과 정보를 교환할 생각이에요."

우리는 어느덧 언덕길이 올려다 보이는 신학교 정문 앞까지 와 있었다. 그는 내 손에서 가방을 받아 들고 마주 바라보며 섰다. 그의 얼굴이 좀 전보다 밝아 보였다.

"형은 언제 소설가가 될 거예요?"

"그야 알 수 없지. 지난겨울에 투고를 해 보았으나 미끄러지고 말았어. 어쩌면 만년 소설가 지망생으로 남아 있게 될지도 모르겠어. 하지만 두드리면 열릴 날이 있겠지."

"형, 오래전 일을 하나 고백해야겠어요."

내가 의아해하자 그가 웃었다.

"그 손목시계 기억하지요?"

"구두닦이할 때 내가 훔쳤던 금빛 손목시계 말이야?"

그가 고개를 끄덕거렸다. 나는 양심이라는 주머니에 송곳이 와 닿는 아픔을 느꼈다.

"나는 우리가 떠나기 이틀 전날 밤 형이 잠들기를 기다려 형의 바지 주머니에서 시계를 꺼냈어요. 그길로 밤을 도와 산길을 달렸지요. 마침 달빛이 밝은 밤이어서 어렵지 않게 시계가 걸려 있던 미군 부대 철조망까지 갈 수 있었어요. 시계를 철조망에 걸어 놓고 돌아와 보니 새벽이 되었지만 형들은 세상모르고 쿨쿨 코를 골며 자고 있더군요."

"그럼, 대갈장군 짓이 아니었단 말이로구나?"

"나는 이 얘기를 끝내 비밀로 하고 싶었지만 형이 그 일 때문에 나를 서먹서먹하게 대하는 것 같아서 털어놓는 거예요."

"그렇다면 나는 결과적으로 도둑질을 하지 않은 셈이 되는구나."

나는 성수에게 그 이야기를 왜 이제야 하느냐고 다그치지 않았
다. 그 험한 숲 속 밤길을 걸어갔다 왔던 그의 깨끗한 마음씨가 나
를 압도했기 때문이었다. 나는 부끄럽고 감격스러워 나도 모르게
성수의 몸을 덥석 껴안았다.

　"꼭 사제가 되거라."

　내가 그의 귀에 대고 속삭였다.

　"꼭 소설가가 되세요."

　성수가 내 귀에 대고 속삭였다.

김용성 연보

1940년	11월 22일 일본 고베에서 아버지 김명수와 어머니 강신원 사이에서 3남매 중 장남으로 출생.
1945년(5세)	고베에 미군기의 공습이 심해져 6월 가족이 귀국, 서울 궁정동에 거주함.
1947년(7세)	우리말과 글에 서툰 채 삼청초등학교 입학. 언어 장애가 해소된 것은 2학년 때였음. 안산초등학교로 전학.
1954년(14세)	전쟁으로 한 해 쉰 탓에 1년 늦게 안산초등학교 졸업하고 배재중학교 입학.
1957년(17세)	학비 때문에 국비 학교인 국립교통고등학교 업무과 입학. 소설 쓰기에 매력을 느낌. 대학에서 시행하던 학예 문예작품 공모에 두어 번 입선.
1960년(20세)	국제대학 영문학과에 입학. 한국일보의 6백만 환 현상 장편 소설 공모를 목표로 하여 대학 도서관에서 소설 쓰기에 몰두함.
1961년(21세)	한국일보 장편 소설 공모에 『잃은 자와 찾은 자』가 당선되어 등단.
1962년(22세)	황순원 선생께 청원하여 경희대학교 영문학과로 옮김.

1964년(24세)   해병대 간부 후보생으로 지원 입대.

1969년(29세)   이근희와 결혼. 한국일보 기자로 입사.

1971년(31세)   한국일보사 퇴사.

1972년(32세)   장편 『잃은 자와 찾은 자』(삼성출판사) 출간.

1973년(33세)   『한국 현대문학사 탐방』(국민서관) 출간.

1975년(35세)   첫 창작집 『리빠똥 장군』(예문관), 장편 『리빠똥 장군』
                   (예문관) 출간.

1976년(36세)   창작집 『홰나무 소리』(현암사) 출간.

1977년(37세)   창작집 『화려한 외출』(갑인출판사) 출간.

1978년(38세)   장편 『내일 또 내일』(현암사), 장편 『야시』(우일문화사),
                   장편 『오계의 나무들』(월간 독서사) 출간.

1980년(40세)   '작단(作壇)' 동인 가입. 장편 『떠도는 우상』(현암사), 장
                   편 『그것은 우리도 모른다』(문음사) 출간.

1981년(41세)   장편 『나신의 제단』(고려원), 중편집 『밀항』(우석) 출간.

1982년(42세)   경희대학교 대학원 국문학과 석사 과정 입학.

1984년(44세)   『도둑 일기』로 제29회 현대 문학상 수상. 장편 『도둑 일
                   기』(현대문학사) 출간. 경희대학교 대학원 박사 과정 입
                   학. 『한국 현대문학사 탐방』 증보판(현암사) 재출간.

1985년(45세)   장편 『잃은 자와 찾은 자』(중앙일보사) 출간. 인하대학교

전임 강사.

1986년(46세) 단편 「아카시아 꽃」으로 제1회 동서 문학상 수상. 창작
집 『탐욕이 열리는 나무』(문학사상사) 출간.

1987년(47세) 논문 「한국 소설의 시간 의식 연구」로 문학 박사 학위
취득.

1988년(48세) 인하대학교 국어국문학과 조교수.

1989년(49세) 창작집 『슬픈 양복 재단사의 나날』(청림출판사) 출간.

1990년(50세) 장편 『큰 새는 나뭇가지에 앉지 않는다』(문학세계사) 출간.

1991년(51세) 장편 『큰 새는 나뭇가지에 앉지 않는다』로 제12회 대한
민국문학상 수상.

1992년(52세) 콩트집 『고장난 시계는 고쳐서 씁시다』(판출판사) 출간.
장편 『도둑 일기』(전 2권. 동서문학사) 재출간. 『한국소
설의 시간의식』(인하대출판부) 출간.

1994년(54세) 인하대학교 국어국문학과 부교수.

1998년(58세) 장편 『이민』(전 3권. 밀알출판사) 출간. 인하대학교 인문
학부 정교수.

2004년(64세) 장편 『기억의 가면』(문학과지성사) 출간. 『기억의 가면』
으로 제7회 김동리 문학상, 제21회 요산 문학상, 제17회
경희 문학상 수상.

2005년(65세) 장편 『촉각』(문학나무) 출간. 인하대학교 명예교수

도둑 일기

초판 1쇄 발행일 • 2007년 7월 25일
초판 2쇄 발행일 • 2008년 2월 1일
지은이 • 김용성
그린이 • 이정선
펴낸이 • 임성규
펴낸곳 • 문이당

등록 • 1988. 11. 5. 제 1-832호
주소 • 서울시 성북구 동소문동 4가 111번지
전화 • 928-8741~3(영) 927-4990~2(편)
팩스 • 925-5406
© 김용성, 2007

홈페이지 http://www.munidang.com
전자우편 webmaster@munidang.com

ISBN 978-89-7456-374-5 83810